SCIENCE FICTION

Herausgegeben
von Wolfgang Jeschke

Von Ursula K. Le Guin erschienen in der Reihe
HEYNE SCIENCE FICTION & FANTASY:

Die Geißel des Himmels · 06/3373
Winterplanet · 06/3400
Das Wort für Welt ist Wald · 06/3466
Planet der Habenichtse · 06/3505
Rocannons Welt · 06/3578
Das zehnte Jahr · 06/3604
Stadt der Illusionen · 06/3672
Das Wunschtal · 06/4077
Geschichten aus Orsinien · 06/4211
Malafrena · (in Vorb.)
Das Auge des Reihers,
in: Futura, hrsg. von Virginia Kidd · 06/3856

Die Erdsee-Trilogie:
Der Magier der Erdsee · 06/3675
Die Gräber von Atuan · 06/3676
Das ferne Ufer · 06/3677

Als Herausgeberin (zusammen mit Virginia Kidd):
Kanten · 06/4015
Grenzflächen · 06/4175

In der BIBLIOTHEK DER SCIENCE FICTION LITERATUR
Die zwölf Striche der Windrose · 06/25
Planet der Habenichtse · 06/43
Die Kompaßrose · 06/47

URSULA K. LE GUIN

GESCHICHTEN AUS ORSINIEN

Science Fiction Erzählungen aus einem erfundenen Land

Deutsche Erstveröffentlichung

WILHELM HEYNE VERLAG
MÜNCHEN

HEYNE SCIENCE FICTION & FANTASY
Band 06/4211

Titel der amerikanischen Originalausgabe
ORSINIAN TALES
Deutsche Übersetzung von Biggy Winter
Das Umschlagbild schuf Klaus D. Holitzka
Die Illustrationen zeichnete Johann Peterka

Redaktion: Wolfgang Jeschke

Printed 1985 in Germany
Umschlaggestaltung: Atelier Ingrid Schütz, München
Satz: Schaber, Wels
Gesamtherstellung: Elsnerdruck GmbH, Berlin

ISBN 3-453-31188-4

Inhalt

Springbrunnen
(THE FOUNTAINS)
Seite 7

Das Hünengrab
(THE BARROW)
Seite 13

Der Wald von Ile
(ILE FOREST)
Seite 27

Gespräche in der Nacht
(CONVERSATIONS AT NIGHT)
Seite 47

Die Straße nach Osten
(THE ROAD EAST)
Seite 87

Brüder und Schwestern
(BROTHER & SISTER)
Seite 101

Eine Woche auf dem Land
(A WEEK IN THE COUNTRY)
Seite 151

Das Haus
(THE HOUSE)
Seite 183

An die Musik
(AN DIE MUSIK)
Seite 199

Die Herrin von Moge
(LADY OF MOGE)
Seite 221

Die Länder unserer Phantasie
(IMAGINARY COUNTRIES)
Seite 239

Springbrunnen

Sie wußten – weil sie ihm Grund genug dazu gegeben hatten –, daß Doktor Kereth versuchen könnte, in Paris politisches Asyl zu suchen. Daher befand er sich stets, ob nun im Flugzeug nach dem Westen, im Hotel, bei den Zusammenkünften, ja selbst als er vor der Arbeitsgruppe für Zytologie einen Vortrag hielt, in lockerer Begleitung von obskuren Gestalten, die man für Absolventen seines Instituts oder für kroatische Mikrobiologen halten konnte, die aber weder Namen hatten noch Gesichter. Da seine Anwesenheit nicht nur der Delegation seines Landes höchsten Rang verlieh, sondern darüber hinaus seine Regierung im besten Licht erscheinen ließ – »Seht her, wir erlaubten sogar ihm, zu kommen!« –, hatte man diese Anwesenheit hier gewünscht; aber man behielt ihn im Auge. Er war jedoch daran gewöhnt, daß die Augen auf ihn gerichtet waren – in seinem kleinen Land konnte man dem nur entgehen, indem man sich weder regte noch bewegte, indem man Stimme, Körper und Hirn stillhielt. Er war immer ein rastloser Mann und nie ein unauffälliger gewesen. Als er daher mitten in einer Führung am sechsten Tag seines Aufenthaltes herausfand, daß er verlorengegangen war – und das bei hellem Tageslicht –, verwirrte ihn das eine Zeitlang. So genügte es also, einen Weg entlangzuschlendern, um Abwesenheit zu erreichen?

Er tat dies an einem seltsamen Ort. Hinter ihm, im gelben Sonnenschein des Nachmittags, stand ein großes, trostloses, schreckliches Haus. Tausende bunte Zwerge tanzten auf Terrassen, hinter denen ein blaßblauer Kanal schnurgerade in die unwirkliche Weite des Septembertages führte. Der Rasen verlief sich unter Gruppen von Kastanienbäumen – dreißig Meter hoch, nobel, schwermütig, golddurchsetzt. Im Schatten dieser Bäume waren sie auf den Reitwegen toter

Könige gewandert, aber der Fremdenführer hatte ihnen wieder den Weg hinausgewiesen in das Licht der Sonne auf dem Rasen und den marmornen Bodenplatten. Und vor ihnen, direkt vor ihnen, stiegen die Fontänen der Springbrunnen glitzernd hinauf in die Luft.

Sie sprangen hoch und sangen im Licht über ihren Marmorbecken. Die belanglosen, hübschen Zimmer des Palastes, der so groß war wie eine Stadt und in dem niemand wohnte; die Gleichgültigkeit der noblen Bäume, die die einzig passenden Lebewesen in einem Garten schienen, der zu groß war für Menschen; die Macht des Herbstes und der Vergangenheit; all das wurde durch das Fließen des Wassers ins richtige Verhältnis gebracht. Die Schallplattenstimmen der Führer schwiegen still, und die Kameraaugen der Gefährten begannen zu schauen. Fontänen sprangen hoch und klatschten jauchzend herab und wuschen den Tod hinweg.

Vierzig Minuten lang waren die Springbrunnen in Betrieb, dann wurden sie abgestellt. Nur Könige konnten es sich leisten, die großen Springbrunnen von Versailles immerdar tanzen zu lassen und ewig zu leben. Republiken mußten auf die Wahrung der Proportionen achten. Also sanken die hohen weißen Strahlen der Brunnen zögernd in sich zusammen. Die Brüste der Nymphen trockneten, die Münder der Flußgötter gähnten schwarz. Die gewaltige Stimme des hochschießenden und niederprasselnden Wassers wurde zu einem knatternden, hustenden Seufzen. Alles war vorbei, und einen Augenblick lang war jedermann mit sich selbst allein. Adam Kereth wandte sich um, und als er den Weg vor sich sah, schritt er ihn entlang, weg von den Marmorterrassen und unter die Bäume. Niemand folgte ihm. Und genau dies war der Moment seines Abspringens, auch wenn er sich dessen nicht gewahr wurde.

Warm lag das Spätnachmittagslicht auf dem Weg, der zwischen den Schatten hindurchführte, und durch das Licht und durch die Schatten schlenderten auch ein junger Mann und ein Mädchen Hand in Hand. Weit hinter ihnen wanderte Adam Kereth allein, während Tränen über seine Wangen liefen.

Bald darauf wichen die Schatten von seiner Seite, und er blickte auf und sah keinen Weg mehr und keine verliebten jungen Leute, nur ein unermeßliches, zartes Licht und unter ihm viele kleine runde Bäumchen in großen Töpfen. Er hatte die Terrasse über der Orangerie erreicht. Nach Süden zu sah man von diesem erhöhten Platz aus nur Wald – ganz Frankreich ein weiter Wald an einem Herbstabend. Kein Horn ertönte mehr und scheuchte Wolf und Wildschwein auf für des Königs Jagd; die einzigen Spuren in diesem Wald stammten von jungen Pärchen, die mit dem Bus aus Paris kamen, hineinwanderten zwischen die Bäume und verschwanden.

Ohne eigentliches Ziel und sich seines Abspringens immer noch nicht ganz bewußt, spazierte Kereth über breite Pfade zurück zum Schloß, das jetzt, im schwächer werdenden Licht, nicht mehr gelb vor ihm aufragte, sondern farblos, wie eine Klippe über einem Strand, wenn ihn die letzten Badegäste verlassen. Von der Rückseite drang ein schwaches Donnern herüber, das wie Brandung klang – die Touristenbusse starteten die Motoren für die Fahrt zurück nach Paris. Kereth stand still da. Zwischen den schweigenden Springbrunnen eilten ein paar kleine Gestalten umher. Eine Frau rief, weit weg, nach ihrem Kind, mit einer Stimme so anklagend wie der Schrei einer Möwe. Kereth drehte sich um und schritt zurück in das Halbdunkel unter den Bäumen, jetzt jedoch aufmerksam, bewußt, aufrecht wie jemand, der soeben etwas aus einem Regal gestohlen hat – eine Birne, eine Börse, ein Brötchen – und es versteckt unter seinem Mantel trägt.

»Das gehört mir«, sagte er laut zu den Kastanien und Eichen wie ein Dieb zu den Polizisten. »Das gehört mir!« Die Kastanien und Eichen jedoch – Franzosen, gepflanzt für Aristokraten – antworteten nicht auf diese leidenschaftliche republikanische Forderung, noch dazu gestellt in einer fremden Sprache. Dennoch rückte ihre Dunkelheit, die schweigende, verschwörerische Dunkelheit aller Wälder, in denen sich je Flüchtlinge verbargen, näher an ihn heran.

Er blieb nicht lange in dem Wäldchen, eine Stunde, vielleicht weniger; die Tore würden bald versperrt, und er sollte nicht eingeschlossen werden. Dafür war er nicht hier. So kam er also vor Einbruch der Dunkelheit auf die Terrassen, immer noch aufrecht und ruhig wie jeder König oder Kleptomane, umging die riesige, vielfenstrige Klippe an der See und überquerte den gepflasterten Badestrand darunter. Ein einziger Bus pustete dort noch vor sich hin, ein blauer Bus, nicht der graue, den er fürchtete. Sein Bus war nicht mehr da. Weg, hinausgeschwemmt in die weite See, zusammen mit dem Fremdenführer, den Kollegen, seinen Landsleuten, den Mikrobiologen, den Spionen. Sie waren abgefahren und hatten ihm Versailles überlassen. Über ihm, seltsam perspektivisch verzerrt auf seinem gewaltigen Roß, machte Ludwig XIV. seinen absoluten Machtanspruch geltend. Kereth sah hinauf in das bronzene Gesicht, auf die große bronzene Bourbonennase, wie ein Kind hinaufblickt zu seinem älteren Bruder; zärtlich und spöttisch zugleich. Er ging weiter, durch die Tore hinaus, und in einem Café drüben an der Straße nach Paris servierte ihm ein Mädchen, seine Schwester, Vermouth an einem staubigen grünen Tisch unter Platanen. Nachtwind, Herbstwind, blies aus dem Süden, aus den Wäldern, und wie der Vermouth schmeckte er ein wenig bitter und duftete nach trockenen Blättern.

Als freier Mann machte er sich mit Bedacht auf den Weg zur Station, kaufte seine Fahrkarte selbst und kehrte allein nach Paris zurück. Niemand weiß, wo er von der Metro nach oben kam, noch, wo er in der Stadt umherwanderte, während er dabei war, abzuspringen. Um elf Uhr nachts stand er am Geländer der Solferino-Brücke – ein kleiner Mann in einem Anzug aus Reißwolle, ein freier Mann. Er sah zu, wie die Lichter der Brücke und der anderen Brücken in der Ferne auf dem schwarzen, ruhig dahinfließenden Fluß zitterten. Flußaufwärts und flußabwärts standen an beiden Ufern die Zufluchtsorte, die Asyle: das Regierungs-

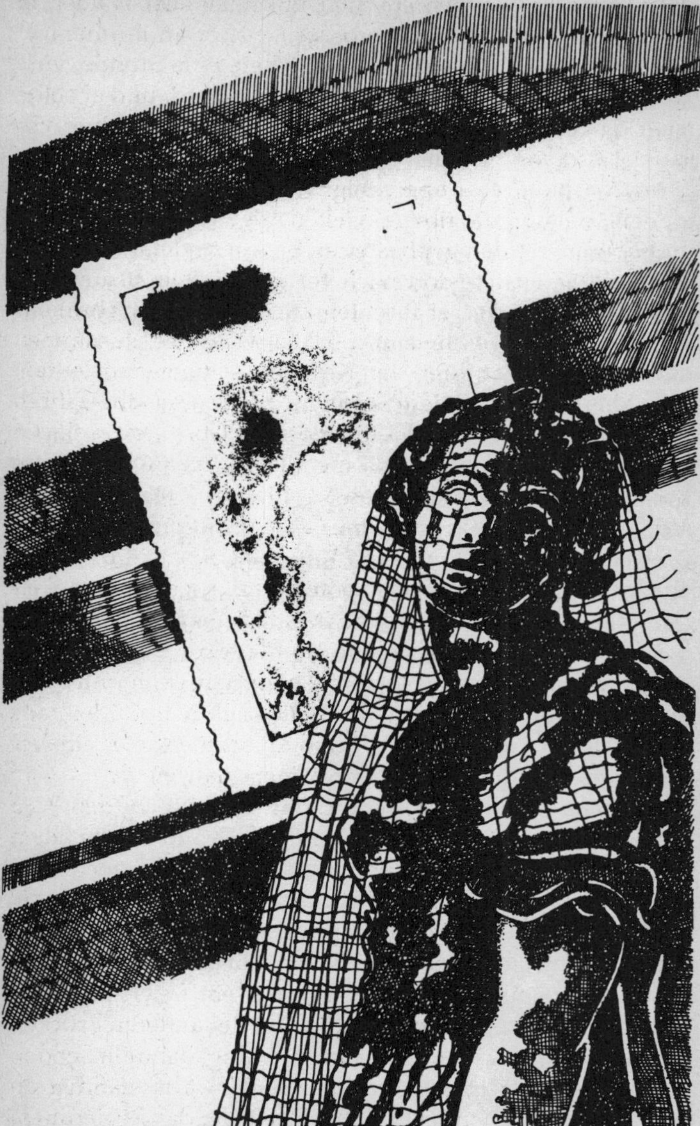

gebäude von Frankreich, die Botschaften von Amerika und England. An allen war er vorbeigegangen. Vielleicht war es zu spät nachts, um noch einzutreten. Als er dort mitten auf der Brücke stand, zwischen Linkem Ufer und Rechtem Ufer, dachte er: Vielleicht gibt es keinen Platz mehr, wo man sich verstecken kann. Es gibt keine Throne mehr; keine Wölfe und keine Wildschweine; selbst die Löwen Afrikas sterben aus. Der einzig sichere Ort ist der Zoo.

Aber aus Sicherheit hatte er sich nie sehr viel gemacht. Und nun sagte er sich, daß er sich auch aus dem Verstecken nicht viel machte, da er doch etwas Besseres gefunden hatte: seine Familie, sein Erbe. Hier schließlich war er durch einen überlebensgroßen Garten geschritten auf Pfaden, auf denen seine älteren Brüder vor ihm geschritten waren, Kronen auf den Häuptern. Danach konnte er wirklich nicht Zuflucht suchen im Zoo. Er ging weiter über die Brücke und unter die dunklen Bögen des Louvre und kehrte zum Hotel zurück. Was ihn nun, da er wußte, daß er, als König und als Dieb, überall zu Hause war, wieder seinem eigenen Land zuführte, war nichts als simple Treue. Denn was sonst sollte heutzutage einen Mann bewegen? In königlicher Haltung schritt er an dem Geheimpolizisten in der Hotelhalle vorbei und verbarg unter seinem Mantel die gestohlenen, unerschöpflichen Springbrunnen.

(1960)

Das Hünengrab

Die Nacht senkte sich auf die schneebedeckte Straße herab, die aus den Bergen kam. Finsternis verschlang das Dörfchen, den steinernen Turm der Burg von Vermare, das Hünengrab neben der Straße. Finsternis lag in den Ecken der Räume der Burg, hockte unter dem großen Tisch und auf jedem Dachbalken, lauerte hinter den Schultern jedes Mannes an der Feuerstelle.

Der Gast saß auf dem besten Platz, einem Ecksitz, der von einer Seite der zwölf Fuß langen Feuerstelle vorsprang. Der Gastgeber, Herr der Burg, Graf von Montayna, saß mit allen anderen auf den Kaminplatten, jedoch näher am Feuer als sonst jemand. Die Beine gekreuzt, die großen Hände auf den Knien, blickte er starr in die Flammen und dachte an die schlimmste Stunde, der er in seinen dreiundzwanzig Jahren begegnet war, einen Jagdausflug drei Herbste zuvor, zum Bergsee Malafrena. Er dachte daran, wie der dünne Barbarenpfeil steil aus der Kehle seines Vaters emporgeragt war; er erinnerte sich, wie der kalte Schlamm an seine Beine gesickert war, als er neben dem Leichnam seines Vaters im Schilf kniete, umringt von den dunklen Bergen. Das Haar seines Vaters hatte sich im Wasser des Sees ein wenig bewegt. Und im Mund hatte er einen seltsamen Geschmack verspürt, den Geschmack des Todes, wie wenn man an Bronze leckt. Auch jetzt schmeckte er Bronze. Er horchte auf die Stimmen der Frauen im Zimmer oben.

Der Gast, ein Wanderpriester, erzählte von seinen Reisen. Er kam aus Solariy, unten in den Ebenen des Südens. Dort besaßen selbst die Händler Häuser aus Stein, sagte er. Die Barone bewohnten Schlösser und aßen Rinderbraten von Silbertellern. Graf Freygas Vasallen und Diener lauschten mit offenem Mund. Freyga, der nur zuhörte, damit die Minuten schneller vergingen, blickte düster vor sich hin. Der

Gast hatte sich bereits über die Ställe beschwert, über die Kälte, über Hammelfleisch zum Frühstück, Mittagessen und Abendbrot, über den verwahrlosten schäbigen Zustand der Kapelle von Vermare und über die Art und Weise, wie dort die Messe gelesen wurde – »Arianismus!« hatte er gemurmelt, die Luft scharf eingesogen und sich bekreuzigt. Dann hatte er dem alten Bruder Egius gegenüber behauptet, daß jede Seele in Vermare verloren sei: Sie alle hatten eine ketzerische Taufe erhalten. »Arianismus! Arianismus!« schrie er. Bruder Egius duckte sich; er dachte, Arianismus sei ein Teufel, und versuchte zu erklären, daß es unter seinen Schäfchen noch nie einen Besessenen gegeben habe, ausgenommen einen von des Grafen Widdern, der ein gelbes Auge besaß und ein blaues und der ein schwangeres Mädchen so arg gestoßen hatte, daß es eine Fehlgeburt erlitt, aber dann hatte man den Widder mit Weihwasser besprengt, und er hatte keinerlei Schwierigkeiten mehr gemacht, ganz im Gegenteil, er war eifrig im Bespringen, und das Mädchen, das ein uneheliches Kind erwartet hatte, war die Frau eines braven Bauern aus Bara geworden und hatte ihm fünf kleine Christenkinder geboren, jedes Jahr eines. »Ketzerei! Sünde! Einfältigkeit!« hatte der fremde Pfaffe geschimpft. Und nun betete er zwanzig Minuten lang, bevor er sein Hammelfleisch aß, das von Ketzerhänden geschlachtet, zubereitet und serviert worden war. Was will er denn? dachte Freyga. Erwartete er etwa im Winter Komfort? Glaubte er, sie alle seien Heiden, mit seinem »Arianismus?« Zweifellos hatte er noch nie Heiden zu Gesicht bekommen, die kleinen, dunklen, schrecklichen Leute von Malafrena und den Bergen in der Ferne. Und zweifellos war auch noch nie ein Heidenpfeil auf ihn zugeflogen. Das würde ihn den Unterschied lehren zwischen Heiden und Christenmenschen, dachte Freyga.

Als es schien, daß der Gast für den Moment aufgehört hatte mit den großen Worten, sprach Freyga zu einem Jungen, der neben ihm lag, das Kinn in die Handflächen aufgestützt: »Sing uns ein Lied, Gilbert!« Der Junge lächelte, setzte sich auf und begann sofort mit einer hohen, süßen Stimme:

»Voran schritt König Alexander
in seiner Rüstung aus Gold, Alexander,
golden die Schienen und golden der Helm,
die Halsberge selbst aus gehämmertem Gold.
Gekleidet in Gold kam der König,
Christus anzurufen und das Kreuz zu schlagen
in den abendlichen Bergen.
Voran ritten die Mannen des Königs,
riesige Heerscharen auf ihren Pferden,
hinüber in Persiens endlose Weiten;
um zu töten und um zu erobern
folgten sie dem König Alexander
in die abendlichen Berge.«

Eintönig zog sich der lange Gesang dahin; Gilbert hatte irgendwo in der Mitte zu singen begonnen und hörte irgendwo in der Mitte auf, lange vor dem Tod Alexanders »in den abendlichen Bergen«. Es machte nichts aus; alle kannten die Weise von Anfang bis zum Ende.

»Warum laßt Ihr den Jungen von heidnischen Königen singen?« erkundigte sich der Gast.

Freyga hob den Kopf. »Alexander war ein großer König der Christenheit.«

»Er war Grieche, ein Götzendiener.«

»Ohne Zweifel kennt Ihr die Weise anders als wir«, sagte Freyga höflich. »Wir singen ja ›Christus anzurufen und das Kreuz zu schlagen‹.«

Einige von seinen Männern grinsten.

»Vielleicht kann uns Euer Diener ein besseres Lied singen«, fügte Freyga hinzu, denn seine Höflichkeit war ehrlich. Und ohne sich lange drängen zu lassen, begann der Diener des Priesters mit nasaler Stimme einen Lobgesang über einen Heiligen zu singen, der zwanzig Jahre lang unerkannt in seines Vaters Haus von Abfällen lebte. Fasziniert hörten Freyga und sein Gefolge zu. Selten nur kamen ihnen neue Weisen zu Ohren. Doch plötzlich hielt der Sänger inne, unterbrochen von einem seltsam schrillen Heulen, das von draußen kam. Freyga sprang auf und starrte in die Finsternis der Halle. Dann bemerkte er, daß seine Männer sich nicht gerührt hatten, daß sie schweigend dasaßen und zu ihm aufsahen. Wieder kam das Heulen aus dem Zimmer über ihnen. Der junge Graf setzte sich wieder. »Sing dein Lied zu Ende!« sagte er. Der Diener des Priesters leierte den Rest des Gesanges herunter. Schweigen senkte sich nach den letzten Tönen auf die Gesellschaft.

»Wind kommt auf«, sagte dann einer der Männer leise.

»Ein schlimmer Winter war's.«

»Schnee bis an die Schenkel, kam gestern über den Paß von Malafrena.«

»Daran sind die da oben schuld.«

»Wer? Die Bergler?«

»Erinnerst du dich an das ausgeweidete Schaf, das wir im letzten Herbst fanden? Kass sagte damals, es sei ein schlechtes Omen. Sie hätten Odne geopfert, meinte er.«

»Was sonst?«

»Wovon sprecht ihr?« fragte der fremde Priester.

»Über das Bergvolk droben, Herr Pater. Die Heiden.«

»Was ist Odne?«

Pause.

»Was meint ihr mit ›Odne geopfert‹?«

»Nun ja, Herr, vielleicht ist es besser, nicht darüber zu reden.«

»Und warum?«

»Nun ja, Herr, wie Ihr vorhin beim Singen meintet: Heut nacht besser fromme Sachen.« Kass, der Schmied, sagte es mit Würde und warf nur einmal einen Blick zur Decke, um anzudeuten, daß er das Zimmer über ihnen meinte. Ein anderer jedoch, ein junger Mann mit Geschwüren rund um die Augen, murmelte: »Das Hünengrab hat Ohren und das Hünengrab hört ...«

»Hünengrab? Das Hügelchen neben der Straße meinst du?«

Schweigen.

Freyga wandte sich um und sah dem Priester ins Gesicht. »Sie bringen Odne Opfer dar«, sagte er mit seiner sanften Stimme, »auf Steinen neben den Hünengräbern in den Bergen. Was die Gräber enthalten, weiß niemand.«

»Arme Heidenmenschen, arme gottlose Leute«, murmelte der alte Bruder Egius kummervoll.

»Der Altarstein in unserer Kapelle stammt vom Hünengrab«, sagte der Knabe Gilbert.

»Was?«

»Halt den Mund!« fuhr der Schmied auf. »Er meint, Herr, daß wir den obersten von den Steinen neben dem Grab genommen haben, einen großen Marmorstein, Bruder Egius hat ihn gesegnet, und da ist nichts Schlechtes dabei.«

»Ein schöner Altarstein«, nickte Bruder Egius und lächelte, aber nach seinen Worten erklang erneut ein heulender Schrei von oben. Er beugte den Kopf und murmelte Gebete.

»Ihr betet auch!« befahl Freyga und sah den Fremden an. Dieser zog den Kopf ein und begann zu murmeln, wobei er hin und wieder aus den Augenwinkeln einen Blick auf Freyga warf.

Es gab nicht viel Wärme im Raum, ausgenommen rund um die Feuerstelle, und das Morgengrauen fand die meisten von ihnen immer noch dort: Bruder Egius eingerollt wie eine greise Schlafmaus in den Binsen, den Fremden, in sich zusammengesunken in der Kaminecke, die Hände über dem Bauch verschränkt, Freyga ausgestreckt auf dem Rükken, wie ein Gefallener nach der Schlacht. Rund um ihn herum schnarchten seine Männer, zuckten im Schlaf und fingen Gebärden an, die sie nie zu Ende führten. Freyga erwachte als erster. Er stieg über die schlafenden Gestalten hinweg und kletterte die steinernen Stufen zu dem Raum darüber hoch. Ranni, die Hebamme, trat ihm im Vorraum entgegen, wo ein paar Mädchen und Hunde in einem Haufen auf übereinandergeschichteten Schaffellen schliefen. »Noch nichts, Herr Graf.«

»Aber jetzt sind es schon zwei Nächte ...«

»Ah, sie hat kaum erst begonnen«, sagte die Hebamme mit Geringschätzung in der Stimme. »Muß doch auch ausruhen, nicht wahr?«

Freyga drehte sich um und ging mit schweren Schritten die gewundene Treppe wieder hinab. Die Geringschätzung der Frau drückte ihn nieder – aller Frauen, den ganzen gestrigen Tag: ihre Gesichter waren düster, besorgt; sie schenkten ihm keine Aufmerksamkeit. Er stand außerhalb, ignoriert, unwichtig. Er konnte gar nichts tun. So setzte er sich an den Eichentisch und legte den Kopf in die Hände und versuchte an Galla zu denken, an seine Frau. Sie war siebzehn; seit zehn Monaten waren sie verheiratet. Freyga dachte an ihren runden weißen Bauch. Dann versuchte er, an ihr Gesicht zu denken, aber nur der Geschmack von Bronze war auf seiner Zunge. »Holt mir etwas zu essen!« schrie er, ließ die Faust auf die Tischplatte niedersausen, und die Burg von Vermare erwachte mit einem Schlag aus der Ohnmacht des Morgengrauens. Jungen rannten durcheinander, Hunde kläfften, der Blasebalg röhrte in der Küche, Männer streckten sich und spuckten ins Feuer. Freyga saß da, den Kopf in den Händen begraben.

Die Frauen kamen herunter, einzeln oder zu zweit, um sich an der großen Feuerstelle auszuruhen und einen Bissen zu sich zu nehmen. Ihre Gesichter waren ernst. Sie sprachen nur miteinander, nicht zu den Männern.

Es hatte aufgehört zu schneien, und der Wind blies aus den Bergen, häufte Schneewehen an den Mauern und an den Wänden der Ställe auf, ein Wind, so kalt, daß er den Atem an der Kehle abschnitt wie ein Messer.

»Warum hat man diesem Bergvolk, diesen Darbringern von Opferlämmern dort oben noch nicht das Wort Gottes überbracht?« Das war der dickbäuchige Priester, der zu Bruder Egius sprach und zu dem Mann mit den Geschwüren an den Augen, Stefan.

Sie zögerten, nicht ganz sicher, was »Darbringer« heißen sollte.

»Sie bringen nicht nur Schafe um«, sagte Bruder Egius zaghaft.

Stefan lächelte. »Nein, nein, nein«, fügte er hinzu und schüttelte den Kopf.

»Was soll das heißen?« Die Stimme des Fremden klang scharf; und Bruder Egius duckte sich und antwortete: »Sie ... sie schlachten auch Ziegen.«

»Schafe oder Ziegen, was macht das für einen Unterschied? Woher kommen sie, diese Heiden? Warum gestattet man ihnen, in einem christlichen Land zu leben?«

»Sie haben immer schon hier gelebt«, meinte der alte Priester verwirrt.

»Und Ihr habt noch nie versucht, ihnen die Heilige Kirche zu bringen?«

»Ich?«

Es war ein gelungener Scherz – die Vorstellung, daß der kleine, alte Gottesmann hinaufstieg in die Berge; für eine ganze Weile gab es genug zu lachen. Bruder Egius, obwohl sonst ohne Eitelkeit, war möglicherweise doch ein wenig beleidigt, denn schließlich sagte er in ziemlich steifem Tonfall: »Sie haben ihre eigenen Götter, Herr.«

»Ihre Götzen, ihre Teufel, ihren ... – wie nennt Ihr ihn ...? – Ihren Odne!«

»Seid ruhig, Pfarrer!« fauchte Freyga plötzlich. »Müßt Ihr diesen Namen aussprechen? Kennt Ihr keine Gebete?«

Danach war der Fremde weniger überheblich. Nun, da der Graf schroff zu ihm gesprochen hatte, war der Zauber der Gastfreundschaft gebrochen, und die Gesichter, die ihn anblickten, bekamen harte Konturen. Auch in dieser Nacht überließ man ihm den Eckplatz am Feuer, aber er saß dort zusammengekauert, nicht mehr breitbeinig zur Wärme hingestreckt.

An diesem Abend wurde nicht gesungen. Die Männer sprachen mit unterdrückten Stimmen, von Freygas Schweigen wortkarg gemacht. Hinter ihren Schultern wartete die

Finsternis. Kein Ton war zu hören, nur das Heulen des Windes draußen und das Heulen der Frau über ihnen. Den ganzen Tag lang war es still gewesen, aber nun kam das heisere dumpfe Schreien wieder und immer wieder. Es schien Freyga unmöglich, daß sie immer noch schreien konnte. Sie war dünn und klein, ein Mädchen noch, sie konnte doch nicht so viel Schmerz in sich haben! »Wozu sind die da oben gut!« brach es aus ihm heraus. Seine Männer sahen ihn an, wortlos. »Bruder Egius! Etwas Böses muß in diesem Haus sein!«

»Ich kann nur beten, mein Sohn«, sagte der alte Mann furchtsam.

»Dann betet! Am Altar!« Er schob Bruder Egius vor sich her, hinaus in die schwarze Kälte, über den Hof, wo trokkene Schneeflocken unsichtbar auf dem Wind wirbelten, und zur Kapelle. Nach einer Weile kehrte er allein zurück. Der alte Mann hatte versprochen, die Nacht am Feuer seiner kleinen Zelle hinter der Kapelle auf den Knien zuzubringen.

An den großen Feuerstellen war nur noch der fremde Priester wach. Freyga setzte sich auf die Herdsteine und sagte lange Zeit nichts.

Der Fremde blickte auf und zuckte zusammen, als er sah, daß die blauen Augen des Grafen auf ihn gerichtet waren – geradewegs auf ihn.

»Warum seid Ihr noch wach?«

»Ich bin nicht schläfrig, Graf.«

»Es wäre besser, Ihr würdet schlafen.«

Der Fremde blinzelte nervös, schloß die Augen und versuchte, so auszusehen, als ob er schliefe. Hin und wieder lugte er zwischen halbgeschlossenen Lidern hindurch nach Freyga und versuchte, ein Gebet an seinen persönlichen Schutzheiligen zu richten, ohne die Lippen zu bewegen.

Für Freyga sah er aus wie eine fette schwarze Spinne. Fäden aus Finsternis spannten sich von seinem Körper weg und umwanden den Raum.

Der Wind legte sich allmählich und ließ Stille zurück, in der Freyga seine Frau stöhnen hörte – ein trockenes, schwaches Geräusch.

Das Feuer erstarb. Dichter und dichter kamen die wirren Stricke und Fäden aus Finsternis von der Menschenspinne in der Ecke an der Feuerstelle. Ein winziges Glitzern zeigte sich unter den Augenbrauen. Der untere Teil des Gesichts regte sich ein wenig; tiefer und tiefer ließ sie ihren Zauber einwirken ... Nun hatte der Wind sich völlig gelegt; kein Laut war zu hören.

Freyga stand auf. Der Priester hob den Blick und sah die breite goldene Gestalt, die sich gegen die Finsternis abhob, und als Freyga sagte: »Kommt mit mir!« war er zu erschrokken, um sich auch nur zu bewegen. Freyga nahm ihn am Arm und zog ihn hoch. »Graf! Graf, was wollt Ihr?« flüsterte er und versuchte, sich zu befreien.

»Kommt mit mir!« wiederholte Freyga und führte ihn über den Steinboden durch die Dunkelheit zur Tür.

Freyga trug ein Gewand aus Schaffell, der Priester nur sein wollenes Kleid. »Graf«, keuchte er, als er neben Freyga über den Hof trottete, »es ist so kalt, daß man sich den Tod holen kann, und es könnten Wölfe kommen ...«

Freyga schob den armdicken Riegel des Außentores mit einem Ruck zurück und stieß einen Flügel auf. »Weiter!« sagte er und machte eine auffordernde Geste mit dem Schwert in der Scheide.

Der Priester blieb plötzlich stehen. »Nein«, sagte er.

Freyga zog das Schwert. Es hatte eine kurze, dicke Klinge; Freyga richtete die Spitze auf den Rumpf unter dem wollenen Kleid und trieb den Priester neben sich her zum Tor hinaus, die Dorfstraße entlang und über den ansteigenden Weg, der in die Berge führte. Sie gingen langsam, denn der Schnee lag hoch, und bei jedem Schritt brachen ihre Füße durch seine Kruste. Die Luft war jetzt absolut still, wie erstarrt. Freyga blickte empor zum Himmel; über ihm, zwischen hohen, dünnen Wolken, stand das Sternbild mit dem Schwertgehenk aus drei hellen Sternen. Manche Leute nannten die Figur den »Krieger«, andere sagten »der Schweiger« dazu, »Odne, der Schweiger«.

Der Priester murmelte Gebet um Gebet, ein pausenloses,

leierndes Geschwätz, nur unterbrochen, wenn er pfeifend nach Atem rang. Einmal stürzte er und fiel mit dem Gesicht voran in den Schnee. Freyga zog ihn wieder auf die Füße. Der Priester blickte hinauf in das vom Licht der Sterne erhellte Gesicht des jungen Mannes, sagte aber nichts. Unaufhörlich leise betend stolperte er weiter.

Die Burg und das Dorf Vermare lagen dunkel hinter ihnen; rundum erstreckten sich nackte Hügel und schneebedeckte Ebenen, bleich im Schein der Sterne. Am Wegrand erhob sich ein Hügelchen in Form eines Grabens, nicht ganz mannshoch; daneben, vom Wind blankgeblasen, stand ein niedriger, breiter Sockel oder Altar aus unbehauenen Steinen. Freyga nahm den Priester an der Schulter, drängte ihn weg von der Straße und zu dem Altar neben dem Hünengrab. »Graf! Graf!« ächzte der Priester, als Freyga seinen Kopf packte und rückwärts stieß. Weiß glänzten seine Augen in der Sternennacht, sein Mund öffnete sich zu einem Schrei, aber der Schrei wurde nur zu einem gurgelnden, pfeifenden Keuchen, als Freyga ihm die Kehle durchschnitt.

Freyga bog den Leichnam über den Altar und schnitt und riß das dicke Kleid auf, bis er an den Bauch herankam, um ihn aufzuschlitzen. Augenblicklich ergossen sich Blut und Eingeweide über den trockenen Stein des Altars und dampften auf dem Schnee. Der ausgeweidete Körper fiel wie ein leerer Mantel mit schlenkernden Armen kopfüber auf die Steine.

Der lebende Mann hingegen sank auf die dünne, windgeglättete Schneedecke neben dem Grab, das Schwert immer noch in der Hand. Die Erde schwankte und zitterte, und rufende Stimmen wanderten in der Dunkelheit an ihm vorbei.

Als er den Kopf hob und sich umsah, war alles verändert. Über ihm wölbte sich blaß der sternenlose Himmel. Hügel und ferne Berge ragten klar umrissen und schattenlos empor. Der formlose, über dem Altar zusammengesunkene Leichnam war schwarz, der Schnee zu Füßen des Hünengrabes war schwarz, und Freygas Hände und Schwertklinge waren schwarz. Er versuchte, die Hände mit Schnee zu rei-

nigen, und die stechende Kälte machte ihn wach. Alles drehte sich vor seinen Augen, als er aufstand, und mit gefühllosen Beinen stolperte er zurück nach Vermare. Unterwegs spürte er, daß sich zusammen mit dem neuen Tag weich und feucht der Westwind erhoben hatte und Tauwetter brachte.

Ranni stand neben der großen Feuerstelle, während der Knabe Gilbert die Flammen schürte. Ihr Gesicht war verschwollen und grau. Spöttisch sagte sie zu Freyga: »Nun, Graf, höchste Zeit, daß Ihr zurückkommt.«

Er stand schwer atmend und mit schlaffen Zügen da und sprach kein Wort.

»Kommt schon!« drängte die Hebamme. Er folgte ihr die gewundene Treppe nach oben. Das Stroh, das den Boden bedeckt hatte, war ins Feuer gefegt worden. Galla lag wieder in dem breiten, kastenartigen Bett, dem Ehebett. Ihre geschlossenen Augen lagen in tiefen Höhlen, und sie schnarchte leise. »Sch!« machte die Hebamme, als er auf seine Frau zutreten wollte. »Ruhig! Seht, hier!«

Sie hielt ein fest verpacktes Bündel hoch.

Nach einer Weile, als er immer noch nicht gesprochen hatte, raunte sie brüsk: »Ein Junge. Groß. Gesund.«

Freyga streckte eine Hand nach dem Bündel aus. Seine Fingernägel waren bräunlich verkrustet und gefleckt.

Die Hebamme drückte das Bündel an sich. »Eure Hände sind kalt«, stellte sie in einem scharfen, verächtlichen Flüstern fest. »Hier.« Sie zog eine Stoffalte zur Seite, um ihm einen Augenblick lang das winzige, purpurrote Menschengesichtchen in dem Bündel zu zeigen, ehe sie es wieder bedeckte.

Freyga trat an den Fuß des Bettes, kniete auf dem Boden nieder und beugte den Kopf, bis er die Steinplatten berührte. »Gepriesen seist Du, Herr Jesus Christus«, murmelte er. »Dank sei Dir ...«

Der Bischof von Solariy fand nie heraus, was aus seinem Abgesandten in den Nordwesten geworden war. Als glaubenseifriger Mann hatte er sich vermutlich zu weit vorgewagt in die Berge, wo immer noch das Heidenvolk wohnte, und war den Märtyrertod gestorben.

Graf Freygas Name jedoch lebte lange in der Geschichte seiner Provinz. Noch zu seinen Lebzeiten wurde hoch auf dem Berg über dem See Malafrena das Benediktinerkloster gegründet. Graf Freygas Herden und Graf Freygas Schwert nährten und verteidigten die Mönche in ihren ersten harten Wintern dort oben. Im schlechten Latein ihrer Chroniken, in schwarzer Tinte auf dem beständigen Pergament, werden er und nach ihm sein Sohn in tiefer Dankbarkeit als zuverlässige und treue Beschützer von Gottes Heiliger Kirche erwähnt.

(1150)

Der Wald von Ile

Ganz gewiß«, sagte der junge Arzt, »gibt es Verbrechen, die man nicht vergeben kann! Mord etwa darf nicht ungesühnt bleiben.«

Sein Seniorpartner schüttelte den Kopf. »Vielleicht gibt es Menschen, denen man nicht vergeben kann – aber bei Verbrechen ... das hängt davon ab ...«

»Wovon? Wenn man jemanden umbringt – das ist unverzeihlich. Notwehr ausgenommen, natürlich. Das Menschenleben ist nun einmal heilig ...«

»... inwieweit, steht dem Gesetz nicht zu, zu beurteilen«, sagte der Ältere trocken. »Ich habe einen Mord in der Familie. Um die Wahrheit zu sagen, zwei Morde.« Und während er die meiste Zeit ins Feuer starrte, erzählte er seine Geschichte.

Meine erste Praxis hatte ich droben im Norden, im Valone. Ich zog zusammen mit meiner Schwester im Jahre 1902 dorthin. Selbst damals schon war das eine langweilige, eintönige Gegend. Die großen Herrschaftsgüter waren an die Rübenplantagen verkauft worden, und Kohlenzechen legten einen Hauch von Düsterkeit über all die Hügel im Süden und Westen. Es war nichts als eine große, trübselige Ebene; nur an ihrem östlichen Ende, in Valone Alte, hatte man überhaupt das Gefühl, in den Bergen zu sein. Schon das erste Mal, als ich nach Valone Alte fuhr, fiel mir eine Waldung auf; die Bäume im Tal waren nämlich alle gefällt worden. Es gab Birken, die gerade gelb wurden, und dahinter ein Haus, und hinter dem Haus war ein Eichenbestand aus riesigen alten Bäumen, die dunkelrot und braun leuchteten; es war Oktober. Sehr schön. Als meine Schwester und ich an einem Sonntag ausfuhren, lenkte ich die Kutsche in diese Gegend, und sie sagte in ihrer schläfrigen Art, daß es ihr vorkomme wie ein Schloß im Märchen, das silberne Schloß im goldenen Wald. Ich hatte einige Patienten im Valone Alte und fuhr immer über diese Straße. Im Winter, wenn die Bäume keine Blätter trugen, konnte man das alte Haus sehen; im Frühjahr hörte man den Kuckuck rufen, und im Sommer die Trauertauben. Ich wußte nicht, ob jemand in dem Haus lebte. Ich fragte nie.

Das Jahr war bald um; ich hatte nicht so viel zu tun, wie ich gehofft hatte, aber Poma, meine Schwester Pomona, war tüchtig, wenn es darum ging, sich nach der Decke zu strekken, auch wenn sie so schläfrig und gelassen aussah. Also kamen wir mit meinen Einkünften durch. Eines Abends kam ich nach Hause und hörte, daß ich an einem Ort namens Ile an der Valone-Alte-Straße gebraucht wurde. Ich fragte Minna, die Haushälterin, wo das sei.

»Na im Wald von Ile«, antwortete sie, als ob es dort einen Wald von der Größe Sibiriens gegeben hätte. »Nach der alten Mühle.«

»Das Silberschloß«, sagte Poma lächelnd.

Sofort machte ich mich auf den Weg. Ich war neugierig. Sie wissen, wie das ist, wenn man so die Ranken seiner Phantasie um ein Haus gewunden hat und plötzlich aufgefordert wird, einzutreten. Rundum standen die alten Bäume, und die Fenster des Hauses reflektierten das letzte Rot aus dem Westen. Als ich mein Pferd festband, kam ein Mann aus dem Haus, um mich zu empfangen.

Er stammte nicht aus irgendeinem Märchen. Er war etwa vierzig und hatte dieses gewisse Adlergesicht, wie man es im Norden häufig findet, wie aus Stein gemeißelt. Der Mann hieß mich sogleich eintreten. Das Haus war nicht erleuchtet, aber er trug eine Kerosinlampe. Was ich von den Zimmern erkennen konnte, sah nackt und leer aus. Keine Teppiche, nichts. Auch in dem Zimmer im ersten Stock, das wir betraten, lag kein Teppich; Bett, Tisch, ein paar Stühle; aber ein hell loderndes Feuer im Kamin. Es ist angenehm, einen Wald zur Verfügung zu haben, wenn man Feuerholz braucht.

Der Patient war der Eigentümer des Waldes, Ileskar. Lungenentzündung. Und er war ein Kämpfer. Ich verbrachte, mit Unterbrechungen, siebzig Stunden dort, und in all der Zeit machte er nicht einen einzigen Atemzug, der nicht ein Akt reiner Willenskraft gewesen wäre. In der dritten Nacht hatte ich eine Frau in Mesoval, die in den Wehen lag, aber ich ließ sie in der Obhut der Hebamme. Ich war jung, wissen Sie, und ich sagte mir, daß jeden Tag Babies auf die Welt kommen, aber es kommt nicht jeden Tag vor, daß ein tapferer Mann sie verläßt. Er kämpfte; und ich versuchte, ihm dabei zu helfen. Bei Tagesanbruch ging das Fieber abrupt zurück, wie es das jetzt bei diesen neuen Medikamenten macht, aber damals war es kein Medikament; er hatte gekämpft und gesiegt. Ich fuhr in gehobener Stimmung nach Hause, hinein in einen weißen, windigen Sonnenaufgang.

Und während seiner Rekonvaleszenz kam ich täglich vorbei. Er zog mich magisch an – das Haus und seine unmittelbare Umgebung zogen mich magisch an. Diese letzte Nacht, das war eine jener Nächte gewesen, die es nur gibt, wenn man jung ist – eine richtige Nacht, vom Sonnenuntergang bis zum Sonnenaufgang, wenn Leben und Tod neben einem stehen, und draußen, vor den Fenstern, ist Wald und Winter und Finsternis.

Ich sage »Wald« wie Minna, und meine damit diesen Bestand an ein paar hundert Bäumen. Früher einmal war es ein Wald gewesen, der das ganze Valone Alte überzogen hatte – genau wie der Grundbesitz der Ileskar. Anderthalb Jahrhunderte lang war es damit bergab gegangen; und nun war nichts mehr davon übrig als das Wäldchen und das Haus, und der Anteil an den Feldern gerade groß genug, um einen Ileskar am Leben zu erhalten. Und Martin, das Adlergesicht, natürlich, der strenggenommen sein Diener war, aber sie teilten sich die Arbeit und aßen gemeinsam. Martin war ein merkwürdiger Mensch, Ileskar eifersüchtig ergeben. Ich spürte diese Ergebenheit als eine effektive Kraft, nicht in sexuellem Sinn, sondern auf besitzergreifende, beschützende Art und Weise. Das verblüffte mich jedoch nicht allzusehr. Es lag etwas um Galven Ileskar, das es nur ganz natürlich erscheinen ließ: es war natürlich, ihn zu bewundern, natürlich, ihn beschützen zu wollen.

Seine Lebensgeschichte hörte ich zum größten Teil von Minna; ihre Mutter hatte für seine Mutter gearbeitet. Was an Reichtum noch durchzubringen gewesen war, hatte sein Vater durchgebracht, ehe er an Rippenfellentzündung starb. Galven ging mit zwanzig zur Armee; mit dreißig heiratete er, quittierte den Dienst im Rang eines Hauptmanns und kam nach Ile zurück. Nach etwa drei Jahren verließ ihn seine Frau und rannte mit einem Kerl aus Brailava davon. Darüber erfuhr ich auch ein bißchen von Galven selbst. Er war dankbar für meine Besuche; ich nehme an, es war ihm klar, daß ich seine Freundschaft erringen wollte. Und er spürte, daß er sich nicht zurückzuhalten brauchte. Ich hatte planlos von Poma und mir geplaudert, also fühlte er sich bemüßigt, mir von seiner Ehe zu erzählen. »Sie war sehr schwach«, sagte er. Er hatte eine leise, kehlige Stimme. »Ich verwechselte ihre Schwäche mit Sanftmut. Mein Fehler. Es war nicht ihre Schuld. Sie wissen, daß sie mir davongelaufen ist? Mit einem anderen?«

Peinlich berührt nickte ich.

»Ich sah einmal zu, wie er ein Pferd blind schlug«, sagte Galven genauso nachdenklich und gequält wie vorhin. »Er stand da und peitschte das Tier, bis seine Augen nur noch offene Wunden waren. Als ich hinkam, war er gerade damit fertig. Er gab einen tiefen Seufzer der Befriedigung von sich, als hätte er sich soeben von einer guten Mahlzeit erhoben. Es war sein eigenes Pferd. Ich tat nichts. Befahl ihm, zu verschwinden, auf der Stelle zu verschwinden. War nicht genug ...«

»So sind Sie und Ihre Frau also – geschieden?«

»Ja«, sagte er und blickte Martin an, der an der anderen Seite des Zimmers das Feuer schürte. Martin nickte, und Galven sagte noch einmal: »Ja.« Er war erst eine Woche rekonvaleszent und sah müde aus; es war ein bißchen seltsam, aber ich wußte bereits, daß er ein seltsamer Mensch war.

»Tut mir leid«, sagte er. »Ich habe vergessen, wie man sich mit zivilisierten Menschen unterhält.«

Es schmerzte zu hören, wie er sich bei mir entschuldigte, und so sprach ich einfach weiter, über das erstbeste, was mir gerade in den Sinn kam, über Poma und mich und über die alte Minna und meine Patienten, und schließlich kam es dazu, daß ich fragte, ob ich Poma mitbringen dürfe, wenn ich wieder nach Ile kam. »Sie war so voller Bewunderung, als wir einmal hier vorbeifuhren.«

»Das wäre mir ein großes Vergnügen«, antwortete Galven. »Aber Sie warten damit, bis ich wieder auf den Beinen bin, ja? Außerdem haben wir hier einen ziemlichen Schweinestall ...«

Aber ich war taub. »Das würde sie gar nicht bemerken«, antwortete ich. »Ihr eigenes Zimmer ist ein undurchdringlicher Wirrwarr von Schals und Kopftüchern und kleinen Flaschen und Büchern und Haarnadeln, sie räumt nie etwas weg. Die Knöpfe ihrer Kleider sind kaum je in den richtigen Knopflöchern, und sie läßt alles und jedes einfach hinter sich, wie im Kielwasser eines Schiffes.« Ich übertrieb beileibe nicht. Poma liebte weiche, feine Kleider und seidige Sachen, und wo immer sie sich befunden hatte, floß ein Schleier von einer Armlehne, oder ein Schal flatterte von einem Rosenbusch, oder etwas Flaumiges, Duftiges lag neben der Tür, genauso, als wäre sie irgendein kleines Tierchen gewesen, das überall, wo es hinging, Fellflöckchen hinter sich ließ, wie auch Kaninchen am frühen Morgen auf dem dornigen Gestrüpp in den Feldern weiße Haarbüschel zurücklassen. Wenn sie einen Schal verloren hatte, und ihr Hals nackt war, dann ergriff sie für gewöhnlich das nächstbeste Tuch, und dann fragte ich sie, was sie eigentlich da um die Schulter trug – den Putzlappen vom Herd? Und dann lächelte sie ihr süßes, verlegenes, träges Lächeln. Sie war ein Schatz, meine kleine Schwester. Ich bekam einen ziemlichen Schock, als ich ihr erklärte, ich würde sie demnächst mitnehmen nach Ile, und sie »Nein« sagte, einfach so.

»Warum nicht?« Ich war verärgert. Ich hatte ihr viel von Ileskar erzählt, und sie war mir interessiert erschienen.

»Er mag weder Frauen noch Fremde um sich«, sagte sie. »Laß den armen Kerl in Ruhe!«

»Unsinn. Er ist sehr einsam und weiß nicht, wie man sich davon befreit.«

»Dann bist du genau das, was er braucht«, sagte sie mit einem Lächeln. Ich ließ nicht locker – ich war entschlossen, Galven etwas Gutes zu tun, verstehen Sie –, und schließlich meinte sie: »Mir kommen so seltsame Gedanken bei diesem Haus, Gil. Wenn du über ihn sprichst, muß ich immer an den Wald denken. An den früheren Wald, meine ich, wie er einmal gewesen sein muß. Groß und düster, mit Lichtungen, auf denen noch nie eine Menschenseele war, und Stellen darin, die man zwar gekannt, aber längst wieder vergessen hat. Und überall wandern wilde Tiere umher. Ein Wald, in dem man sich verlaufen kann. Ich glaube, ich bleibe lieber daheim und sehe nach meinen Rosen.«

Ich sagte etwas von weiblicher Unlogik und alles, was dazugehört. Jedenfalls hackte ich weiter auf ihr herum, und schließlich gab sie nach. Sich geschlagen zu geben war ihre starke Seite – genauso, wie Sich-nicht-geschlagen-geben Galvens starke Seite war. Aber kein bestimmter Tag war für unseren Besuch ausgemacht worden, und das beruhigte sie. Und tatsächlich vergingen zwei Monate, ehe sie nach Ile kam.

Ich erinnere mich an den weiten, schweren Februarhimmel, der über der Landschaft hing, als wir hinfuhren. Nackt stand das Haus im Winterlicht zwischen den kahlen Bäumen. Man sah die fehlenden Dachschindeln, die vorhanglosen Fenster, die unkrautbewachsenen Wege. Ich hatte eine schlechte Nacht hinter mir, hatte geträumt, daß ich im Wald hinter irgend etwas, einem kleineren Tier offenbar, herjagte und es nicht finden konnte.

Martin war nicht zu sehen. Galven brachte unser Pony unter und führte uns ins Haus. Er trug alte Offiziershosen, von denen man die Lampassen entfernt hatte, einen alten Rock und einen grobwollenen Schal. Erst jetzt, als ich ihn mit Pomas Augen ansah, bemerkte ich, wie arm er war. Verglichen mit ihm waren wir reich: Wir hatten unsere Mäntel, unsere Kohle, unsere Kutsche und das Pony, all unsere Habe und unsere kleinen Schätze. Er hatte ein leeres Haus.

Er oder Martin hatte eine der Eichen gefällt, um das Feuer in dem enormen offenen Kamin im Erdgeschoß in Gang zu halten. Die Stühle, auf denen wir saßen, stammten aus seinem Zimmer oben im ersten Stock. Wir waren durchfroren, steif vor Kälte. Galvens Höflichkeit war frostig. Ich fragte, wo Martin sei.

»Er jagt«, antwortete Galven ausdruckslos.

»Gehen Sie auch auf die Jagd, Herr Ileskar?« fragte Poma mit leichter Stimme. Im Leuchten der Flammen sah ihr Gesicht rosig aus. Galven blickte sie an und taute auf. »Ich bin oft auf Enten ins Moor gegangen, als meine Frau noch lebte«, sagte er. »Es gibt jetzt nicht mehr viele Vögel dort, aber ich mochte das, so durch den Morast zu waten, wenn die Sonne aufging.«

»Das ist genau das richtige für kranke Bronchien«, warf ich ein. »Fangen Sie unbedingt wieder damit an!« Und ganz plötzlich war alle Spannung von uns abgefallen. Galven erzählte uns Jagdgeschichten aus seiner Familienvergangenheit – Berichte von der Wildschweinjagd; seit hundert Jahren gab es keine Wildschweine mehr im Valone. Und das brachte uns auf die Geschichten, die von den alten Dorfbewohnern wie Minna in jenen Tagen immer noch erzählt wurden; Poma war fasziniert davon, und Galven gab eine zum besten, ein naturbelassenes, wildes Epos von Lawinen und axtbewehrten Heroen, die all die Jahrhunderte hindurch von den hohen Bergen über dem Tal herabgekommen waren, von Hütte zu Hütte. Er sprach gut, mit seiner trokkenen, leisen Stimme, und wir hörten gut zu, so beim Feuer, mit den Schatten und dem Luftzug hinter unseren Rücken. Ich versuchte später einmal, diese Geschichte niederzuschreiben, und erkannte, daß ich mich nur an Fragmente erinnern konnte, und alle Poesie war dahin; aber dann hörte ich sie Poma ihren Kindern erzählen – Wort für Wort, genauso wie Galven sie an diesem Nachmittag in Ile erzählt hatte.

Als wir wieder wegfuhren, kam mir vor, als würde ich Martin aus dem Wald kommen sehen, aber es war zu dunkel, um sicher zu sein.

Beim Abendessen fragte Poma: »Seine Frau ist tot?«

»Er ist geschieden.«

Sie goß Tee ein und träumte darüber eine Weile.

»Martin ist uns aus dem Weg gegangen«, bemerkte ich.

»Sicher mißfällt ihm, daß ich hinkam.«

»Ist ein sturer Kerl, wirklich. Aber gefällt dir Galven?«

Poma nickte und hängte ein Lächeln an, so, als ob sie es vorher vergessen hätte. Und bald darauf schwebte sie hinweg in ihr Zimmer, wobei ein hauchdünner rosa Schal an einem Faden an ihrem Stuhl hängenblieb.

Nach einigen Wochen stattete uns Galven einen Besuch ab. Ich fühlte mich geschmeichelt und verwirrt. Noch nie hatte ich ihn mir an einem anderen Ort als Ile vorgestellt, und nun stand er wie irgend jemand in unserer winzigen guten Stube. Er hatte sich in Mesoval ein Pferd verschafft, war ungemein erfreut deswegen und erklärte ernst, daß es eine wirklich edle Stute sei, nur alt und viel zu viel geritten, und wie man es anstellte, ein ruiniertes Pferd »zurückzubringen«. »Vielleicht wollen Sie es einmal reiten, Fräulein Pomona, wenn sie wieder fit ist«, sagte er, denn meine Schwester hatte erwähnt, daß sie gerne ritte. »Sie ist sehr gutmütig.«

Pomona nahm sofort an; der Aussicht auf einen Ritt konnte sie nie widerstehen. »Es ist nur meine Faulheit«, pflegte sie zu sagen, »das Pferd macht die ganze Arbeit, und ich sitze bloß herum.«

Während der ganzen Zeit, die Galven bei uns war, hörte Minna nicht auf, durch den Türspalt zu lugen. Und als er gegangen war, behandelte sie uns zum erstenmal mit einer Andeutung von Respekt. Auf ihrer Leiter des Ansehens waren wir eine Sprosse höher geklettert. Ich nützte das gleich aus, um sie nach dem Mann aus Brailava zu fragen.

»Er kam immer zum Jagen. Damals führte Herr Ileskar noch ein sehr gastliches Haus. Nicht ganz so wie sein Vater, aber hin und wieder kamen doch Herren und Damen zu Besuch. Und dieser Gewisse kam immer zur Jagd. Angeblich hat er sein Pferd einmal blind geschlagen und hatte dann eine schreckliche Auseinandersetzung mit Herrn Ileskar deswegen und wurde von ihm rausgeschmissen. Aber er kam zurück, so scheint's und machte einen Narren aus Herrn Ileskar.«

Also stimmte die Sache mit dem Pferd wohl. Ich war mir nicht sicher gewesen. Galven log nicht, aber ich hatte das Gefühl, daß er, in seiner Einsamkeit, die Merkmale und Spielarten der Wahrheit nicht mehr ganz im Griff hatte. Ich weiß nicht, was mir diesen Eindruck verschaffte, außer daß er ein-, zweimal erklärt hatte, seine Frau sei tot; und das war sie sicher auch – für ihn, nicht für die anderen. Jedenfalls mißfiel mir Minnas Grinsen – ihr dümmlicher Respekt für Ileskar als vornehmen Herrn und ihre Geringschätzung für ihn als Mann. Das sagte ich ihr auch. Sie hob ihre breiten Schultern. »Nun, Herr Doktor, dann sagen Sie mir doch, weshalb er sich nicht aufgemacht hat und den beiden gefolgt ist! Warum er den Kerl einfach mit seiner Frau davonrennen läßt!«

Da hatte sie auch wieder recht.

»Sie war es wohl nicht wert, daß er hinter ihr herlief«, antwortete ich.

Minna hob wieder die Schultern – kein Wunder. Nach ihrem Ehrenkodex – und zweifellos auch nach dem von Galven – war das alles nicht so einfach zu erledigen, wenn man seine Selbstachtung nicht verlieren wollte.

Tatsächlich war es kaum vorstellbar, daß er schlicht aufgegeben hatte. Ich war dabeigewesen, als er einen schlimmeren Feind als einen Ehebrecher abwehrte ... Hatte sich Martin irgendwie eingeschaltet? Martin war ein strenggläubiger Christ; er unterlag einem anderen Ehrenkodex. Aber so stark er auch sein mochte, nie hätte er Galven von etwas abhalten können, was dieser beabsichtigte zu tun. Es war alles sehr merkwürdig, und ich brütete in diesem ganzen Frühling darüber nach. Die *Passivität* in Galvens Verhalten war es, die einfach nicht zu diesem stolzen, direkten, kompromißlosen Mann paßte, den ich glaubte zu kennen. Da fehlte etwas.

In diesem Frühjahr brachte ich Poma einige Male zum Reiten nach Ile; der Winter hatte ihr ein wenig zugesetzt, und ich verschrieb ihr körperliche Betätigung. Das machte Galven große Freude. Es war schon lange her, daß er das Gefühl gehabt hatte, einem anderen Menschen nützlich zu sein. Als im Juni das Pachtgeld von den Kravay-Plantagen kam, kaufte er ein zweites Pferd; es war Martins Pferd, und Martin ritt es auch, wenn er nach Mesoval wollte, aber Galven ritt es, wenn Poma da war und die schwarze Stute ritt. Sie waren ein komisches Paar, die beiden: Galven, jeder Zentimeter ein Kavallerist auf seinem großen, mageren Rotschimmel, und Poma, träge und lächelnd, im Damensitz auf der fetten alten Stute. Den ganzen Sommer über ritt er an den Sonntagen nachmittags herunter, die Stute an der Longe, holte Poma ab, und dann ritten sie bis zum Abend. Sie kam mit glänzenden Augen von diesen Ausflügen zurück und mit geröteten Wangen – und ich schrieb es der Bewegung im Freien zu. Oh, es gibt keinen größeren Dummkopf als einen jungen Arzt …!

Es kam ein Abend im August, das Ende eines heißen Tages. Ich hatte einen geburtshilflichen Fall hinter mir – fünf Stunden, Zwillinge, Frühgeburten, tot – und kam um etwa sechs Uhr nach Hause und legte mich in meinem Zimmer nieder. Ich war ausgepumpt. Die Totgeburt, die übelkeiterregende, schwerlastende Hitze, die mit grauem Kohlenstaub erfüllte Luft über dem flachen, eintönigen Land, das alles drückte mich nieder. Als ich so dalag, hörte ich Pferdehufe draußen, weich und leise im Staub der Straße, und nach einer Weile Galvens und Pomonas Stimmen. Sie standen neben dem Rosenbett unter meinem Fenster. Sie sagte soeben: »Ich weiß es nicht, Galven.«

»Du kannst dort nicht leben«, beharrte er.

Wenn sie etwas antwortete, so hörte ich es nicht.

»Wenn das Dach undicht ist«, erklärte er, »dann ist es eben undicht. Wir nageln alte Schindeln über das Loch. Es kostet viel Geld, bei solch einem Haus ein neues Dach machen zu lassen. Ich habe kein Geld. Ich habe keinen Beruf – ich bin dazu erzogen worden, keinen Beruf zu haben. Leute wie ich haben Land, kein Geld. Ich habe aber auch kein Land. Ich habe nur ein leeres Haus. Und dort wohne und lebe ich, es ist alles, was ich habe und bin, Pomona. Ich kann nicht weg. Und du kannst nicht dort leben. Dort ist nichts, absolut nichts.«

»Dort bist du«, sagte sie – zumindest glaube ich, daß sie das sagte, denn sie sprach sehr leise.

»Das läuft auf das gleiche hinaus.«

»Wieso?«

Es folgte eine lange Pause. »Ich weiß nicht«, seufzte er. »Ich war ja schon dabei wegzugehen. Vielleicht hätte ich nicht zurückkommen sollen, sie nicht hierherbringen sollen. Ich habe es versucht, habe versucht, ihr Ile zu schenken – es ist, was ich bin. Aber es hat nicht gutgetan, es tut auch jetzt nicht gut, es hat keinen Sinn, Pomona!« Er sprach voller Pein, und sie antwortete nur mit seinem Namen. Danach konnte ich nicht mehr hören, was sie sagten, vernahm nur das Murmeln ihrer Stimmen, schwach und zärtlich. Ungeachtet der Scham, die ich verspürte, weil ich lauschte, war es etwas Wunderbares, diese Zärtlichkeit zu hören. Dennoch hatte ich Angst, fühlte noch die Übelkeit, die zermürbende Ohnmacht, die ich an diesem Nachmittag verspürt hatte, als ich den beiden kleinen Toten ans Licht der Welt half. Es war undenkbar, daß meine Schwester Galven Ileskar lieben sollte. Nicht aus dem Grund, weil er arm war, auch nicht, weil er sich entschlossen hatte, in einem halbverfallenen Haus am Ende der Welt zu leben; das war sein Erbe, das war sein Recht. Ungewöhnliche Menschen führten nun mal ein ungewöhnliches Leben. Und Poma hatte das Recht, sich für all das zu entscheiden, wenn sie ihn liebte. Das war es alles nicht, was es so undenkbar machte, sondern es war das, was fehlte; etwas Unergründliches an Galven, was fehlte. Da gab es eine Kluft, ein vergessenes Stück, einen Bruch in seiner menschlichen Natur. Er war nicht ganz einer meiner Brüder, für die ich alle Menschen gehalten hatte. Er war ein Fremder, er kam aus einem anderen Land.

An diesem Abend hörte ich nicht auf, Pomona anzusehen; sie war ein schönes Mädchen, so weich wie die Strahlen der Sonne. Ich verwünschte mich, weil ich sie noch nie richtig angesehen hatte, weil ich ihr kein ordentlicher Bruder gewesen war, sie nirgendwohin unter die Menschen – egal unter welche – gebracht hatte, wo sie ein Dutzend Männer gefunden hätte, die bereit gewesen wären, sie zu lieben und zu heiraten. Statt dessen hatte ich sie nach Ile gebracht.

»Ich habe es mir überlegt«, sagte ich am nächsten Morgen beim Frühstück. »Es reicht mir hier. Ich werde es in Brailava probieren.« Ich hielt mich für raffiniert, bis ich das Erschrekken in ihren Augen sah.

»Wirklich?« fragte sie schwach.

»Hier werden wir uns immer nur gerade so durchschlagen können. Das ist nicht richtig dir gegenüber, Poma. Ich schreibe Cohen, er soll sich in der Stadt nach einem Partner für mich umsehen.«

»Solltest du nicht noch eine Weile warten?«

»Nicht hier. Es bringt nichts.«

Sie nickte und verließ bei erster Gelegenheit den Tisch. Sie ließ weder einen Schal noch ein Taschentuch zurück, keine einzige Spur. Den ganzen Tag versteckte sie sich in ihrem Zimmer. Und ich hatte nur zwei Hausbesuche zu machen. Mein Gott, war das ein langer Tag!

Ich goß gerade nach dem Abendessen die Rosen, als sie zu mir trat, genau an die Stelle, wo sie und Galven am Abend zuvor miteinander gesprochen hatten. »Gil«, sagte sie, »ich möchte mit dir reden.«

»Dein Rock hängt an den Rosen fest.«

»Dann mach ihn los, ich reiche nicht hin.«

Ich brach den Dorn ab und befreite sie.

»Galven und ich, wir lieben uns«, sagte sie.

»Aha. Verstehe.« Ich nickte.

»Wir haben es bereits besprochen. Er findet, wir können nicht heiraten, er ist zu arm. Aber ich wollte, daß du davon weißt, damit du verstehen kannst, warum ich nicht weg will aus dem Valone.«

Ich fand keine Worte – oder vielmehr ich erstickte fast an ihnen. Schließlich bekam ich sie heraus ... »Du meinst, du willst hierbleiben, obwohl ...?«

»Ja. So kann ich zumindest mit ihm beisammen sein.«

Sie war erwacht, meine schlafende Schönheit. Er hatte sie erweckt; er hatte ihr gegeben, was ihr gefehlt hatte, und was ihr nur wenige Männer hätten geben können: das Gefühl des Risikos, welches die Wurzel der Liebe ist. Nun brauchte sie, was sie immer gehabt und nie zuvor gebraucht hatte – ihre Heiterkeit, ihre Kraft. Ich starrte sie an und fragte schließlich: »Du hast vor, mit ihm zusammenzuleben?«

Sie wurde bleich, totenbleich. »Ich würde es tun, wenn er mich darum bäte«, sagte sie. »Glaubst du, daß er das tun würde?« Sie war zornig, und ich war besiegt. Ich stand da mit der Gießkanne und entschuldigte mich. »Poma, es tut mir leid, ich wollte dich nicht kränken ... Aber was willst du wirklich tun?«

»Das weiß ich nicht«, antwortete sie, immer noch böse.

»Du meinst, du hast vor, einfach hier weiterzuleben, und er dort, und ...« Sie hatte mich fast schon soweit, daß ich ihr zuredete, ihn zu heiraten. Jetzt wurde ich wütend. »In Ordnung«, sagte ich. »Ich werde mit ihm reden.«

»Worüber?« Sofort stellte sie sich schützend vor ihn.

»Über das, was er vorhat. Wenn er beabsichtigt, dich zu heiraten, dann kann er doch sicherlich irgendeine Arbeit finden.«

»Das hat er schon versucht«, antwortete sie. »Aber er wurde nicht zur Arbeit erzogen. Und er ist krank, das weißt du.«

Ihre Würde, ihre verwundbare Würde griff mir ans Herz.

»Ach, Poma, das weiß ich, ja. Und du weißt, daß ich ihn achte, daß ich ihn gern mag; er war doch zuerst *mein* Freund, nicht wahr? Aber die Krankheit – was für eine Krankheit? – Es gibt Zeiten, da glaube ich, daß ich ihn noch gar nicht richtig kennengelernt habe ...« Mehr konnte ich nicht sagen, denn sie verstand mich nicht. Sie sah die dunklen Stellen im Wald nicht – oder sie erschienen ihr alle hell. Sie hatte Angst *um* ihn – nicht *vor* ihm.

Und so ritt ich am selben Abend noch nach Ile.

Galven war nicht da. Martin sagte, er sei mit der Stute weg, um sie zu trainieren. Martin war dabei, bei Laternenlicht und Mondschein im Stall Pferdegeschirr zu putzen, und dort plauderte ich mit ihm, während ich darauf wartete, daß Galven zurückkam. Das Mondlicht schien die Bäume von Ile höher zu machen, die Birken und das Haus sahen wie versilbert aus, und die Eichen waren eine schwarze Wand. Martin kam mit mir an die Stalltür, um zu rauchen. Nachdenklich blickte ich ihm ins Gesicht; ich war sicher, daß ich ihm trauen konnte – wenn er nur mir trauen würde.

»Martin, ich möchte Sie etwas fragen, und ich habe guten Grund für diese Frage.«

Er sog an seiner Pfeife und wartete.

»Halten Sie Galven für normal?«

Er schwieg; sog an seiner Pfeife, grinste ein bißchen. »Normal?« fragte er. »Das kann ich doch nicht beurteilen. Ich habe mich doch auch dafür entschieden, hier zu leben.«

»Hören Sie, Martin, Sie wissen, daß ich sein Freund bin. Aber er und meine Schwester, sie lieben einander, sie reden von Heirat. Ich bin der einzige, der auf Poma aufpaßt, und ich möchte mehr wissen über ...« Ich zögerte und sagte schließlich: »Über seine erste Ehe.«

Martin starrte hinaus in den Hof, seine hellen Augen noch heller vom Mondlicht. »Keine Ursache, das auszugraben, Herr Doktor. Aber Sie sollten Ihre Schwester von hier wegbringen.«

»Weshalb?«

Keine Antwort.

»Ich habe das Recht, es zu wissen.«

»Sehen Sie ihn an!« brach es wild aus Martin heraus, und er blickte mich an. »Sehen Sie ihn doch an! Sie kennen ihn ganz gut, obwohl Sie nie wissen werden, was er war, was er hätte sein können. Aus und vorbei, daran kann man nichts mehr ändern, lassen Sie ihn in Ruhe! Was würde Ihre Schwester hier tun, wenn er plötzlich in seine düstere Stimmung verfällt? Ich habe es schon erlebt, hier in diesem Haus, daß er tagelang kein Wort sprach, und es gab nichts, was man hätte tun können für ihn. Ist das etwas, womit ein junges Mädchen leben kann? Er ist nicht für ein Zusammenleben mit anderen Leuten geeignet. Gut, wenn Sie so wollen – er ist nicht normal. Bringen Sie sie weg von hier!«

Es war nicht nur Eifersucht, die ihn zu dieser Argumentation führte, aber es war auch nicht Logik. Genauso hatte auch Galven am vorangegangenen Abend gegen sich selbst argumentiert. Ich war sicher, daß Galven Ileskar sich in keiner »düsteren Stimmung« befunden hatte, seit er Poma kannte. Die Düsterkeit lag ganz woanders.

»Ist er von seiner Frau geschieden, Martin?«

»Sie ist tot.«

»Sie wissen das definitiv?«

Martin nickte.

»Also gut. Wenn sie tot ist, dann ist die Sache damit erledigt. Dann bleibt mir also nur noch, mit ihm zu reden.«

»Das werden Sie nicht tun!«

In seiner Stimme lag weder Zweifel noch Drohung, sondern einzig und allein Entsetzen, nacktes Entsetzen. Ich hielt mich jetzt verzweifelt an meinem gesunden Menschenverstand fest wie an einem Strohhalm. »Jemand muß doch der Realität ins Gesicht sehen«, antwortete ich wütend. »Wenn die beiden heiraten, müssen sie doch etwas haben, wovon sie leben können ...«

»Wovon sie leben können, wovon sie leben können! Darauf kommt es doch gar nicht an! Er kann niemanden heiraten. Sehen Sie zu, daß Sie sie wegschaffen von hier!«

»Weshalb?«

»Na gut, Sie haben mich gefragt, ob er normal sei, und ich werde Ihnen antworten: Nein! Nein, er ist nicht normal! Er hat etwas getan, woran er sich nicht erinnert, was er nicht weiß, und wenn sie herkommt, dann wird es wieder geschehen! Wie soll ich das wissen, ob es nicht wieder geschieht?«

Ich fühlte mich wie benommen, dort im Nachtwind unter den hohen silbernen und schwarzen Bäumen. Schließlich flüsterte ich: »Seine Frau?«

Keine Antwort.

»Um Himmels willen, Martin!«

»Na gut«, flüsterte er zurück. »Hören Sie mir zu! Er ist zufällig im Wald auf die beiden gestoßen. Dort hinten im Eichenwald.« Er zeigte auf die riesigen Bäume, die dunkel im Mondschein aufragten. »Er war auf der Jagd gewesen. Es war einen Tag, nachdem er den Mann aus Brailava von hier davongejagt hatte, ihm gesagt hatte, er solle verschwinden und nie zurückkommen. Und sie war deswegen in helle Wut geraten, sie hatten die halbe Nacht gestritten, und noch vor dem Morgengrauen war er hinausgegangen ins Moor. Er kam zeitig zurück und hat sie beide dort gefunden, er hatte eine Abkürzung durch den Wald gewählt und hat sie dort gefunden im hellen Tageslicht unter den Bäumen. Hat *sie* auf der Stelle erschossen und *ihm* den Schädel eingeschlagen mit dem Gewehr, daß das Hirn rausspritzte. Ich hörte den Schuß, so nahe am Haus, ich lief hinaus und fand sie alle. Ich habe ihn nach Hause geführt. Wir hatten noch ein paar andere Gäste im Haus, die habe ich weggeschickt, habe ihnen gesagt, Galvens Frau sei davongerannt. In jener Nacht hat er versucht, sich umzubringen – ich mußte ihn dauernd im Auge behalten – mußte ihn festbinden.« Seine Stimme begann zu zittern, und er unterbrach sich immer wieder. »Wochenlang sprach er kein Wort, er war wie ein stummes Tier. Ich mußte ihn einsperren. Es ließ nach, aber dann überkam es ihn plötzlich wieder, ich durfte ihn Tag und Nacht nicht aus den Augen lassen. Es war nicht ihretwegen, es war nicht, weil er die beiden überrascht hatte wie

Köter in Hitze – es war, weil er die beiden umgebracht hatte, das war es, was ihn ganz fertig machte. Er kam los davon, er begann, sich wieder wie der alte zu benehmen, aber erst, als er es vergessen hatte. Er vergaß es. Er erinnerte sich nicht daran. Und er weiß nichts davon. Ich erzählte ihm später dieselbe Geschichte, daß die beiden davongelaufen seien, daß sie sich im Ausland befinden würden, und er glaubte es. Er glaubt es immer noch. Nun? Wollen Sie nun Ihre Schwester herbringen?«

Alles, was ich im Augenblick sagen konnte, war: »Martin, es tut mir leid, es tut mir leid.« Dann riß ich mich zusammen. »Die beiden ... Was haben Sie getan?«

»Sie sind immer noch dort, wo sie starben. Möchten Sie sie ausgraben, um sich zu überzeugen?« fragte er mit gebrochener, brutaler Stimme. »Dort im Wald. Los, hier, da haben Sie die Schaufel, mit der ich ausmiste, damit habe ich das Loch für die beiden ausgehoben. Sie sind ein Doktor, Sie werden nicht glauben, daß Galven das mit einem Menschen machen konnte, vom Schädel ist nichts übriggeblieben außer ... außer ...« Plötzlich legte Martin das Gesicht in seine Hände und wiegte sich vor und zurück, ließ sich niedersinken auf die Fersen, krümmte sich zusammen und wiegte sich und schluchzte.

Ich sprach zu ihm, so gut ich nur konnte, aber alles, was er antwortete, war: »Wenn ich es nur vergessen könnte, so wie er!«

Als er sich wieder unter Kontrolle hatte, ging ich und wartete nicht länger auf Galven. Was sage ich, nicht warten – ich rannte fort von ihm, wollte weg sein aus der Finsternis unter diesen Bäumen. Ich hielt das Pony auf dem ganzen Heimweg in Trab, froh über die leere Straße und das helle Licht des Mondes über dem breiten Tal. Und ich trat atemlos und bebend in unser Haus; und fand Galven Ileskar dort vor dem Feuer, allein.

»Wo ist meine Schwester?« schrie ich, und er starrte mich erschrocken und überrascht an. »Oben«, stammelte er, und ich lief, vier Stufen auf einmal nehmend, die Treppe hinauf.

Da war sie, in ihrem Zimmer, saß auf dem Bett unter all dem hübschen Krimskrams, den sie niemals wegräumte. Sie hatte geweint. »Gil!« sagte sie mit dem gleichen überraschten Ausdruck wie Galven. »Ist was passiert?«

»Nein – ich weiß nicht«, und ich trat den Rückzug an und ließ sie zu Tode erschrocken zurück, das arme Mädchen. Aber sie wartete oben, während ich wieder hinunterging zu Galven; so hatten sie es abgemacht, so war es üblich – damals, wissen Sie –, die Männer besprachen die Sache unter sich.

Er sagte die gleichen Worte: »Ist etwas passiert, Gil?« Was sollte ich sagen? Da stand er, verkrampft und tapfer, mit seinen hellen Augen, mein Freund, bereit, mir zu sagen, daß er meine Schwester liebte und irgendeine Arbeit gefunden hatte und ihr beistehen und zu ihr halten wolle sein ganzes Leben lang. Und ich? Sollte ich sagen: »Ja, es ist etwas passiert, Galven Ileskar!« und ihm erzählen, was es war? Jawohl, es war etwas passiert, aber das lag tiefer und weiter zurück als alles Unrecht, das er getan hatte. Sollte ich mich diesem Unrecht anschließen?

»Galven«, sagte ich, »Poma hat mit mir gesprochen. Ich weiß nicht, was ich dazu sagen soll. Ich kann euch nicht verbieten zu heiraten, aber ich kann nicht ... ich kann nicht ...« Ich blieb stecken, unfähig, weiterzusprechen; Martins Tränen machten mich blind.

»Nichts könnte mich dazu bringen, ihr wehzutun«, sagte er sehr ruhig, als würde er einen Eid ablegen. Ich weiß nicht, ob er mich verstanden hatte; ich weiß auch nicht, ob er, wie Martin glaubte, sich nicht daran erinnern konnte, was er getan hatte. Irgendwie schien es nicht wichtig. Der Schmerz und die Schuldgefühle deswegen waren in ihm, damals und für immer. Dessen war er sich bewußt, bewußt von Anfang bis Ende, und er ertrug es, ohne sich zu beklagen.

Nun, damit war es noch nicht zu Ende. Es hätte zu Ende sein sollen, aber was er ertragen konnte, konnte ich nicht ertragen, und schließlich erzählte ich Poma, gegen jede Anwandlung von Mitleid, was Martin mir erzählt hatte. Ich konnte nicht zusehen, wie sie ungewappnet in den Wald von Ile hineinging. Sie hörte mir zu, und während ich noch sprach, wußte ich, daß ich sie verloren hatte. Nicht, daß sie mir nicht geglaubt hätte. Gott steh ihr bei, ich habe den Eindruck, sie wußte es schon vorher – nicht die Details, aber die Wahrheit dahinter. Doch indem ich ihr davon erzählte, zwang ich sie, Stellung zu beziehen. Und das tat sie. Sie sagte, sie würde bei Ileskar bleiben. Im Oktober wurden sie getraut.

Der Arzt räusperte sich und starrte lange ins Feuer, ohne die Ungeduld seines Juniorpartners zu bemerken.

»Nun?« platzte der junge Mann schließlich heraus wie ein Knallfrosch. »Und was ist geschehen?«

»Was geschehen ist? Oh, nichts ist geschehen. Sie lebten weiterhin in Ile. Galven bekam einen Posten als Aufseher bei Kravay; nach ein, zwei Jahren war er wirklich recht tüchtig dabei. Sie hatten einen Sohn und eine Tochter. Galven starb mit fünfzig; wieder Lungenentzündung, sein Herz machte nicht mehr mit. Meine Schwester lebt immer noch in Ile. Jetzt habe ich sie schon seit ein paar Jahren nicht gesehen, ich hoffe, daß ich Weihnachten dort verbringen kann ... Oh, aber der Grund, weshalb ich Ihnen das alles erzählt habe: Sie behaupten, daß es unentschuldbare Verbrechen gibt. Und ich gebe auch zu, daß Mord dazu gehören sollte. Und dennoch, unter allen Menschen war es ein Mörder, den ich liebte, ja der sogar mein Schwager werden sollte ... Verstehen Sie, was ich meine?«

(1920)

Gespräche in der Nacht

Das beste wäre, ihn zu verheiraten.«

»Verheiraten!«

»Schsch!«

»Wer würde ihn schon heiraten?«

»Viele Mädchen. Er ist immer noch ein großer, starker Kerl, sieht gut aus. Viele Mädchen würden ihn heiraten.«

Immer wenn sich ihre schweißnassen Arme oder Schenkel unter der Bettdecke berührten, fuhren sie mit einem Ruck auseinander und lagen dann still da und starrten in die Dunkelheit.

»Und seine Rente?« fragte Albrekt schließlich. »Die würde *sie* bekommen.«

»Die beiden würden hier bleiben. Wo sonst? Eine Menge Mädchen würden nach dieser Gelegenheit schnappen! Keine Miete zu zahlen ... Sie würde im Geschäft mithelfen und sich um ihn kümmern ... Verrückt werde ich sein und auf seine Rente verzichten, nach allem, was ich für ihn getan habe! Nicht einmal blutsverwandt mit mir ... Sie könnten das Zimmer deines Bruders haben – der würde in der Diele schlafen.«

Dieses Detail verlieh dem Plan soviel Wirklichkeitsnähe, daß Albrekt erst nach langer Zeit, während der er seine verschwitzten Arme hinreichend gekratzt hatte, fragte: »Denkst du an irgendeine Bestimmte?«

In der Diele, hinter der Tür, knarrte ein Bett, als sich der Schläfer auf die andere Seite drehte. Sara schwieg eine Minute lang und flüsterte dann: »Alitsia Benat.«

»Hah?« rief Albrekt verblüfft. Das Schweigen zog sich dahin und endete in einem unruhigen, von der Hitze beeinträchtigten Schlaf. Sara, ohne sich bewußt zu sein, daß sie eingeschlafen war, entdeckte, daß sie im Bett saß und daß die Bettdecke über ihre Füße hinab zu Boden hing. Sie stand auf und spähte in die Halle. Ihr Neffe schlief; die Haut auf seinen nackten Armen und seiner Brust sah im ersten Licht des Morgens hart aus und blaß, wie Stein.

»Warum schreist du denn so?«

Er setzte sich ruckartig auf, die Augen aufgerissen. »Was ist los?«

»Du hast geredet, geschrien. Ich brauche meinen Schlaf.«

Er legte sich still zurück. Und nachdem Sara sich wieder zurückbegeben hatte in ihr Bett, war alles ruhig. Er lag da und lauschte hinein in die Stille. Schließlich schien irgend etwas draußen im Freien, im Morgengrauen, tief zu seufzen. Ein Hauch aus kühlerer Luft strich über ihn hinweg, und er seufzte auch. Dann drehte er sich auf den Bauch und sank in den Schlaf, der für ihn ein großes, weißes Nichts war, gerade so wie der weißliche Tag.

Außerhalb der Träume, außerhalb des Hauses, stand die Stadt Rákava still im Anbruch des Tages. Die Straßen, die alte Stadtmauer mit ihren hohen Toren und Türmen, die Fabriken, die massig vor den Mauern aufragten, die Gärten im höher gelegenen Südteil der Stadt, die ganze lange, leicht geneigte Ebene, auf der die Stadt erbaut war – alles lag reglos da, bleich und blutleer. Ein paar Brunnen plätscherten auf verlassenen Plätzen. Der Westen, dort, wo die große Ebene hinabsank in die Dunkelheit, war kalt und düster, doch eine lange Wolke löste sich am östlichen Himmel zu einem blaßrosa Nebel auf, und dann floß die Sonne, wie flüssiger Stahl aus einem Schmelzkessel, über den Rand der Welt und goß Licht in den neuen Tag. Der Himmel wurde blau, und die Luft erschien durchfurcht von den Schatten der Türme. Bei den Brunnen trafen sich die Frauen. Die Straßen füllten sich mit Leuten, die zur Arbeit gingen; und dann fegte das auf- und absteigende Heulen der Sirene der Kleiderfabrik Ferman über die Stadt und übertönte das behäbige Läuten der Glocke der Kathedrale.

Die Wohnungstür wurde zugeschlagen. Draußen im Hof kreischten Kinder. Sanzo setzte sich auf und blieb eine Weile auf der Bettkante sitzen; nachdem er sich angekleidet hatte, ging er in Albrekts und Saras Zimmer und trat zum Fenster. Er konnte starkes Licht von Finsternis unterscheiden, aber das Fenster ging zum Hof und bekam keine Sonne ab. Die Hände auf das Fensterbrett gelegt, stand er da und drehte und wandte den Kopf und versuchte, den Kontrast zwischen Dunkel und Hell auszumachen, bis er seinen Vater hörte; da ging er in die Küche, um für den alten Mann Kaffee zu bereiten.

Seine Tante hatte die Zündhölzer nicht an ihrem angestammten Platz links neben dem Ausguß gelassen. Er tastete auf der Anrichte und auf dem Bord nach der Blechbüchse, die Hände steif von all der Vorsicht, die er dabei walten ließ, und der Frustration. Schließlich machte er sie auf dem Tisch ausfindig, wo sie ganz offen und für jeden zu sehen lag – wenn man sehen konnte. Als er den Ofen anheizte, schlurfte sein Vater in die Küche.

»Wie steht's?« fragte Sanzo.

»Gleich, immer gleich.« Der alte Mann schwieg, bis der Kaffee fertig war, und sagte dann: »Gieß ein, heute habe ich gar keine Kraft in den Händen.«

Sanzo lokalisierte die Tasse mit der linken Hand und schob mit der rechten die Kaffeekanne darüber. »Genau getroffen«, stellte Volf fest und legte seine starren arthritischen Finger auf die Hand seines Sohnes, um sie an der richtigen Stelle zu halten. Und so schafften sie es miteinander, ihre Tassen zu füllen. Dann saßen sie schweigend am Tisch, während der Vater an einem Stück Brot herumkaute.

»Wiederum so heiß«, brummelte er dazwischen.

Eine Schmeißfliege surrte am Fenster und stieß gegen das Glas. Dieses Geräusch und jenes, das Volf beim Kauen verursachte, erfüllten Sanzos Welt. Das Klopfen an der Tür kam wie ein Schuß. Er sprang auf. Der Alte kaute weiter.

Sanzo öffnete die Tür. »Wer ist es?« fragte er.

»Hallo, Sanzo. Lisha.«

»Komm rein!«

»Hier ist das Mehl zurück, das Mutter sich am Sonntag geliehen hat«, flüsterte sie.

»Der Kaffee ist noch heiß.«

Die Familie Benat wohnte auf der anderen Seite des Hofes; Sanzo kannte sie alle seit seinem zehnten Lebensjahr, als er und sein Vater zu Albrekt und Sara gezogen waren. Er hatte keine klare Vorstellung davon, wie Alitsia aussah, da er sie das letzte Mal gesehen hatte, als sie vierzehn war. Ihre Stimme klang weich, dünn und kindlich.

Sie war immer noch nicht eingetreten. Er zuckte die Achseln und streckte die Hände nach dem Mehl aus. Sie legte ihm den Sack fest hinein, so daß er nicht danach tappen mußte. »So komm doch rein!« sagte er. »Ich sehe dich ja überhaupt nicht mehr.«

»Gerade nur eine Minute. Ich muß gleich zurück und Mutter helfen.«

»Mit der Wäsche? Ich dachte, du würdest bei Rebolt arbeiten?«

»Ende letzten Monats wurden sechzig Zuschneiderinnen vorübergehend entlassen.«

Sie setzte sich zu den beiden Männern an den Küchentisch, und alle sprachen über den beabsichtigten Streik bei der Kleiderfabrik Ferman. Obwohl Volf, bedingt durch seine Arthritis, seit fünf Jahren nicht mehr arbeitete, bekam er alle Informationen von seinen Trinkkumpanen, und Lishas Vater war Obmann der Gewerkschaft. Sanzo sprach wenig. Nach einer Weile schwiegen alle.

»Na, was siehst du an ihm?« sagte die Stimme des Alten.

Lishas Stuhl knarrte; sie antwortete nicht.

»Schau nur, soviel du willst«, sagte Sanzo. »Schauen kostet nichts.« Er stand auf und tastete nach den Tassen und Tellern auf dem Tisch.

»Ich werde jetzt besser gehen.«

»Na gut.« Als er sich zum Ausguß wenden wollte, schätzte er ihren Standort falsch ein und rannte direkt in sie hinein. »Entschuldige«, sagte er wütend, denn er haßte es, als Tolpatsch dazustehen. Einen Augenblick lang spürte er, wie sich ihre Hand sehr leicht auf seinen Arm legte; und er spürte ihren Atem, als sie sagte: »Danke für den Kaffee,

Sanzo.« Er drehte ihr den Rücken zu und stellte das Geschirr in den Ausguß.

Sie ging, und Volf ging eine Minute später; er arbeitete sich die vier Stockwerke hinunter in den Hof, wo er normalerweise den ganzen Tag lang herumsaß und den Sonnenstrahlen hinterherhumpelte, wenn sie von der Westseite zur Ostseite wanderten. Und wenn die Abendsirene heulte, dann ging er weg, um sich in der Kneipe an der Ecke nach Feierabend mit seinen früheren Arbeitskollegen zu treffen.

Sanzo wusch die Teller und Tassen, machte die Betten und nahm dann seinen Stock und verließ das Haus. Im Lazarett hatte man ihm ein Blindenhandwerk beigebracht, nämlich Rohrflechten, und Sara hatte die Altwarenhändler der Stadt abgeklappert und bekniet, bis einer sich einverstanden erklärte, Sanzo alle Sachen zu überlassen, die mit neuem Rohrgeflecht versehen werden mußten. Oft gab es gar nichts für ihn zu tun, aber diese Woche waren es acht Stühle, die repariert werden sollten. Er hatte elf Blocks bis zur Werkstatt zu gehen, aber Sanzo kannte sich gut aus. Die Arbeit selbst, in dem stillen Raum hinter dem Geschäft, im Geruch von frischgeschnittenem Rohr, von Firnis, Moder und Leim, war angenehm, hypnotisierend; es war vier Uhr vorbei, als er mit der Arbeit aufhörte, sich eine Wurstsemmel im Laden an der Ecke kaufte und eine seiner anderen fixen Routen, diesmal zum Geschäft seines Onkels, verfolgte. CHEKEY – PAPIERWAREN, ein Loch in einer Mauer, wo Papier verkauft wurde. Tinte, astrologische Tabellen, Bindfaden, Traumbücher, Bleistifte und Reißzwecken. Sanzo half Albrekt bisweilen, der keinen Kopf hatte für Ziffern, bei der Buchhaltung. Doch in diesen Tagen gab es wenig Buchhaltung zu erledigen; es waren keine Kunden im Geschäft, und er konnte hören, wie Sara sich im Hinterzimmer wegen irgend etwas in eine Wut auf Albrekt steigerte. Er schloß die Tür wieder, und zwar so, daß die Glocke klingelte und sie nach vorn lockte in der Hoffnung auf einen Kunden, während er sich auf den dritten Abschnitt seines Rundganges machte, nämlich zum Park.

Es war glühend heiß, obwohl die Sonne bereits tief stand. Wenn er hinaufsah zur Sonne, dann preßte sich ein grauer Nebel auf seine Augen. Er fand seine gewohnte Bank. Insekten summten im trockenen Gras des Parks, die Stadt surrte und brummte heftig, und aus der Leere kamen Stimmen von fern und nah zu ihm. Als er spürte, daß sich die Schatten rundum verdichteten, machte er sich auf den Heimweg. Sein Kopf hatte zu schmerzen begonnen. Ein paar Straßen weit folgte ihm ein Hund; er konnte sein Hecheln und das kratzende Geräusch der Krallen auf dem Straßenpflaster hören. Einige Male schlug er mit dem Stock nach ihm, als er fühlte, daß der Hund sich seinen Fußknöcheln näherte, traf ihn aber nicht.

Nach dem Abendessen, das hastig und schweigend in der heißen Küche eingenommen wurde, saß er mit seinem Vater, seinem Onkel und Kass Benat draußen im Hof. Sie sprachen vom Streik, von einem neuen Färbeverfahren, das eine ganze Generation von Arbeitern den Arbeitsplatz kosten würde, von einem Vorarbeiter, der am Vortag Frau und Kinder ermordet hatte. Die Nacht war windstill und stickig.

Um zehn gingen sie zu Bett. Sanzo war müde, aber es war zu heiß, zu eng, um zu schlafen. Immer wieder dachte er daran, hinunterzugehen und sich in den Hof zu setzen, wo es kühler sein würde. Er hörte ein leises, unbestimmtes, endloses Donnergrollen, das hin und wieder zu ersterben schien, dann jedoch weitermurmelte, manchmal lauter, dann wieder sanfter. Die heiße Nacht umschloß ihn, umwickelte ihn mit klebrigen Falten und Windungen und drückte sich an ihn, wie der Körper des Mädchens sich an diesem Morgen eine Sekunde lang gegen den seinen gedrückt hatte, als er mit ihr zusammengestoßen war. Plötzlich jedoch schlug eine kalte Brise gegen das Fenster, die Luft war anders und der Donner lauter. Regen prasselte nieder. Sanzo lag ganz still da. Er erkannte an einer grauen Bewegung in seinen Augen, wann es blitzte. Ohrenbetäubend hallte der Donner in dem schachtartigen Hof. Der Regen wurde stärker und hämmerte gegen die Fenster. Als der

Sturm nachließ, ließ auch Sanzos Anspannung nach; Mattigkeit überkam ihn, ein schwaches, süßes Gefühl des Wohlbehagens; ohne Angst und ohne Scham begann er, die Erinnerung dieses Augenblicks aufzunehmen, dieser Berührung, und indem er sie weiterverfolgte, kam der Schlaf.

Nun war Sara schon drei aufeinanderfolgende Tage lang ihm gegenüber nicht unhöflich gewesen. Mißtrauisch versuchte er, sie zu provozieren, aber sie hob sich ihre Wutanfälle für Volf und Albrekt auf, ließ die Zündhölzer dort liegen, wo Sanzo sie finden konnte, fragte ihn, ob er nicht ein paar Kroner von seiner Rente zurückhaben wollte, damit er in die Kneipe gehen konnte, und erkundigte sich schließlich, ob nicht hin und wieder jemand kommen sollte, der ihm vorlesen würde.

»Was vorlesen?«

»Die Zeitung, was du eben willst. Dann wäre dir nicht so langweilig. Eins von den Benatkindern würde es sicher tun, Lisha vielleicht, sie hat immer ein Buch in der Hand. Du hast früher so viel gelesen.«

»Jetzt tue ich's nicht mehr«, sagte er mit dummem Sarkasmus, aber Sara legte erst richtig los, sprach von Frau Benats Wäscherei, davon, daß Lisha ihre Arbeit verloren hatte, von den Büchern, die Sanzos Mutter gehört hatten, und wo sie wohl sein mochten, denn seine Mutter war doch eine eifrige Leserin gewesen, auch immer ein Buch in der Hand. Sanzo hörte nur halb zu und gab keine Antwort und war nicht überrascht, als spät am Nachmittag Lisha auftauchte, um ihm vorzulesen. Normalerweise setzte Sara ihren Kopf durch. Sie hatte sogar drei Bücher von Sanzos Mutter aus dem Kasten in Volfs Zimmer herausgekramt, alte Romane in Schulausgaben. Lisha, die sich anhörte, als würde sie sich sehr unbehaglich fühlen, fing sofort mit einem der Bücher, Karantays *Der junge Mann Liyve,* an. Anfangs klang ihre Stimme nervös und heiser, aber dann begann sie sich für das, was sie las, zu interessieren. Sie ging, bevor Sara und

Albrekt nach Hause kamen, und sagte zum Abschied: »Soll ich morgen wiederkommen?«

»Wenn du magst«, antwortete Sanzo. »Deine Stimme gefällt mir.«

Am dritten Nachmittag war sie bereits gefangen im Zauber der langen, zarten, romantischen Geschichte. Sanzo, gelangweilt, aber friedfertig, hörte geduldig zu. Lisha kam zwei-, dreimal die Woche nachmittags, wenn ihre Mutter sie nicht brauchte; und er sah zu, daß er für gewöhnlich um vier daheim war, für den Fall, daß sie kam.

»Du magst diesen Liyve, was?« fragte er sie eines Tages, als sie das Buch zuklappte. Sie saßen am Küchentisch. Es war schwül und still in der Küche, der Abend eines langen Septembertages.

»Ach, er ist so unglücklich«, sagte sie mit solch tiefempfundenem Mitgefühl, daß sie sofort über sich selbst lachen mußte. Sanzo lächelte. Sein Gesicht, das so hübsch und so unbeweglich in seiner gespannten Aufmerksamkeit war, brach auf unter diesem Lächeln, änderte sich, erwachte zu Leben. Er streckte die Hand aus, fand das Buch und darauf ihre Finger und legte seine Hand über die ihre. »Warum macht ihn dir das so liebenswert?«

»Das weiß ich nicht.«

Er stand abrupt auf und ging um den Tisch herum, so daß er direkt neben ihrem Stuhl stand und sie nicht aufstehen konnte. Sein Gesicht hatte wieder den üblichen angespannten Ausdruck angenommen. »Ist es schon dunkel?«

»Nein, es wird erst Abend.«

»Ich wollte, ich könnte sehen«, sagte er, und seine linke Hand tastete nach ihrem Gesicht und berührte es. Sie zuckte unter der sanften Berührung zusammen und saß dann reglos da. Er nahm sie an den Armen – wiederum eine tastende Berührung, diesmal aber gefolgt von einem harten Zupacken – und zog sie hoch und an sich. Er zitterte; sie blieb ruhig und an ihn gepreßt stehen. Er küßte sie auf Mund und Stirn, und seine Hand nestelte an den Knöpfen ihrer Bluse; dann ließ er sie jedoch unversehens los und wandte sich ab.

Sie holte tief Luft; es klang wie ein Schluchzen. Der leichte Septemberwind, der durch ein offenes Fenster in einem anderen Raum eindrang, umwehte die beiden. Er stand immer noch abgewandt da, und sie sagte leise: »Sanzo ...«

»Du solltest jetzt besser gehen«, unterbrach er sie. »Ich weiß nicht. Tut mir leid. Geh jetzt, Lisha!«

Sie stand einen Moment lang reglos neben ihm, dann bückte sie sich und berührte mit ihren Lippen seine Hand, die auf dem Tisch lag. Sie nahm ihr Kopftuch und ging. Als sie die Tür hinter sich geschlossen hatte, blieb sie draußen auf dem Treppenabsatz stehen. Eine Zeitlang war kein Geräusch zu vernehmen, dann hörte sie in der Wohnung einen Stuhl über den Boden kratzen, und dann, so leise, daß sie nicht sicher war, ob der Ton tatsächlich von drinnen kam, eine gepfiffene Melodie. Jemand kam die Treppe hoch, und Lisha rannte hinunter, aber die Melodie ging ihr nicht aus dem Kopf; sie kannte den Text, es war ein altes Lied, und während sie den Hof überquerte, summte sie es vor sich hin.

Es trafen zwei Bettler sich in großer Not,
›He, lieber Bruder, gib mir'n Stück Brot!‹

Nach zwei Tagen kam sie wieder. Keiner von ihnen hatte viel zu sagen, und sie machte sich sofort ans Vorlesen. Sie waren bei dem Kapitel, in dem der Dichter Liyve krank in seiner Dachkammer liegt und von der Gräfin Luisa besucht wird – das Kapitel mit dem Titel »Die erste Nacht«. Lishas Mund war trocken, und einigemale blieb ihr der Atem in der Brust stecken. »Ich brauche ein Glas Wasser«, sagte sie. Als sie aufstand, um es zu holen, stand auch er auf, und als sie sah, daß er die Hand ausstreckte, nahm sie sie.

Diesmal gab es nur einen dunklen Augenblick, bevor sie einwilligte, eine Bewegung, unterdrückt, noch ehe sie ge-

macht war, noch ehe sie wußte, daß sie sich gesträubt hatte.
»Gut«, flüsterte er, und seine Hände wurden ganz sanft. Ihre Augen waren geschlossen, die seinen offen; und so standen sie nicht im Licht der Lampe, sondern in Finsternis, und jeder für sich allein.

Am nächsten Tag machte sie den Versuch weiterzulesen, denn sie konnten immer noch nicht miteinander sprechen, aber die Lesestunde endete früher als sonst. Dann wurde Lisha einige Tage in der Wäscherei gebraucht. Und während sie arbeitete, sang sie immerzu das Liedchen.

›Lauf rüber zum Bäcker und hole es dir,
Will er's dir nicht geben, sag, du kämst von mir!‹

Über den Wassertrog gebeugt begann ihre Mutter, die Melodie mitzuträllern. Lisha hörte auf zu singen.

»Kann ich nicht auch singen, wenn ich es schon den ganzen langen Tag in den Ohren habe?« Frau Benat stieß ihre roten, seifenglatten Arme tief in den dampfenden Trog. Lisha drehte die Kurbel der Wringmaschine, in der sich ein schwer zu behandelnder, starrer Arbeitsoverall befand.

»Nicht so hastig, was ist denn los?«

»Der will einfach nicht durchgehen!«

»Vielleicht hat sich ein Knopf verfangen. Warum bist du denn in letzter Zeit so fahrig?«

»Bin ich gar nicht.«

»Hör mal, ich bin nicht Sanzo Chekey, ich kann meine Augen gebrauchen, Mädchen!«

Wieder Stille, während Lisha mit dem Overall in der Wringmaschine kämpfte. Frau Benat hob einen Korb voll feuchter Wäsche auf den Tisch, wobei sie ihn mit einem Grunzen an ihre Brust drückte. »Woher hast du denn diese Idee, ihm vorzulesen?«

»Von seiner Tante.«

»Sara?«

»Sie sagte, es würde ihn aufheitern.«

»Aufheitern? Sara? Die hätte ihn und Volf schon längst

rausgeschmissen, wenn es ihr nicht um die beiden Renten ginge! Und ich weiß nicht, ob man ihr einen Vorwurf machen könnte. Obwohl Sanzo ganz gut allein zurechtkommt, soweit man es eben erwarten kann.« Frau Benat stemmte die nächste Ladung auf den Tisch, schüttelte die Seife von ihren geschwollenen Händen und sah ihrer Tochter ins Gesicht. »Jetzt hör mir gut zu, Alitsia! Sara Chekey ist eine ehrbare Frau. Aber deine Ideen, die kriegst du von mir, nicht von ihr. Verstanden?«

»Ja, Mutter.«

An diesem Nachmittag hatte Lisha frei, aber sie ging nicht hinüber in die Chekey-Wohnung. Sie führte ihre jüngste Schwester in den Park zum Marionettentheater und kam erst zurück, als die Dunkelheit sich auf den windigen Herbstnachmittag senkte. Und nachts im Bett legte sie sich kerzengerade hin, flach auf den Rücken, die Beine ausgestreckt, die Arme neben sich, und dachte darüber nach, was ihre Mutter gesagt hatte. Es hatte mit Sanzo zu tun. Wollte Sara sie und Sanzo zusammenbringen? Warum? Sicherlich nicht aus demselben Grund, aus dem sie selbst gern mit Sanzo beisammen war. Was war denn schlecht daran? Glaubte ihre Mutter, sie würde sich in Sanzo verlieben?

Es folgte eine kleine Pause in ihren Gedanken, und dann dachte sie: Aber ich bin ja schon in ihn verliebt. Sie hatte die ganze Woche überhaupt nicht nachgedacht, seit er sie zum erstenmal geküßt hatte; und nun war ihr Kopf wieder klar, und eines fügte sich zum anderen, als wäre es immer schon so gewesen. Weiß sie das nicht? fragte Lisha sich, weil es nun so klar erkennbar schien. Ihre Mutter mußte es wissen; sie wußte immer alles früher als Lisha. Aber sie hatte sie nicht vor Sanzo gewarnt. Sie hatte ihr nur aufgetragen, sich von Sara fernzuhalten. Das war schon in Ordnung so. Lisha mochte Sara nicht und gehorchte daher gern; sie würde nicht darauf hören, wenn Sara ihr etwas sagte. Und was hatte sie ihr überhaupt zu sagen? Das brauchte sie, Lisha, gar nicht zu kümmern.

»Sanzo«, hauchte sie, nur mit den Lippen, ohne Stimme,

damit es ihre Schwester Eva neben ihr im Bett nicht hören konnte; dann drehte sie sich zufrieden auf die Seite, zog die Beine an und schlief ein.

Am folgenden Nachmittag ging sie in die Chekey-Wohnung, und als sie sich wie immer am Küchentisch niederließen, blickte sie Sanzo an, betrachtete ihn eingehend. Seine Augen sahen ganz normal aus, nur der angespannte Ausdruck in seinem Gesicht verriet seine Blindheit. Aber eine Seite seiner Stirn sah aus wie eingedrückt, und man konnte die Narbe bis über den Haaransatz hinaus verfolgen. Inwieweit ekelte sie sich davor? Wünschte sie sich davonzurennen, wie vor Kindern mit Wasserköpfen und vor Bettlern, die anstelle einer Nase nur zwei riesige Nasenlöcher hatten? Nein; sie wollte diese Narbe berühren, sehr sanft, so wie er das erstemal ihr Gesicht berührt hatte; sie wollte sein Haar berühren, seine Mundwinkel, seine starken, schönen, entspannten Hände, die auf dem Tisch lagen, während er wartete, daß sie mit dem Vorlesen begann oder daß sie etwas sagte. Das einzige, was sie störte, war seine Passivität, seine unbewußte Ergebenheit, in der Art, wie er so dasaß und still wartete. Weder das Gesicht noch der Körper waren geschaffen für Passivität.

»Ich mag heute nicht lesen«, sagte sie.

»Gut.«

»Möchtest du spazierengehen? Es ist so schön heute.«

»Gut.«

Er zog seine Jacke an und folgte ihr die lange, dunkle Treppe hinunter. Draußen auf der Straße nahm er ihren Arm nicht, obwohl er keinen Stock mitgenommen hatte; und sie wagte nicht, nach seinem Arm zu greifen.

»In den Park?«

»Nein. Auf den Berg. Dort ist eine Stelle, wo ich früher immer hingegangen bin; allein schaffe ich es nicht.«

Der Berg war die höchste Erhebung am Stadtrand von Rákava; die Häuser da waren alt und groß, standen in Privatparks oder in Gärten. Lisha war noch nie dort gewesen, obwohl der Berg nur etwa einen Kilometer von ihrem Zuhause entfernt lag. Ein derber Wind blies vom Süden her durch die ruhigen, fremden Straßen. Staunend und vergnügt blickte sie sich um. »In allen Straßen stehen hier Bäume, wie in einem Park«, sagte sie.

»Wo sind wir? In der Sovenskarstraße?«

»Ich habe nicht geschaut.«

»Muß es wohl sein. Ist weiter vorn, auf der anderen Straßenseite, eine graue Mauer mit Glasscherben oben drauf? Daran müssen wir vorbei.«

Und so kamen sie an einen großen, nicht eingezäunten, verwilderten Garten am Ende einer nicht asphaltierten Zufahrtstraße. Lisha hatte ein bißchen Angst, einzudringen in diese schweigenden Domänen der Reichen, aber Sanzo schritt aus, ohne zu zögern, als gehörten sie ihm. Sie gingen bergauf, und der Garten verbreiterte sich über den ganzen Hang; der Rasen und das Dornengestrüpp folgten immer noch den Konturen des symmetrisch angelegten Parks, der hier einmal gewesen war. Am Ende der Straße, fast an die Stadtmauer angelehnt, starrte ein Haus aus Stein mit leeren Fensterhöhlen über die Stadt zu seinen Füßen.

Sie ließen sich auf dem Hang nieder, der mit ungepflegtem Gras bedeckt war. Die Sonne stand tief, und ihr Licht bohrte sich durch eine Baumgruppe zu ihrer Linken. Rauch oder Dunst hing über dem Flachland jenseits der Stadt. Ganz Rákava lag unter ihnen. Da und dort stieg zwischen den Dächern eine Rauchsäule auf, bis der Südwind sie abriß. Die dumpfen, schweren Geräusche der Stadt verstärkten noch die Stille des Gartens. Manchmal bellte in der Ferne ein Hund, oder sie hörten einen Augenblick lang, reflektiert von den Hausmauern, das Klappern von Pferdehufen und eine rufende Stimme. Im Norden und Osten der Stadt, wo keine Stadtmauer mehr stand, kauerten die Fabriken wie riesige Holzklötze, die man mitten unter Spielzeughäuser gesetzt hatte.

»Steht es immer noch leer?«

Lisha drehte sich um und betrachtete das Haus mit den

schwarzen, scheibenlosen Fenstern. »Sieht aus, als würde es seit Ewigkeiten leer stehen.«

»Ein Gärtner hier in der Gegend erzählte mir, als ich noch ein Kind war, daß es schon damals seit fünfzig Jahren leerstand. Irgendein Ausländer hat es erbaut. Kam hierher und machte ein Vermögen mit seinen Maschinen unten in den Fabriken. Schon lange her. Er hat das Haus nie verkauft, ist nur einfach auf und davon. Hat vierzig Zimmer, sagte der Gärnter.«

Sanzo lag auf dem Rücken im Gras, die Arme unter dem Kopf verschränkt und die Augen geschlossen; er sah ungezwungen aus und faul.

»Seltsam sieht die Stadt von hier aus. Halb Gold und halb Grau, und alles zusammengedrängt wie in einer zu engen Schachtel. Ich fragte mich, warum das alles so aneinandergequetscht ist, wenn es rundum soviel Platz gibt. Sieht aus, als ob die Ebene überhaupt kein Ende hätte.«

»Als ich klein war, bin ich oft hiergewesen. Ich habe gern so hinuntergeschaut ... Dreckige Stadt.«

»Aber trotz allem – von hier aus sieht sie hübsch aus.«

»Krasnoy – Krasnoy, das ist eine hübsche Stadt.«

Er hatte ein Jahr in Krasnoy verbracht, im Lazarett, nachdem er bei der Explosion einer Landmine sein Augenlicht verloren hatte. »Hast du's schon vorher gekannt?« fragte sie, und er verstand und nickte: »Neunzehnhundertsiebzehn, gleich nachdem ich eingezogen wurde. Ich wollte wieder hin. Krasnoy ist groß, es lebt, ist nicht tot wie dieses Nest hier.«

»Die Türme sehen merkwürdig aus, und das Gerichtsgebäude und das alte Gefängnis ragen aus den Schatten hoch wie Finger ... Was hast du gemacht, wenn du herkamst?«

»Nichts. Herumgewandert. Ein paarmal bin ich im Haus gewesen.«

»Hat es wirklich vierzig Zimmer?«

»Ich hab' sie nie gezählt. Ich habe es gespenstisch gefunden, da drinnen. Weißt du, was komisch ist? Das Haus kam

mir immer vor wie ein blinder Mensch – mit all den schwarzen Fenstern.«

Seine Stimme war ruhig, wie seine Züge, die im starken, rötlichen Licht der tiefstehenden Sonne glühten. Lisha sah ihn eine Weile an, dann blickte sie wieder hinab in die Stadt.

»Man kann schon ahnen, daß die Gräfin Luisa Liyve davonrennen wird«, meinte sie träumerisch.

Sanzo lachte – ein ehrliches, amüsiertes, erheitertes Lachen – und streckte die Hand nach ihr aus. Als sie sie nahm, zog er sie neben sich, und ihr Kopf lag an seiner Schulter. Der unkrautdurchsetzte Rasen unter ihnen war weich wie eine Matratze. Lisha konnte über Sanzos Brust hinweg nichts sehen als den Himmel und die Kronen der Kastanienbäume. Reglos lagen sie in den warmen Strahlen der ersterbenden Sonne, und Lisha war durch und durch glücklich – so ziemlich zum ersten Mal und wahrscheinlich zum letzten Mal in ihrem ganzen Leben. Sie war nicht bereit, das aufzugeben, wenn sie nicht unbedingt mußte. Er war es, der sich schließlich zu rühren begann und sagte: »Die Sonne muß schon untergegangen sein, es wird kalt.«

Sie wanderten wieder hinunter durch die breiten, stillen Straßen, zurück in ihre eigene Welt. Dort wurden die Straßen laut, und Menschenmassen drängten sich hindurch, die von der Arbeit in den Fabriken nach Hause hasteten. Sanzo hielt Lishas Hand fest, damit sie ihn führen konnte, und sooft jemand gegen ihn stieß (in Wahrheit nicht öfter, als sie selbst auch gestoßen wurde), hatte sie das Gefühl, es sei ihre Schuld. Da er hochgewachsen war, machte er auch lange Schritte, aber unbekümmert bahnte er sich seinen Weg, und Lisha hatte genug zu tun, immer ein Stückchen vor ihm zu bleiben, um Zusammenstöße mit Passanten vermeiden zu können. Als sie schließlich vor seinem Wohnhaus standen, blickte er wieder so finster drein wie immer, und sie war außer Atem. Vor der Eingangstür sagten sie einander kurz auf Wiedersehen, und sie blieb stehen und sah ihm zu, wie er auch jetzt ohne Zaudern die Treppe emporzusteigen begann. Jeder Schritt ein Schritt in Finsternis ...

»Wo bist du gewesen?« fragte eine tiefe Stimme hinter ihr. Sie wurde aus ihren Gedanken gerissen.

»Spazieren mit Sanzo Chekey, Vater.«

Kass Benat, gedrungen, breitschultrig und kompakt in der Dämmerung, sagte: »Dachte, er würde ganz gut allein zurechtkommen.«

»Ja, das tut er wohl!« lächelte Lisha strahlend. Massig stand ihr Vater vor ihr und überlegte. »Geh schon rauf!« sagte er schließlich und ging zum Brunnen im Hof, um sich dort zu waschen.

»Und irgendwann wird sie auch heiraten, verstehst du.«

»Vielleicht«, sagte Frau Benat.

»Was heißt vielleicht? Sie ist schon achtzehn. Es gibt hübschere Mädels, aber sie ist eins von den ordentlichen. Und eines schönen Tages wird sie heiraten.«

»Nicht, wenn sie sich mit diesem Sanzo einläßt, dann nicht.«

»Zieh dein Polster rüber, ich hab's dauernd in den Augen. Was soll das heißen – ›einläßt‹?«

»Wie soll ich es wissen?«

Kass setzte sich auf. »Was meinst du damit?« fragte er mit heiserer Stimme.

»Nichts. Ich kenne mein Mädel. Aber von unseren Nachbarn, da könnten dir viele eine ganze Menge erzählen – und sie reden auch untereinander.«

»Warum läßt du sie dann hingehen und siehst zu, wie über sie getratscht wird?«

Es folgte eine Pause. »Na, weil ich dumm bin«, sagte Frau Benat dann heftig in die Dunkelheit hinein. »Ich habe einfach nichts dabei gedacht. Wie hätte ich sollen? Er ist doch *blind*!«

Wieder folgte eine Pause, und dann meinte Kass bedrückt: »Sanzo kann nichts dafür. Er ist ein guter Junge, arbeitsam. Es ist nicht seine Schuld.«

»Das brauchst du mir nicht zu sagen. Ein großer, gutaussehender Kerl. Und so rechtschaffen und solide wie du. Ich verstehe das nicht. Ich würde gern den lieben Gott fragen, was er damit eigentlich bezweckt ...«

»Na, egal. Was willst du also tun deswegen?«

»Ich kann Sara beiseite nehmen. Sie wird mir schon irgendeinen Vorwand geben. Ich kenne sie, sie hat keine Geduld. Aber das Mädel ... Wenn ich noch mal mit ihr rede, dann kommt sie mir nur auf Ideen!«

»Na dann red mit ihm!«

Eine längere Pause diesmal. Und Kass war schon fast eingeschlafen, als es aus seiner Frau herausbrach: »Was meinst du damit – mit ihm reden?«

Kass grunzte.

»Red du mit ihm, wenn es so einfach ist!«

»Hör jetzt auf damit, Alte! Ich bin müde.«

»Mich geht die Sache jedenfalls nichts mehr an«, sagte Frau Benat wütend.

Kass streckte die Hand aus und klatschte sie ihr auf den Hintern. Sie gab einen langen, ärgerlichen Seufzer von sich. Und dann legten sie sich Seite an Seite zurecht und schliefen, während der dumpf anschwellende Herbstwind durch die Straßen und Höfe fuhr.

Der alte Volf in seinem fensterlosen Schlafzimmer hörte, wie der Wind heulte und sich gegen die Mauern stemmte. Durch die Wand hörte er Albrekt leise schnarchen und Sara tief und langsam atmen. Nach langer Zeit kam Knarren und Klingeln aus der Küche. Volf stand auf, suchte seine Schuhe und den zerlumpten, wattierten Schlafrock und schlurfte in die Küche. Es brannte kein Licht.

»Bist du's, Sanzo?«

»Ja.«

»Zünde eine Kerze an!« Er wartete und fühlte sich unbehaglich in der schwarzen Finsternis. Eine Dose klapperte, ein Zündholz kratzte, und rund um die winzige blaue Flamme erschien die Welt in neuem Licht.

»Brennt sie?«

»Bißchen tiefer. So ist es recht.«

Sie setzten sich an den Tisch. Volf versuchte, den Schlafrock enger um seine Beine zu ziehen, um es wärmer zu haben. Sanzo war angekleidet, aber sein Hemd war falsch zugeknöpft; er sah hager aus und elend. Vor ihm auf dem Tisch standen eine Flasche und ein Glas. Er goß das Glas voll und schob es seinem Vater hin. Volf packte es mit seinen verkrüppelten Händen und begann in großen Schlukken zu trinken, zwischen denen er lange, genüßliche Pausen einschob. Des Wartens müde holte Sanzo ein zweites Glas, goß es halbvoll und trank es auf einen Zug aus.

Als Volf fertig war, betrachtete er seinen Sohn eine Weile und sagte: »Alexander.«

»Ja?«

Doch Volf saß nur da und sah ihn an. Schließlich erhob er sich und wiederholte den Namen, den niemand außer Sanzos Mutter, die bereits fünfzehn Jahre tot war, je gebraucht hatte: »Alexander ...« Mit seinen steifen Fingern berührte er die Schulter seines Sohnes, stand einen Augenblick lang neben ihm und latschte dann zurück in sein Zimmer.

Sanzo goß sich wieder ein und trank. Er fand es schwer, sich allein zu betrinken; er war auch nicht sicher, ob er schon betrunken war oder noch nicht. Es war, als ob man in einem dichten Nebel säße, der weder dichter noch dünner wurde: eine undurchsichtige Leere. »Leer, nicht dunkel«, sagte er und zeigte mit einem Finger, den er nicht sehen konnte, auf jemanden, der nicht da war. Die Worte hatten eine tiefe Bedeutung für ihn, aber aus irgendeinem unerfindlichen Grund gefiel ihm der Klang seiner Stimme nicht. Er tastete nach dem Glas, das aufgehört hatte zu existieren, und trank dann direkt aus der Flasche. Die Leere blieb dieselbe. »Geht weg, geht weg!« sagte er. Und diesmal gefiel ihm der Klang seiner Stimme. »Ihr seid nicht da. Keiner von euch. Keiner ist da. Nur ich.« Das stellte ihn zufrieden, aber jetzt begann er sich schlecht zu fühlen. »Ich bin da, gottverdammt, ich bin hier!« sagte er laut. Niemand antwortete, niemand wurde wach. Keiner war da. »Ich bin da«, sagte er. Sein Mund zuckte und zitterte, und er legte das Gesicht auf die Arme, damit das Zittern aufhörte; ihm war so schwindlig, daß er glaubte, vom Stuhl zu fallen, doch statt dessen fiel er in tiefen Schlaf. Die Kerze neben seiner Hand brannte nieder und erlosch. Doch er schlief weiter, über den Tisch gebeugt, während der Wind heulte und die Straßen grau wurden im frühen Morgen.

»Also, alles, was ich sage, ist, daß sie in letzter Zeit recht oft drüben ist.«

»Ja?« lächelte Frau Benat mit mildem, doch ernsthaftem Interesse in der Stimme.

»Und sie ist dauernd gereizt«, sagte Eva, die zweite Tochter, sechzehn.

»Mmmh, tatsächlich?«

»Er kann nicht einmal arbeiten, warum tut er dann so aufgeblasen?«

»Doch, er arbeitet.«

»Ach, Stühle reparieren oder sowas. Aber er tut immer so aufgeblasen, und wenn ich sie frage, dann tut sie aufgeblasen. Ist mein Haar glatt?« Eva war hübsch, wie ihre Mutter mit sechzehn gewesen war. Sie war jetzt fertig angekleidet, bereit, mit einem der vielen ernsten, knochigen jungen Männer auszugehen, die um dieses Privileg gebeten hatten, und die sich, um es zu erlangen, einer eingehenden Inspektion ihrer Person und ihrer Vorfahren durch Herrn und Frau Benat unterworfen hatten.

Nachdem sie gegangen war, legte Frau Benat ihre Stopfarbeit beiseite und ging ins Kinderzimmer. Lisha sang mit dem Lied von den zwei Bettlern ihre fünfjährige Schwester in den Schlaf. Der Wind, der sich letzte Nacht erhoben hatte, rüttelte böig an den Fenstern.

»Schläft sie? Komm mit!«

Lisha folgte ihrer Mutter in die Küche.

»Mach uns eine Tasse Schokolade, ich bin todmüde ... Och, diese kleine Wohnung! Wenn wir nur ein Zimmer mehr hätten, wo ihr Mädchen mit euren Freunden sitzen könntet ... Ich mag dieses Ausgehen nicht, das ist nicht das rechte. Ein Mädel sollte mit seinen Freiern daheim zusammentreffen ...«

Sie schwieg, bis Lisha die Schokolade bereitet hatte und sich zu ihr an den Tisch setzte. Dann sagte sie: »Ich möchte, daß du nicht mehr zu den Chekeys hinübergehst, Lisha.«

Lisha stellte die Tasse hin. Sie glättete eine Falte in ihrem Rock und steckte das Ende des Gürtels unter die Schnalle.

»Warum nicht, Mutter?«

»Die Leute reden.«

»Die Leute müssen immer über irgend etwas reden.«

»Aber nicht über meine Tochter.«

»Dann kann er also rüberkommen?«

Frau Benat wurde von dieser Fangfrage überrascht, die so kühn, ja fast keck kam und das letzte war, was sie von Lisha erwartet hätte. Erschüttert entgegnete sie barsch: »Nein. Willst du damit sagen, daß ihr ein Liebespaar seid?«

»Das wird's wohl sein.«

»Der Mann ist blind, Alitsia!«

»Ich weiß«, antwortete das Mädchen, und es lag keine Ironie in ihrer Stimme.

»Er kann ... er kann doch keine Familie erhalten!«

»Er hat zweihundertfünfzig Rente.«

»Zweihundertfünfzig!«

»Das ist um zweihundertfünfzig mehr, als viele andere Leute heute verdienen«, sagte Lisha. »Außerdem kann ich auch arbeiten.«

»Lisha, du denkst doch nicht daran, ihn zu heiraten?«

»Wir haben darüber noch nicht gesprochen.«

»Aber Lisha! Siehst du denn nicht ein ...«

Frau Benats Stimme war leise geworden, verzweifelt. Sie legte die Hände flach auf den Tisch, kleine, zarte Hände, rot und verschwollen vom heißen Wasser und der starken Lauge.

»Lisha, hör mir zu! Ich bin vierzig Jahre alt. Mein halbes Leben habe ich in dieser Stadt verbracht, zwanzig Jahre in dieser Wohnung, in diesen vier Zimmern. Ich kam her, als ich so alt war wie du jetzt. Ich bin in Foranoy geboren, das weißt du; es ist auch eine alte Stadt, aber nicht so ein tristes Kaff wie diese hier. Dein Großvater war Fabrikarbeiter. Wir hatten dort ein Haus, ein Haus mit einer guten Stube und einem Gärtchen mit einem Rosenbusch. Als deine Großmutter im Sterben lag, daran wirst du dich nicht erinnern, da fragte sie immerzu: ›Wann kommen wir wieder nach Hause? Wann kommen wir endlich wieder nach Hause?‹ Anfangs, als ich jung war, gefiel es mir hier ganz gut, ich lernte deinen Vater kennen, und wir wollten wieder zurück nach Norden ziehen, nach einem Jahr oder so. Davon haben wir immer gesprochen. Aber dann kamt ihr Kinder. Und dann kam der Krieg und der gute Lohn hier. Und jetzt ist das alles vorbei, nichts gibt es außer Streiks und Lohnkürzungen. Dann dachte ich einmal kurz nach, und mir kam zu Bewußtsein, daß wir von hier nie wegkommen würden, daß wir hier festsitzen für immer und ewig. Als ich das einsah, da legte ich ein Gelübde ab, Lisha. Du wirst sagen, ich gehe Jahr und Tag nicht in die Kirche, aber damals ging ich in die Kathedrale und legte vor der Heiligen Jungfrau von Sovena ein Gelübde ab. Ich sagte, Heilige Mutter, ich bleibe also da, es soll mir recht sein, wenn du nur meine Kinder hinausläßt. Ich werde kein Wort mehr sagen deswegen, wenn du sie nur rausläßt, weg von hier.«

Sie sah ihrer Tochter ins Gesicht, und ihre Stimme wurde noch leiser. »Verstehst du, worauf ich hinauswill, Lisha? So wie dein Vater ist vielleicht einer unter tausend. Und was hat er davon? Gar nichts. Nichts gespart. Immer noch dieselbe Wohnung. Dieselbe Arbeit. Praktisch denselben Lohn. So ist es hier eben, in dieser Stadt, in diesem Kaff. Ich muß zusehen, wie er hier festsitzt. Aber was ist mit dir? Ich möchte, daß du gut heiratest und wegkommst von hier! Laß mich ausreden! Wenn du Sanzo Chekey heiratest, dann können zwar zwei mit dieser Rente irgendwie durchkommen, aber was ist mit Kindern? Und du findest heutzutage keine Arbeit. Weißt du, wo du hinkämst, wenn du ihn heiratest? Quer über den Hof. Aus vier Zimmern in drei. Zu Sara und Albrekt und dem Alten. Und arbeiten würdest du ohne Lohn in ihrem schäbigen Laden. Gefesselt an einen Mann, der dich letzten Endes hassen würde, weil er dir nicht beistehen kann. Oh, ich kenne Sanzo, er war immer stolz und aufrecht, glaub mir, es hat mir wirklich leid getan um ihn. Aber du bist mein Kind, und es ist dein Leben, Lisha, nur dein einziges Leben!«

Ihre Stimme hatte sich erhoben und zitterte bei den letzten Worten. Mit Tränen in den Augen streckte Lisha die Hände über den Tisch und ergriff die ihrer Mutter und hielt sie fest. »Hör zu, Mutter, ich versprech dir ... wenn Sanzo je etwas sagt – vielleicht tut er's sowieso nicht, ich weiß nicht –, wenn er jedenfalls etwas sagt und ich immer noch keine Arbeit habe, so daß wir nicht wegkönnen von hier, dann sage ich nein.«

»Du glaubst doch nicht, daß er dich den Lebensunterhalt verdienen lassen würde?«

Obwohl Lishas Augen verschwollen waren von den Tränen und ihre Wangen feucht, sprach sie mit fester Stimme. »Er ist stolz, Mutter, aber er ist nicht dumm!«

»Lisha, findest du denn keinen *ganzen* Mann?«

Das Mädchen ließ ihre Hände los und setzte sich aufrecht. Sie sagte nichts.

»Versprich mir, daß du ihn nicht mehr triffst!«

»Das kann ich nicht. Alles, was ich dir versprechen konnte, habe ich dir versprochen.«

Schweigen folgte.

»Du hast dich mir noch nie entgegengestellt«, sagte Frau Benat in düsterem, grübelndem Tonfall. »Du warst immer brav, immer. Jetzt bist du erwachsen, und ich kann dich nicht einsperren wie eine Schlampe. Kass würde das tun, aber ich kann es nicht. Es hängt von dir ab, Lisha. Du kannst dich aufheben. Oder du kannst dich wegwerfen, und alles andere auch.«

»Mich aufheben? Wofür?« fragte das Mädchen ohne jede Bitterkeit. »Es hat nie jemand anderen als ihn gegeben. Schon als ich noch ein kleines Mädchen war, bevor er in die Armee ging. Das wegzuwerfen, das wäre ein Sünde ...

Aber vielleicht war es auch eine Sünde – eine winzigkleine Sünde, Mutter –, dieses Gelübde abzulegen.«

Frau Benat stand auf. »Wer kann das schon sagen«, entgegenete sie müde. »Ich will meiner Tochter ein miserables Leben ersparen, und sie sagt mir, es ist eine Sünde.«

»Nicht für dich, Mutter. Für mich. Ich kann deinen Schwur nicht halten!«

»Nun, dann vergebe Gott uns beiden. Und ihm auch. Ich habe nur das Beste gewollt, Lisha!« Mit schweren Schritten ging Frau Benat aus dem Raum. Lisha blieb am Tisch sitzen und drehte einen Löffel zwischen den Fingern. Sie verspürte kein Triumphgefühl, weil sie zum ersten Mal in ihrem Leben ihrer Mutter widersprochen und sie abgewiesen hatte. Sie verspürte nur Mattigkeit, und hin und wieder stiegen ihr, während sie so dasaß, die Tränen erneut in die Augen. Das einzige Gute daran war, daß es nun niemanden mehr gab, den sie fürchtete. Schließlich ging sie in das Zimmer, das sie mit Eva teilte, suchte sich einen Bleistift und ein Stück Papier und schrieb einen sehr kurzen Brief an Sanzo Chekey, in dem sie ihm sagte, daß sie ihn liebte. Als sie zu Ende geschrieben hatte, faltete sie den Brief ganz klein zusammen, tat ihn in ein schweres, altes vergoldetes Medaillon, das sie von ihrer Mutter bekommen hatte, und befestigte es um ihren Hals. Dann ging sie zu Bett und lag lange Zeit da und lauschte auf das endlose, ziellose Wehen des Windes.

Sara Chekey besaß, wie Frau Benat festgestellt hatte, keine Geduld. In derselben Nacht schon sagte sie zu ihrem Neffen, während Volf und Albrekt in der Kneipe waren: »Sanzo, hast du eigentlich schon daran gedacht zu heiraten? Zieh nicht so ein Gesicht. Ich meine es ernst. Ich denke schon eine Weile darüber nach, und ich sage dir auch, warum. Du solltest Lisha Benats Gesicht sehen, wenn sie dich anschaut. Das hat mich auf den Gedanken gebracht.«

Kühl wandte er sich Sara zu und fragte: »Was geht es dich an, wie sie mich anschaut?«

»Ich habe doch Augen im Kopf, ich kann doch sehen, was vorgeht!« Dann hielt sie den Atem an; aber Sanzo gab ein beunruhigendes Lachen von sich. »Na los, dann schau!« sagte er. »Bloß laß mich damit in Frieden!«

»Hör mal zu, Sanzo Chekey, da stehst du jetzt in deinem ganzen Stolz und tust so, als ob dir alles auf der Welt gleichgültig wäre, und denkst nicht daran, daß das, was ich dir sage, vielleicht auch Hand und Fuß haben könnte. Was glaubst du wohl, hätte ich davon, wenn du heiratest? Ich dachte nur eben an dich und habe zufällig bemerkt ...«

»Vergiß es!« sagte er. Seine Stimme hatte jenen gekünstelten, arroganten Tonfall angenommen, der Sara so aufbrachte. Sie überschüttete ihn mit einer Woge von Rechtfertigungen und Beschuldigungen.

»Das Maß ist voll«, unterbrach Sanzo sie. »Ich werde dieses Mädchen nie wiedersehen.« Da er anders nicht von Sara wegkommen konnte, verließ er die Wohnung, warf die Tür hinter sich zu und rannte die Treppe hinab. Auf der Straße draußen, ohne seinen Stock, ohne Mantel und ohne Geld, blieb er stehen und überlegte. Lisha hätte ihn wohl gern gehabt, nicht wahr? Und Sara hätte nichts dagegen ... Und sie hatten ihre Pläne geschmiedet, und er war darauf hereingefallen ...! Als der schreckliche Druck aus Demütigung und Wut endlich nachzulassen begann, hatte er vollends die Orientierung verloren und wußte nicht, in welche Richtung er sich gewandt hatte, ob er sich überhaupt von seinem Wohnhaus entfernt hatte oder nicht. Einige Augenblicke lang mußte er sich vorwärtstasten, um seinen Standpunkt zu bestimmen. Miteinander plaudernde Leute gingen an ihm vorbei; sie beachteten ihn nicht oder dachten wohl, er sei betrunken. Endlich fand er die Haustür, ging zurück nach oben, nahm zehn Kroner aus der kleinen Geldschatulle seines Vaters, fegte an der protestierenden Sara vorbei und warf die Tür ein zweites Mal hinter sich zu.

Er kam am nächsten Morgen um zehn zurück, ließ sich auf sein Bett in der Diele fallen und schlief den ganzen Tag durch. Es war Sonntag, und sein Onkel, der einigemale an der flach ausgestreckten Gestalt auf dem Bett vorbei mußte, sagte schließlich zu Sara: »Was hat er sich bloß wieder so angesoffen? Hat sein ganzes Geld genommen, sagte Volf. Den ganzen Sommer war er nicht so besoffen. Seit damals nicht, als er gerade aus dem Lazarett gekommen war.«

»Ja, das Geld versaufen, von dem er und sein Vater leben sollen, das ist alles, wofür er gut ist!«

Albrekt kratzte sich am Kopf und antwortete, wie üblich, langsam und nicht unbedingt zur Sache gehörig. »Ist schon ein verdammt mieses Leben für einen Jungen von sechsundzwanzig«, sagte er.

Am nächsten Tag kam Lisha um vier Uhr nachmittags in die Chekey-Wohnung. Sanzo schlug einen Spaziergang vor, und sie gingen hinauf auf den Berg und in den Garten. Es war bereits Oktober; der Himmel war bedeckt, und es sah nach Regen aus. Sie gingen beide schweigend dahin. Im Garten angekommen setzten sie sich in das Gras unter dem unbewohnten Haus. Lisha erschauderte, als sie hinausblickte über die graue Stadt, ihre tausend Straßen und riesigen Fabriken. Ohne Sonnenschein wurde der Garten von den drohend und dunkel aufragenden Kastanienbäumen beherrscht. Auf der anderen Seite der Stadt, weit weg, pfiff eine Lokomotive.

»Wie sieht es aus?«

»Alles nur grau und schwarz.«

Sie merkte sehr wohl, daß dieses kindliche Wispern in ihrer Stimme lag. Aber er war nicht zu stolz gewesen, die Frage zu stellen, und das war gut, das machte ihr Herz ein wenig leichter. Könnten sie nur weiterreden, würde er sie nur berühren, so daß sie wußte, daß sie für ihn gegenwärtig war, dann wäre alles schon gut. Und bald darauf streckte er die Hand nach ihr aus, und willig kam sie in seinen Arm und legte die Wange an seine Schulter. Sie fühlte eine nervöse Spannung in ihm, als gäbe es etwas, was er auf dem Herzen hatte, und sie wollte ihn soeben danach fragen, als er ihr Gesicht hochhob und sie küßte. Es wurde ein ausdauernder Kuß. Er drehte sich herum, so daß sein Gewicht auf ihr lag und sie niederpreßte; der Druck seiner Lippen glitt über ihre Kehle hinab und zu ihren Brüsten. Sie versuchte zu sprechen und konnte es nicht, versuchte, ihn wegzuschieben, und konnte es nicht. Sein Gewicht preßte sie nieder, und seine Schulter verdeckte ihr den Himmel. Ihr Magen zog sich zu einem Knoten zusammen, sie konnte nichts sehen, aber sie schaffte es zu keuchen: »Laß mich los!« ein dünnes, schwaches Wispern. Er achtete nicht darauf; er drückte sie mit einer derartigen Kraft in das harte Gras und in die Schwärze des Bodens, daß sie nur Schwäche verspürte, Schwäche, als würde sie sterben. Doch als er versuchte, ihre Beine mit einer Hand auseinanderzuzerren, da fühlte sie einen Schmerz, einen so heftigen Schmerz, daß sie sich wieder zu wehren begann, zu kämpfen begann, wie ein Tier. Sie bekam einen Arm frei, drückte seinen Kopf weg und wand sich mit einer einzigen, krampfhaften Bewegung unter ihm hervor. Dann kroch sie auf allen vieren weiter, stolperte auf die Füße und rannte.

Sanzo blieb liegen, das Gesicht halb im Gras vergraben.

Als sie zurückkam zu ihm, hatte er sich immer noch nicht bewegt. Ihre Tränen, die sie unterdrücken hatte können, begannen wieder zu fließen, als sie neben ihm stand.

»Komm, Sanzo, steh auf!« sagte sie leise.

Er lag nur still da.

»Komm!«

Nach einer Weile drehte er sich herum und setzte sich auf. Sein weißes Gesicht war kreuz und quer durchfurcht von den Spuren, die die Grashalme darauf zurückgelassen hatten, und seine Augen, als er sie öffnete, starrten seitwärts, als würden sie zu den Kastanien hinüberblicken.

»Gehen wir nach Hause, Sanzo«, flüsterte sie in sein schreckliches Gesicht. Er zog die Lippen zurück und sagte: »Geh weg! Laß mich zufrieden!«

»Ich möchte nach Hause.«

»Dann geh doch! Geh schon, glaubst du, ich brauche dich? Geh schon, verschwinde!« Er versuchte, sie wegzustoßen, streifte aber nur ihr Knie. Lisha ging und wartete an der Straße draußen auf ihn. Als er an ihr vorbeiging, hielt sie den Atem an, und als er ein gutes Stück voraus war, begann sie, ihm lautlos zu folgen. Es hatte zu regnen begonnen, dünne Tropfen, die schräg aus tiefhängenden, reglosen Wolken fielen.

Sanzo hatte seinen Stock nicht mit. Anfangs schritt er kühn aus, so wie er ausschritt, wenn sie dabei war, aber dann wurde er langsamer, verlor offenbar den Mut. Eine Weile ging es jedoch ganz gut, und einmal hörte sie, wie er sein kleines Lied durch die Zähne pfiff. Sobald er den Hügel hinter sich gelassen hatte und sich in den lärmenden Straßen befand, wo er kein Echo vernehmen konnte, begann er zu zögern, verlor die Orientierung und nahm eine falsche Abzweigung. Lisha folgte ihm auf dem Fuß, und die Leute starrten sie beide an. Schließlich blieb er stehen und fragte ins Leere: »Ist das die Bargaystraße?«

Ein Mann trat an ihn heran, starrte ihn an und antwortete dann: »Nein, da sind Sie falsch.« Er nahm Sanzos Arm und führte in die richtige Richtung, gab ihm Anweisungen und fragte ihn wegen seiner Blindheit – ob es ein Arbeitsunfall gewesen sei oder eine Kriegsverletzung. Sanzo ging weiter, doch ehe er noch die nächste Querstraße erreicht hatte, blieb er erneut stehen. Lisha holte ihn ein und nahm schweigend seinen Arm. Er atmete sehr schwer, wie ein erschöpfter Rennläufer.

»Lisha?«

»Ja. Komm!«

Aber anfangs konnte er sich überhaupt nicht rühren, konnte keinen Schritt vorwärts machen.

Dann gingen sie weiter, langsam, obwohl der Regen stärker wurde. Als sie zu seinem Wohnhaus kamen, streckte er die Hand nach der Tür aus und berührte die Ziegelmauer. Daran fand er Halt, und er drehte sich zu ihr um und sagte: »Komm nicht mehr!«

»Gute Nacht, Sanzo«, antwortete sie.

»Es hat keinen Sinn, verstehst du?« setzte er hinzu und

fing sofort an, die Stiegen hochzusteigen. Lisha lief hinüber zu ihrer eigenen Tür.

Während der nächsten Tage ging er immer nachmittags in die Werkstatt und kam nicht vor dem Abendbrot nach Hause. Dann gab es eine Woche lang keine Reparaturarbeiten zu tun, und er machte es sich zur Gewohnheit, am späten Nachmittag in den Park zu gehen. Er behielt diese Gewohnheit auch bei, als der Winterwind von Osten her zu wehen begann und den Regen brachte, und bald darauf den Schnee, mit Regen vermischt, den dünnen, klammen, schmutzigen Schnee. Wenn er den ganzen Tag in der Wohnung blieb, überkam ihn nach und nach eine nervöse Langeweile; dann zitterten seine Hände, und sein Tastsinn verlor seine gewohnte Empfindlichkeit. Er konnte nicht mehr sagen, was er gerade anfaßte, ja, ob er überhaupt etwas anfaßte. Und das trieb ihn hinaus, für immer längere Zeit, bis er eines Tages mit Kopfschmerzen und starkem Husten nach Hause kam. Eine Woche lang quälte ihn das Fieber, und jedesmal, wenn er danach ausging, wurde er erneut das Opfer von Husten und Fieber.

Die Schwäche, die Albernheit des Herumkränkelns, waren ihm geradezu eine Erleichterung. Aber für Sara war es schwer. Sie mußte nun das Frühstück für Sanzo und Volf vorbereiten und teure Medikamente gegen seine Kopfschmerzen kaufen, die ihn hin und wieder aufschreien ließen vor Pein, und manchmal, des Nachts, weckte sie sein Husten auf. Sie hatte immer nur hart gearbeitet und sie hätte, zum Ausgleich dafür, jetzt zanken und jammern können; aber es war nicht die Mehrarbeit, es war seine Gegenwart, sein ewiges Hiersein, angespannt, teilnahmslos, blind, ohne etwas zu tun, ohne etwas zu sagen. Das regte sie so sehr auf, daß sie dann später, wenn sie ins Geschäft gingen, den armen Albrekt anschrie: »Ich halte es nicht aus! Ich halte es nicht aus, zusammen mit ihm unter einem Dach!«

Aber der einzige, der sich in diesem Winter davonmachen konnte, war der alte Volf. Ein paar Abende vor Weihnachten ging er mit den zehn Kroner, die Sara ihm monatlich von seiner Penison zurückgab, aus und kam mit einer Flasche zurück; er kletterte drei der vier Stockwerke hoch – das vierte nicht mehr. Ein Herzversagen warf ihn auf dem Treppenabsatz um, wo man ihn eine Stunde später fand. So flach in seinem Sarg sah er viel größer aus als im Leben, und im Tode waren seine Züge – angespannt und blicklos – eine düsterere Version der Züge seines Sohnes. Alle seine alten Freunde und die Nachbarn kamen zur Beerdigung, für die sich die Chekeys in Schulden stürzten. Auch die Benats kamen, aber Lishas Stimme vernahm Sanzo nicht.

Er zog von der Diele in das fensterlose Zimmer um, das sein Vater bewohnt hatte, und alles ging weiter wie früher, nur ein bißchen leichter für Sara.

Im Januar begann einer der jungen Männer in Evas Schlepptau, ein Färber von der Ferman-Fabrik, der möglicherweise entmutigt war von der zahlreichen Konkurrenz um Eva, sich umzusehen und entdeckte Lisha. Sie betrachtete ihn, wenn überhaupt, dann ohne Ängstlichkeit und ohne Interesse; aber als er sie einmal bat, mit ihm auszugehen, da war sie einverstanden. Sie war so ruhig und zugänglich wie immer, sie hatte sich nicht verändert, außer, daß sie und ihre Mutter jetzt noch bessere Freundinnen waren als vorher. Wenn sie miteinander sprachen, dann als Gleichgestellte, wenn sie miteinander arbeiteten, dann als Partner. Natürlich sah ihre Mutter den jungen Mann, aber sie erwähnte ihn Lisha gegenüber nicht, und auch Lisha erwähnte ihn nicht, außer in einem gelegentlichen: »Ich geh nach dem Abendessen mit Givan spazieren.«

Im Laufe einer einzigen Nacht legte sich der Sturm aus dem eisigen Flachland im Osten, und ein feuchter Wind erhob sich von Süden her. Der Regen wurde warm und ergiebig. Am Morgen zeigte sich Unkraut zwischen den Steinen im Hof, die Brunnen der Stadt rannen geräuschvoll und kräftig, die Stimmen der Menschen wurden weiter getragen in den Gassen, und der Himmel war mit kleinen bläulichen

Wolken übersät. An diesem Abend folgten Lisha und Givan einem der kleinen einsamen, für Liebespaare wie geschaffenen Gäßchen, hinaus durch das Osttor zu der Ruine eines Wachturms; und dort, in der Kälte unter dem Sternenhimmel, bat er sie, ihn zu heiraten. Sie sah hinaus in die große Dunkelheit über dem Berg und dem flachen Land, und zurück zu den Lichtern der Stadt, die halb verdeckt wurden von der geborstenen äußeren Stadtmauer. Sie brauchte lange Zeit, ehe sie antwortete. »Ich kann nicht«, sagte sie dann.

»Warum nicht, Lisha?«

Sie schüttelte den Kopf.

»Du warst in jemanden verliebt, er ist davon, oder er ist bereits verheiratet, oder irgend etwas damit ist schief gegangen. So wird es wohl sein. Und obwohl ich das weiß, habe ich dich gefragt.«

»Warum?« fragte sie gequält. Er antwortete augenblicklich: »Weil das jetzt vorbei ist, und jetzt bin ich da.«

Das erschütterte sie; er fühlte es und sagte in plötzlicher Demut: »Überleg es dir.«

»Das werde ich tun. Aber ...«

»Überleg es dir! Du würdest das Richtige tun, Lisha. Ich bin der Richtige für dich. Und ich bin nicht von der Sorte, die ihren Entschluß ändert.«

Das entlockte ihr ein Lächeln, weil sie an Eva dachte, aber auch, weil es der Wahrheit entsprach. Er war tatsächlich ein scheuer, aber entschlossener und zäher Bursche. Und wenn ich's täte? dachte sie und spürte sofort, wie seine Demut auf sie übergriff, und fühlte sich beschützt, sicher und überzeugt.

»Es ist nicht fair, mich jetzt zu fragen«, sagte sie mit einer Anwandlung von Ärger, so daß er das Thema fallenließ und sie erst wieder an ihrer Haustür, als sie sich verabschiedeten, bat, es sich zu überlegen. Sie versprach es. Und sie tat es.

Es war – wie lange her, seit dem Tag in dem verwilderten Garten oben auf dem Berg? Fünf Monate ... – und immer noch erwachte sie nachts aus einem Traum, in dem das harte, trockene Herbstgras unter ihrem Rücken stach, und sie nicht sehen, nicht sprechen und sich nicht bewegen konnte. Und dann, wenn sie aus dem Traum erwachte, konnte sie plötzlich den Himmel sehen, und der Regen fiel aus diesem Himmel direkt auf sie. Daran mußte sie denken, immer nur daran.

Jetzt, da häufiger die Sonne schien, sah sie Sanzo öfter. Sie sprach immer mit ihm. Manchmal saß er im Hof neben dem Brunnen, wie früher sein Vater. Und wenn sie Wasser zum Waschen holte, grüßte sie ihn stets: »Schönen guten Tag, Sanzo.«

»Bist du's Lisha?«

Seine Haut war weiß und stumpf, und seine Hände sahen zu groß aus für seine Handgelenke.

Eines Tages Anfang April bügelte sie allein unten in dem Kellerraum, den ihre Mutter als Wäscherei gemietet hatte. Das Licht kam durch die kleinen Fenster hoch oben; vor dem staubigen Glas bogen sich dürftige Grashalme und Unkräuter in der Sonne. Ein Lichtstrahl fiel auf das Hemd, das sie soeben bügelte, und der Dampf stieg hoch und roch intensiv nach Ozon. Sie begann, laut zu singen.

Es trafen zwei Bettler sich in großer Not.
›He, lieber Bruder, gib mir'n Stück Brot!‹
›Lauf rüber zum Bäcker und hole es dir,
will er's dir nicht geben, sag, du kämst von mir!‹

Sie mußte hinausgehen, um Wasser zum Besprenkeln zu holen. Nach der Düsterkeit des Kellers füllte das Licht der Sonne ihre Augen mit schwarzen und goldenen Spiralen und Klecksen. Immer noch summend ging sie zum Brunnen.

Sanzo war gerade aus dem Haus gekommen.

»Morgen, Lisha.«

»Morgen, Sanzo.«

Er setzte sich nieder auf der Bank, streckte seine langen Beine aus und hob das Gesicht der Sonne entgegen. Sie stand schweigend am Brunnen und sah ihn an. Sah ihn aufmerksam an, prüfend.

»Bist du noch da?«

»Ja, ich bin noch da.«

»Ich seh' dich ja gar nicht mehr.«

Sie nahm das schweigend zur Kenntnis. Doch gleich darauf kam sie zur Bank und setzte sich neben ihn, wobei sie den Wasserkrug sorgfältig unter die Bank stellte. »Geht's dir wieder besser?«

»Ich glaube schon.«

»Die Sonne, es ist, als würden wir alle wieder zu neuem Leben erweckt. Jetzt ist es wirklich Frühling. Riech mal!« Sie pflückte die kleine weiße Blüte eines Unkrauts, das zwischen den Steinplatten neben dem Brunnen wuchs, und legte sie in seine Hand. »Sie ist zu klein, als daß man sie spüren könnte, aber riech daran! Riecht wie Pfannkuchen.«

Er ließ die Blüte fallen und beugte den Kopf, als würde er ihr nachsehen wollen. »Was treibst du so in letzter Zeit? Außer der Wäscherei?«

»Ach, nichts Besonderes. Eva wird nächsten Monat heiraten. Ventse Estay. Sie ziehen nach Norden, nach Brailava. Er ist Maurer, und dort oben gibt es Arbeit.«

»Und was ist mit dir?«

»Oh, ich bleibe da«, sagte sie, spürte dann aber die kalte, gleichgültige Herablassung in seinem Tonfall und fügte hinzu: »Ich bin verlobt.«

»Mit wem?«

»Givan Fenne.«

»Was macht er?«

»Färber bei Ferman. Er ist Obermann der Gewerkschaftssektion.«

Sanzo stand auf, schritt über den Hof zum Bogengang, drehte sich um und kam zögernd zurück. Da stand er dann, nicht ganz zwei Meter von ihr entfernt, mit hängenden Schultern; er hielt das Gesicht etwas abgewandt. »Schön für dich. Herzlichen Glückwunsch«, sagte er und machte kehrt, um zu gehen.

»Sanzo!«

Er blieb stehen und wartete.

»Bleib noch eine Minute hier!«

»Wozu?«

»Weil ich es möchte.«

Er stand reglos da.

»Ich wollte dir sagen ...« Aber sie blieb stecken.

Er kam zurück, tastete nach der Bank und ließ sich nieder. »Schau, Lisha«, sagte er mit zurückhaltender Stimme. »Es hat ja keine Bedeutung.«

»O doch, eine gewaltige. Ich wollte dir sagen, daß ich nicht verlobt bin. Er hat mich zwar gefragt, aber damit ist es nichts.«

Er hörte zu, aber ausdruckslos. »Warum hast du es dann gesagt?«

»Weiß ich nicht. Um dich wütend zu machen.«

»Und weiter?«

»Und weiter«, fuhr Lisha fort, »und weiter möchte ich dir sagen, daß du zwar blind sein magst, daß das aber keine Entschuldigung dafür ist, wenn du taub, stumm und dumm tust. Ich weiß, daß du krank warst, und das tut mir sehr leid, aber wäre es nach mir gegangen, dann wärst du noch weit kränker gewesen!«

Sanzo saß bewegungslos da. »Was, zum Teufel ...?« begann er. Sie antwortete nicht; und nach einer ganzen Weile erst drehte er sich zu ihr um, wollte die Hand ausstrecken, hielt aber mitten in der Bewegung inne und sagte nervös: »Lisha?«

»Ich bin da.«

»Dachte, du wärst schon gegangen.«

»Ich bin noch nicht fertig.«

»Na, dann los! Keiner hält dich zurück.«

»Doch. Du.«

Eine Pause.

»Schau, Lisha, ich muß es tun. Siehst du das nicht ein?«

»Nein, das sehe ich nicht ein. Sanzo, ich will es dir erklären ...«

»Nein. Tu's nicht! Ich bin nicht aus Stein, Lisha.«

Sie saßen eine Weile Seite an Seite in der angenehmen Wärme.

»Du solltest diesen Burschen heiraten.«

»Das kann ich nicht.«

»Sei nicht albern.«

»Ich komme nicht darüber hinweg. Über dich.«

Er wandte das Gesicht ab. Mit gezwungener, erstickter Stimme sagte er: »Ich möchte dich um Verzeihung bitten ...« Er machte eine vage Gebärde.

»Nein! Nein!«

Ein neues Schweigen folgte. Sanzo setzte sich aufrecht hin und fuhr sich gequält mit der Hand über Stirn und Augen. »Hör zu, Lisha, es hat keinen Sinn. Ehrlich. Da sind deine Eltern, was würden sie dazu sagen? Aber das ist es ja gar nicht, es ist alles andere, das Wohnen bei meinem Onkel und meiner Tante. Ich kann nicht ... Ein Mann muß einer Frau doch etwas bieten können ...«

»Sei nicht so bescheiden.«

»Bin ich nicht. War ich nie. Ich weiß, was ich bin und diese ... diese Sache macht keinen Unterschied dabei – für mich. Aber für jemand anderen macht es sehr wohl einen Unterschied.«

»Ich möchte dich heiraten«, sagte Lisha. »Wenn du mich heiraten willst, dann tu es, und wenn du nicht willst, dann tu es nicht. Ich kann es nicht alleine tun. Aber denke zumindest daran, daß mich das alles auch betrifft.«

»Du bist es ja gerade, an die ich denke.«

»Nein, das tust du nicht. Du denkst an dich, an deine Blindheit und an alles, was sich daraus ergibt. Du hast mich darüber nachdenken lassen, und ich habe es auch getan.«

»Ich habe über dich nachgedacht, Lisha. Den ganzen Winter. Immer. Es ... es gehört sich nicht, Lisha.«

»Nicht hier, nein.«

»Wo dann? Wo gehört es sich für uns? Wo passen wir

hin? In das Haus oben auf dem Berg? Wir können es uns teilen, zwanzig Zimmer für jeden von uns beiden ...«

»Sanzo, ich muß zu Ende bügeln, ich muß zu Mittag damit fertig sein. Wenn wir uns zu irgend etwas entschließen, dann können wir uns solche Dinge später überlegen. Jedenfalls möchte ich weg aus Rákava.«

»So ...« Er zögerte. »Wirst du heute nachmittag kommen?«

»Gut.«

Lisha ging davon und schwang den Wasserkrug in der Hand. Als sie in den Keller kam, blieb sie vor dem Bügelbrett stehen und brach in Tränen aus. Seit Monaten hatte sie nicht mehr geweint; sie hatte gedacht, schon zu alt zu sein für Tränen und nie mehr weinen zu müssen. Sie weinte, ohne zu wissen, warum, ihre Tränen flossen wie ein Strom, den der Frühling vom Eis befreit hat, und rannen über ihre Wangen. Sie verspürte weder Freude noch Kummer und fuhr fort mit ihrer Arbeit, noch lange, nachdem die Tränen versiegt waren.

Um vier Uhr nachmittags machte sie sich auf zur Wohnung der Chekeys, aber Sanzo wartete im Hof auf sie. Sie gingen zum Berg, in den verwilderten Garten, auf den Rasen vor den Kastanienbäumen. Das frische Gras war schütter und zart. Aus der grünen Dunkelheit der Kastanien leuchteten gelblich-weiß die ersten Kerzen. Ein paar Tauben flogen hoch oben in der warmen, rauchigen Luft über der Stadt.

»Es blühen Rosen rund um das Haus. Würde es ihnen etwas ausmachen, wenn ich ein paar pflücke?«

»Ihnen? Wem?«

»Gut. Ich bin gleich wieder zurück.«

Sie kam mit einer Handvoll kleiner, roter, dorniger Rosen wieder. Sanzo hatte sich zurückgelegt, die Arme unter dem Kopf verschränkt, und Lisha setzte sich neben ihn. Der weiche, süße Aprilwind blies über sie beide hinweg, und sie befanden sich in einer Höhe mit der tiefstehenden Sonne. »Nun ja«, sagte er. »Wir haben wohl keinen Platz auf der Welt, nicht wahr?«

»Ich weiß nicht. Wahrscheinlich.«

»Seit wann bist du so?«

»Wie bin ich denn?«

»Ach, du weißt schon. Früher warst du anders.« Wenn er entspannt war, hatte seine Stimme einen warmen, gutturalen Klang, angenehm anzuhören. »Du hast nie etwas gesagt ... Weißt du was?«

»Was?«

»Wir haben dieses Buch damals eigentlich nie zu Ende gelesen.«

Er gähnte und drehte sich auf die Seite, ihr zu. Sie legte die Hand auf die seine.

»Als du noch ein Kind warst, hast du immerzu gelächelt. Machst du das immer noch?«

»Nicht, seit ich dich kenne«, sagte sie. Lächelnd. Ihre Hand lag immer noch auf seiner.

»Hör zu! Ich bekomme die Invalidenrente, zweihundertfünfzig. Das würde reichen, um aus Rákava rauszukommen. Ist es das, was du willst?«

»Ja, das ist es.«

»Nun, da gäbe es Krasnoy. Dort soll die Arbeitslosigkeit nicht so schlimm sein, und da muß es auch billigere Wohnungen geben, es ist eine große Stadt.«

»Daran habe ich auch gedacht. Man findet sicher leichter Arbeit dort, es gibt nicht nur einen Industriezweig so wie hier. Ich könnte einen Posten bekommen.«

»Ich würde mir Arbeit als Rohrflechter suchen, wenn dort jemand das Geld hat, sich solche Dinge machen zu lassen. Aber ich kann ja auch Reparaturen ausführen, im Herbst hatte ich eine Menge davon.« Er schien seinen eigenen Worten zu lauschen; und plötzlich gab er sein seltsames Lachen von sich, das jedesmal sein Gesicht veränderte. »Hör mal«, sagte er, »das hat doch keinen Sinn. Willst du mich an der Hand nach Krasnoy führen? Vergiß es! Du solltest weg von hier, das ist richtig. Schau zu, daß du wegkommst! Heirate diesen Jungen und schau zu, daß du wegkommst! Gebrauche deinen Kopf, Lisha!«

Er hatte sich aufgesetzt, die Arme um die Knie gelegt, und hielt das Gesicht abgewandt.

»Du redest, als wären wir beide Bettler«, sagte sie. »Als hätten wir nichts, was wir einander geben können, und keinen Platz auf der Welt, wo wir hingehen könnten!«

»Das ist es. Das ist es ganz genau. Wir haben nichts. Ich habe nichts. Glaubst du, es würde irgendeinen Unterschied machen, wenn wir von hier weggingen? Glaubst du, das würde einen anderen aus mir machen? Glaubst du, wenn ich um die Ecke gehe ...« Er bemühte sich um Ironie und erreichte nur Weh. Lisha ballte die Hände zu Fäusten. »Nein, natürlich glaube ich das nicht«, entgegnete sie. »Sprich nicht wie alle anderen! Alle sagen sie, daß wir nicht aus Rákava wegkönnen, daß wir hier feststecken. Ich kann Sanzo Chekey nicht heiraten, er ist blind. Nichts von dem, was wir wollen, können wir tun, wir haben nicht genug Geld. Das ist alles richtig, das ist alles absolut richtig. Aber es ist nicht alles. Ist es richtig, daß du nicht betteln darfst, wenn du ein Bettler bist? Was sonst kannst du tun? Wenn du ein Stück Brot bekommst, wirfst du es weg? Würdest du so fühlen wie ich, Sanzo, würdest du nehmen, was man dir gibt und es festhalten!«

»Lisha!« rief er. »O Gott, ich möchte es festhalten ... Nichts ...« Er streckte die Arme nach ihr aus, und sie kam zu ihm. So hielten sie einander fest. Lange bemühte er sich zu sprechen, ehe es ihm gelang. »Du weißt, daß ich dich haben möchte, daß ich dich brauche, daß es niemand sonst gibt, nichts sonst ...«, stammelte er dann, und sie schüttelte den Kopf, leugnete die Notwendigkeit, die sie für ihn darstellte, und fuhr fort: »Nein, nein, nein, nein ...«, hielt ihn aber mit aller Kraft, die sie aufbringen konnte, fest. Was immer noch weniger Kraft war, als er aufbringen konnte.

Nach einer Weile ließ er sie los, nahm ihre Hand und streichelte sie ein bißchen. »Schau mal«, sagte er dann halbwegs ruhig, »ich ... du weißt. Nur ist die Chance nicht sehr groß, Lisha.«

»Wir werden nie eine Chance bekommen, die groß ist.«

»Du schon.«

»Du bist meine große Chance«, stellte sie mit einer gewissen Bitterkeit und mit absoluter Gewißheit fest.

Darauf wußte er eine Zeitlang nichts zu antworten. Schließlich holte er tief Atem und begann: »Was du gesagt hast über den Bettler ... In dem Lazarett, wo ich vor zwei Jahren war, gab es einen Arzt, der sagte etwas Ähnliches, er fragte, wovor hast du Angst? Du siehst, was die Toten sehen, und du bist immer noch am Leben! Was hast du zu verlieren?«

»Ich weiß, was ich zu verlieren habe«, warf Lisha ein. »Und ich werde es nicht verlieren.«

»Ich weiß, was ich zu gewinnen habe«, murmelte er. »Und das erschreckt mich so.« Er hatte das Gesicht erhoben, so, als würde er hinausblicken über die Stadt. Es war ein sehr starkes Gesicht, hart und entschlossen, und als sie ihn ansah, war Lisha erschüttert; sie schloß die Augen. Sie wußte, daß sie es war, ihr Wille, ihre Gegenwart, die ihn frei machten; aber sie mußte zusammen mit ihm in die Freiheit gehen, und das war ein Ort, an dem sie nie zuvor gewesen war. Sie flüsterte in die Dunkelheit: »Na gut, ich fürchte mich auch.«

»Halt dich fest!« sagte er und legte den Arm um ihre Schultern. »Wenn du dich festhältst, tu ich's auch.«

Sie blieben sitzen, ohne viel zu sprechen, während die Sonne in den Aprildunst über dem Flachland sank, und die Türme und Fenster der Stadt mit ihrem matten Licht vergoldete. Als die Sonne untergegangen war, stiegen sie zusammen den Berg hinab, gingen hinaus aus dem stillen Garten mit seinem schönen zerfallenden blickleeren Haus und hinein in den Rauch und die Menschenmassen der tausend Straßen, wo die Nacht bereits herabgesunken war.

(1920)

Die Straße nach Osten

Das Böse existiert nicht«, murmelte Frau Eray der Rosenpelargonie im Blumenkasten vor dem Fenster zu, und ihr Sohn, der zuhörte, dachte flugs an Raupen, Blattläuse, Mehltau und Trockenfäule; aber in sanfter Zustimmung schien die Sonne auf die runden, grünen Blätter und roten Blüten und das graue Haar, und Frau Eray lächelte. Die Ärmel ihres Kleides fielen zurück, als sie die Arme hob, eine Sonnenpriesterin am Fenster. »Jede Blume beweist es. Ich bin froh, daß du Blumen magst, Maler.«

»Ich habe Bäume lieber«, sagte er. Er war müde und kribbelig; kribbelig war das Wort, an das er immer dachte, zehntausend Ameisen. Kribbelig. Er brauchte dringend einen Urlaub.

»Aber du hättest mir doch keine Eiche zum Geburtstag nach Hause bringen können!« Sie lachte und wandte den Blick auf den Oktoberstrauß goldener Astern, den er ihr gebracht hatte, und er lächelte, tief hineingesunken und passiv in seinem Lehnstuhl. »Ach, mein armer, alter Steinpilz!« sagte sie und trat zu ihm. Der große, blasse, schwergebaute Mann verabscheute dieses Kosewort, denn er fühlte, daß es zu ihm paßte. »Setz dich auf! Lächle! Dieser schöne Tag, mein Geburtstag, die Blumen, die Sonne! Wie können sich Leute einfach weigern, diese Welt zu genießen? Danke für die Blumen, Liebes.« Sie küßte ihn auf die Stirn und kehrte leichtfüßig zum Fenster zurück.

»Ihrenthal ist weg«, sagte er.

»Weg?«

»Seit einer Woche. Keiner hat seinen Namen ausgesprochen, die ganze Woche lang.«

Das war ein Frontalangriff, denn sie hatte Ihrenthal gekannt; er war an ihrem Tisch gesessen, ein schüchterner, unbesonnener Mann mit einem Kopf voller Löckchen; er hatte eine zweite Portion Suppe genommen; sie konnte seinen Namen nicht einfach wegblasen, als sei er ohne Bedeutung für sie, ohne Gewicht.

»Du weißt nicht, was aus ihm geworden ist?«

»Natürlich weiß ich das.«

Sie ließ den Zeigefinger am Rand eines Pelargonienblattes entlanggleiten und sagte in weichem Tonfall, als spräche sie zu der Pflanze: »Nicht genau.«

»Ich weiß nicht, ob er erschossen wurde oder einfach im Gefängnis sitzt? Wenn es das ist, was du meinst.«

Sie zog die Hand von der Pflanze zurück und blickte hinauf in den sonnenhellen Himmel. »Du darfst nicht verbittert sein, Maler«, sagte sie. »Wir wissen nicht, was wirklich aus ihm geworden ist, in tieferem Sinn. Aus ihm, aus allem, was dahingeht, verschwindet, was uns zugrundegeht. Wir wissen so wenig, so herzlich wenig. Und doch genug! Die Sonne scheint, sie scheint auf uns alle, sie macht keinen Unterschied, kennt keine Bitterkeit. Das wissen wir. Es ist die große Lehre daraus. Das Leben ist ein Geschenk, ein so liebliches Geschenk! Es gibt keinen Platz darin für Verbitterung. Keinen Platz.« Da sie zum Himmel gesprochen hatte, war ihrer Aufmerksamkeit entgangen, daß er sich erhoben hatte.

»Es ist Platz für alles. Viel zuviel Platz. Ihrenthal war mein Freund. Ist sein ... ist sein Tod ein liebliches Geschenk?« Aber er überstürzte die Worte und verschluckte sie, und seine Mutter mußte sie nicht hören. Er setzte sich wieder hin, als sie daranging, das Abendessen zu bereiten und den Tisch zu decken. »Was wäre, wenn sie mich verhaftet hätten, statt Ihrenthal?« wollte er sagen, sagte es aber dann doch nicht. Sie versteht es nicht, dachte er, weil sie ihr Leben hier drin verbringt, sie sieht immer aus dem Fenster, aber sie öffnet nie die Tür, sie geht nie hinaus ... Die Tränen, die er nicht weinen konnte um Ihrenthal, brannten ihm wieder in der Kehle, aber seine Gedanken glitten schon davon, nach Osten, auf die Straße zu. Auf der Straße war er seinem Freund wieder ganz nahe, der Vorstellung von seinem Schmerz und dem Wissen um seinen Kummer: Er war dem allen ganz nahe, aber es war nicht eingeschlossen in seinem Innern. Auf der Straße konnte er ausschreiten in seinem Gram, so wie er durch den Regen schritt.

Von Krasnoy aus führte die Straße nach Osten, durch Akkerland und an Dörfern vorbei zu einem grauen Städtchen, über dem sich festungsgleich der Turm einer alten Kirche erhob. Die Dörfer und das Städtchen waren auf der Landkarte verzeichnet, und einmal hatte er sie alle vom Zug aus gesehen: Raskofiu, Ranne, Malenne, Sorg; es waren reale Orte, keiner mehr als achtzig Kilometer von der Stadt entfernt. Aber in seinen Gedanken wanderte er zu Fuß hin, und es war vor langer, langer Zeit, zu Beginn des vergangenen Jahrhunderts vielleicht, denn es gab noch keine Autos auf den Straßen und auch keine Bahnübergänge. Er marschierte bei Regen und bei Sonnenschein über diese Landstraße in Richtung Sorg, wo er abends Rast machen wollte. Er würde in ein Gasthaus in jener Straße gehen, die hinaufführte zu dem gedrungenen sechseckigen Kirchturm. Das war etwas Angenehmes, auf das er sich freuen konnte. Er war noch nie in dem Gasthaus gewesen, obwohl er bereits ein-, zweimal die Stadt betreten und unter dem Kirchenportal gestanden hatte, einem runden Bogen aus gemeißeltem Stein. In der Zwischenzeit schritt er aus, mit einer Last auf dem Rücken, deren Gewicht variierte. An diesem hellen Herbstabend wanderte er jedoch zu weit, bis die Dunkelheit hereinbrach; es wurde kalt, und der Nebel lag über den schwarzbraunen, abgeernteten Feldern. Er hatte keine Ahnung, wie weit es noch bis Sorg war, aber er war hungrig und sehr müde. So setzte er sich an den Straßenrand unter eine Baumgruppe und rastete eine Weile, während still die Nacht anbrach. Er schlüpfte aus den Schulterriemen seiner Last und saß ruhig da: frierend, bekümmert, besorgt, aber dennoch ruhig, so saß er da und betrachtete den Nebel in der Dämmerung. »Essen ist fertig!« rief seine Mutter fröhlich. Augenblicklich erhob er sich und trat zu ihr an den Tisch.

Am nächsten Tag traf er die Zigeunerin. Die Straßenbahn

hatte ihn ostwärts über den Fluß gebracht, und er wartete, um die Schienen überqueren zu können, während der Wind im schräg einfallenden Licht des Abends den Staub durch die lange Straße trieb. Sie stand neben ihm und fragte: »Würden Sie mir sagen, wie ich von hier in die Geylestraße komme?« Es war keine Stadtstimme. Schwarzes Haar, dick und glatt, wehte über ein blasses Gesicht, über blasse Haut über zarten Knochen. »Ich gehe auch dahin«, sagte Maler nach einer Pause und machte sich daran, die Straße zu übersetzen, ohne sich zu vergewissern, ob sie mit ihm kam. Sie kam mit. »Ich war noch nie in Krasnoy«, sagte sie. Sie kam aus den Ebenen eines fremden Landes, aus winddurchpeitschten Ebenen, umgeben von fernen Bergspitzen, die hinaufwuchsen in die Nacht, während rundum, über dem wilden Gras, der Rauch des Lagerfeuers sich im Wind kräuselte und drehte, und eine Frau in einer seltsamen Sprache sang, eine Melodie, die sich in der riesigen, blauen, frostigen Dämmerung verlor. »Und ich war noch nie von Krasnoy weg, zumindest nicht erwähnenswert«, antwortete er und blickte sie an. Sie war etwa in seinem Alter, ihr Kleid war bunt und geschmacklos, und sie ging sehr aufrecht neben ihm her. »Welche Nummer?« fragte er, denn sie hatten die Geylestraße bereits erreicht, und sie sagte: »Dreiunddreißig«, die Nummer seines Wohnhauses. Seite an Seite gingen sie unter den Straßenlampen hindurch, er und diese zarte Wanderin aus der Fremde; einander unbekannt, gingen sie dennoch miteinander nach Hause. Während er den Schlüssel hervorzog, erklärte er: »Ich wohne in diesem Haus«, obwohl das eigentlich sehr wenig erklärte.

»Ich sollte lieber läuten«, sagte sie. »Es ist eine Freundin von mir, die hier wohnt, und sie erwartet mich nicht.« Sie suchte auf den Hausbriefkästen nach dem Namen. Also konnte er sie nicht gut einlassen. Aber er drehte sich in der offenen Tür noch einmal um und fragte: »Verzeihung, woher kommen Sie?« Sie sah ihn mit einem leichten Lächeln an und antwortete: »Aus Sorg.«

Seine Mutter war in der Küche. Die Pelargonie flackerte

hell im Fenster, und die Astern waren bereits am Verblühen. Kribbelig, kribbelig, zehntausend Ameisen. Er saß im Lehnstuhl, die Augen geschlossen, und horchte auf Schritte über ihm oder jenseits der Wand, die leichten Schritte, die nicht mit Zigeunern über fremde Ebenen gekommen waren, sondern über die vertraute Straße, die aus Sorg in diese Stadt führte, in dieses Haus, in dieses Zimmer. Natürlich führte die Straße auch nach Westen, genauso, wie sie nach Osten führte, bloß hatte er daran noch nie gedacht. Er war so leise eingetreten, daß seine Mutter ihn nicht gehört hatte, und als sie ihn im Lehnstuhl sah, fuhr sie zusammen, und Panik schwang in ihrer Stimme mit: »Warum sagst du denn kein Wort, Maler?« Dann schaltete sie das Licht ein, streichelte die verblühenden Astern und plauderte.

Am nächsten Tag traf er Provin. Er hatte noch kein Wort mit Provin gewechselt, nicht einmal ein Guten Morgen, obwohl sie Seite an Seite im selben Büro (Entwurf und Planung, Staatliches Amt für zivile Architektur, Abteilung Krasnoy) und an denselben Plänen arbeiteten. Der junge Mann folgte ihm, als er um fünf Uhr das Gebäude verließ.

»Herr Eray, ich möchte mit Ihnen sprechen.«

»Worüber?«

»Über irgend etwas«, sagte der junge Mann leichthin, als wüßte er um seinen eigenen Charme; dennoch war er todernst. Er sah gut aus und gab sich zuvorkommend. Besiegt, ausgeräuchert aus seiner Zufluchtsstätte aus Schweigen, sagte Maler schließlich: »Nun, es tut mir leid, Provin. Ist nicht Ihre Schuld. Es ist wegen des Mannes, der früher Ihre Arbeit machte, wegen Ihrenthal. Hat nichts mit Ihnen zu tun. Es ist unsinnig, ich weiß. Es tut mir leid.« Er wandte sich ab.

»Sie vergeuden Ihren Haß an die falsche Person!« rief Provin stürmisch.

Maler blieb stehen. »Na gut, ab jetzt sage ich guten Morgen. In Ordnung. Was macht es für einen Unterschied? Was ist Ihnen daran so wichtig? Ist es wichtig, ob einer von uns redet oder nicht redet? Was gibt es denn zu reden?«

»Es ist wichtig. Jetzt haben wir nichts mehr, außer unseren Nächsten.«

In dem feinen Herbstregen standen sie einander auf der Straße gegenüber; rechts und links gingen Menschen an ihnen vorbei, und nach einem Augenblick sagte Maler: »Nein, nicht einmal das haben wir mehr, Provin«, und ging die Palazaystraße hinunter zu seiner Straßenbahnhaltestelle. Und nach der langen Fahrt durch das Stadtzentrum und über die Alte Brücke und durch Trasfiuve und dem Fußmarsch durch den Regen in die Geylestraße traf er vor seiner Haustür die Frau aus Sorg. Sie fragte: »Können Sie mich einlassen?«

Er nickte und sperrte die Tür auf.

»Meine Freundin hat vergessen, mir den Schlüssel zu geben, als sie wegging. Ich bin auf und ab spaziert und hoffte, Sie würden ungefähr zur selben Zeit nach Hause kommen wie gestern ...« Sie wartete darauf, mit ihm über ihren eigenen Leichtsinn zu lachen, aber er konnte weder lachen, noch ihr antworten. Es war falsch von ihm gewesen, Provin abzuweisen, ganz falsch. Damit hatte er dem Feind in die Hände gespielt. Und nun mußte er den Preis zahlen für sein Schweigen – mehr Schweigen, Schweigen, wenn man reden möchte: der Knebel. Er folgte ihr wortlos die Treppe hinauf.

»Guten Abend«, sagte sie auf dem Treppenabsatz, nicht mehr lächelnd, das stille Gesicht abgewandt.

»Guten Abend«, sagte er.

Er saß in seinem Lehnstuhl und hatte den Kopf zurückgelehnt; seine Mutter war im anderen Zimmer. Mattigkeit begann in ihm aufzusteigen. Er war viel zu müde, um im Geist die Straße entlangzuwandern. Allerlei Kleinigkeiten von tagsüber, aus dem Büro, von den Straßen, tanzten und kreisten in seinem Kopf; er war am Einschlafen. Dann sah er für einen Moment die Straße, und zum erstenmal bemerkte er, daß Leute darauf gingen: andere Leute. Er sah nicht sich selbst, nicht Ihrenthal, der tot war, nicht jemanden, den er kannte, sondern Fremde, ein paar Leute mit verschlossenen Gesichtern. Sie gingen westwärts, auf ihn zu, an ihm vorbei. Er stand still. Sie sahen ihn an, sprachen aber nicht.

OST

Seine Mutter sagte scharf: »Maler!« Er rührte sich nicht, aber sie würde nicht lockerlassen. »Maler, bist du krank?« Sie glaubte nicht an Krankheiten, glaubte nicht an ihre Existenz, obwohl sein Vater vor einigen Jahren an Krebs gestorben war; sie war der Ansicht, daß die Wurzel des Übels in seinem Kopf gelegen hatte. Sie war noch nie krank gewesen, und die Niederkunft, ja selbst die beiden Fehlgeburten, die sie erlitten hatte, waren schmerzlos, fast erfreulich gewesen. Es gibt keinen Schmerz, nur die Furcht davor, und die kann man unterdrücken. Aber sie wußte, daß Maler, genau wie ehedem sein Vater, seine Gedanken noch nicht freigemacht hatte von Furcht. »Mein lieber Junge«, murmelte sie. »Du darfst dich nicht so verausgaben.«

»Es ist schon in Ordnung.« In Ordnung, in Ordnung, alles in Ordnung.

»Ist es wegen Ihrenthal?«

Sie hatte den Namen ausgesprochen, hatte den Toten erwähnt, hatte die Existenz des Todes anerkannt, hatte ihn in das Zimmer eingelassen. Er starrte sie überrascht und verwirrt an, überwältigt von Dankbarkeit. Sie hatte ihm die Kraft zu sprechen zurückgegeben. »Ja«, stammelte er. »Ja, es ist deswegen. Deswegen. Ich komme nicht darüber hinweg ...«

»Du darfst es dir nicht so zu Herzen nehmen, Junge.« Sie strich ihm über die Hand, und er saß still, sehnte sich nach Trost. »Es war nicht deine Schuld«, sagte sie, und wieder kehrte der sanfte Triumph in ihre Stimme zurück. »Du hättest nichts tun können, was irgend etwas geändert hätte, und es gibt auch jetzt nichts, was du tun könntest. Er war eben so, wie er war, vielleicht hat er das alles sogar gesucht, er war rebellisch, unruhig. Er ist seinen eigenen Weg gegangen. Du mußt es mit dem aufnehmen, was real ist, was zurückgeblieben ist, Maler. Sein Schicksal hat eure Wege getrennt. Aber dein Weg führt nach Hause. Wenn du mich im Stich läßt, wenn du nicht mehr mit mir sprichst, mein lieber Junge, dann stößt du nicht nur mich zurück, sondern dein eigenes Ich. Schließlich haben wir beide nur einander.«

Er antwortete nichts, bitter enttäuscht, niedergeschlagen von seinen Schuldgefühlen ihr gegenüber, die völlig abhängig war von ihm; und Ihrenthal und Provin gegenüber, welch letzterem er sich entziehen wollte, indem er schweigend und allein eine irreale Straße entlangschritt. Aber als sie die Arme hochhob und ihren Singsang anstimmte: »Nichts ist schlecht, nichts ist ohne Sinn und vergeudet, wenn wir nur die Welt ohne Furcht betrachten!« da riß er sich los und stand auf. »Dazu müßte man erst blind werden«, sagte er, ging hinaus und warf die Tür zu.

Singend und betrunken kam er um drei Uhr früh zurück. Er wachte zu spät auf, um sich noch zu rasieren, und kam zu spät zur Arbeit. Nach der Mittagspause ging er nicht ins Büro zurück. Er blieb in der dunklen, brodelnden Bar hinter dem Roukhpalast sitzen, wo er und Ihrenthal für gewöhnlich das Mittagessen, bestehend aus Bier und Hering, eingenommen hatten. Und um sechs, als Provin hereinkam, war er wieder betrunken. »Guten Abend, Provin! Trinken Sie ein Glas auf meine Rechnung!«

»Danke, vielen Dank. Gern. Givaney sagte, Sie würden hier sein.« Schweigend tranken sie, Seite an Seite, aneinandergequetscht in dem Gedränge an der Theke. Maler richtete sich auf und sagte: »Das Böse existiert nicht, Provin.«

»Nein?« Provin lächelte und warf ihm einen Seitenblick zu.

»Nein. Es existiert einfach nicht. Die Leute kommen in Schwierigkeiten wegen Sachen, die sie sagen, aber wenn sie deswegen erschossen werden, dann ist das ihre eigene Schuld, also ist nichts Böses daran, eh? Oder wenn man sie einfach ins Gefängnis steckt – um so besser, das hindert sie am Reden. Wenn keiner redet, dann gibt keiner Lügen von sich, und es gibt nichts wirklich Böses, verstehen Sie, nur Lügen. Das Böse ist eine Lüge. Du mußt nur ruhig sein, dann ist die Welt gut. Rundum gut. Die Polizisten sind gute Menschen mit Frauen und Kindern, die Geheimagenten sind gute Patrioten, die Soldaten sind gut, der Staat ist gut, und wir sind gute Bürger eines großartigen Landes, nur reden dürfen wir nicht. Wir dürfen nicht miteinander reden, damit wir nicht in Versuchung kommen zu lügen. Das würde alles ruinieren. Sprich mit keinem Mann! Und vor allem mit keiner Frau! Haben Sie eine Mutter, Provin? Ich nicht. Ich wurde von einer Jungfrau geboren, ohne Schmerzen geboren. Der Schmerz ist eine Lüge, er existiert nicht. Klar?« Er schlug mit der Hand gegen die Kante der Theke; es krachte, als würde ein Stück Holz brechen. »Ah!« schrie er auf, und Provin wurde weiß im Gesicht. Alle Männer an und in der Nähe der Theke, Männer in schäbigem Grau, blickten Maler an; dann ging das Brodeln ihrer Gespräche weiter. Der Kalender über der Theke zeigte den Monat Oktober, das Jahr 1956. Maler drückte seine Hand eine Weile unter dem Mantel an seine Rippen und trank dann schweigend, das Glas in der linken Hand, sein Bier aus. »In Budapest am Mittwoch«, wiederholte der Mann neben ihm zu seinem Nachbarn in Arbeitskluft, »am Mittwoch.«

»Ist das auch wahr? Alles wahr?« fragte Maler.

Provin nickte. »Es ist wahr.«

»Stammen Sie aus Sorg, Provin?«

»Nein, aus Raskofiu, ein paar Kilometer vor Sorg. Wollen Sie nicht mit mir nach Hause kommen, Herr Eray?«

»Zu vollgetrunken.«

»Meine Frau und ich, wir haben ein Zimmer für uns allein. Ich möchte mit ihnen reden. Diese Sache ...«, er deutete mit einer Kopfbewegung auf den Mann im Overall. »Es gibt noch eine Chance ...«

»Zu spät«, sagte Maler. »Zu voll. Sagen Sie, kennen Sie die Straße zwischen Raskofiu und Sorg?«

Provin senkte den Blick. »Kommen Sie auch von dort?«

»Nein. Ich bin hier in Krasnoy geboren. Stadtkind. War noch nie in Sorg. Einmal, während meiner Militärzeit, als ich mit dem Zug nach Osten fuhr, da sah ich die Kirchturmspitze. Aber jetzt, denke ich, werde ich mir's aus der Nähe ansehen. Wann wird es hier losgehen?« fragte er in leichtem Konversationston, als sie die Bar verließen, aber der junge Mann antwortete nicht. Maler ging zu Fuß über den Fluß zurück in die Geylestraße, ein sehr langer Marsch. Als er nach Hause kam, war er nüchtern. Das Gesicht seiner Mutter sah hart aus und eingefallen, wie eine Backpflaume. Er war ihre Lüge, und man mußte seine eigenen Lügen festhalten, mußte sie umhüllen und selbst rundherum verdorren. Ihre Welt ohne Böses, ohne Hoffnung, ihre Welt ohne Revolution hing einzig und allein von ihm ab.

Während er sein spätes, karges Abendbrot zu sich nahm, fragte sie ihn, was es mit den Gerüchten auf sich hätte, die ihr auf dem Markt zu Ohren gekommen wären. »Ja«, sagte er, »das stimmt. Und der Westen wird ihnen helfen, wird Flugzeuge mit Waffen schicken, vielleicht sogar Truppen. Sie werden es schaffen.« Dann lachte er, und sie wagte nicht, ihn zu fragen, warum. Am nächsten Tag ging er wie gewöhnlich zur Arbeit. Aber am Samstagmorgen stand die Frau aus Sorg vor seiner Tür. »Bitte können Sie mich über den Fluß bringen?« Leise, um seine Mutter nicht zu wecken, fragte er sie, was sie meinte. Sie erklärte, daß die Brücken bewacht würden, und daß man sie nicht passieren lasse, weil sie keine Aufenthaltsgenehmigung für Krasnoy besaß. Sie müsse aber hinüber zum Bahnhof, um zu ihrer Familie nach Sorg zurückzukehren. Sie war bereits einen Tag überfällig, sie mußte zurück. »Wenn Sie zur Arbeit gehen, und ich kann mit Ihnen kommen, verstehen Sie ... Wir könnten beide hinüber ...«

»Mein Büro ist heute geschlossen«, sagte er.

Sie schwieg.

»Ich weiß nicht, wir könnten es versuchen«, zögerte er, blickte auf sie hinab und fühlte sich stämmig und plump in seinem Schlafrock. »Verkehren die Straßenbahnen?«

»Nein, sie sind eingestellt. Die Leute sagen, alles ist eingestellt, vielleicht sogar die Züge.«

Im Licht des frühen Morgens gingen sie gemeinsam durch die leeren, langen Straßen auf den Fluß zu. »Ich bin nur ein Architekt, sie werden mich vermutlich aufhalten«, sagte er. »Wenn sie es tun, dann können Sie versuchen, irgendwie nach Grasse zu kommen. Die Züge nach Osten bleiben dort stehen, es ist eine Vorortstation, nur fünf oder sechs Kilometer von Krasnoy entfernt.« Sie nickte. Sie trug dasselbe bunte, geschmacklose Kleid; es war kalt, und sie gingen rasch. Als sie die Alte Brücke in Sicht hatten, blieben sie stehen. Auf der Brücke, entlang der feingemeißelten Steinbalustraden, standen nicht nur die gelangweilten Soldaten, mit denen sie gerechnet hatten, sondern auch ein riesiges schwarzes Ding, buckelig und schief, seine Maschinengewehrschnauze nach Westen gereckt. Ein Soldat schob mit einer ungeduldigen Handbewegung seine Identitätskarte zur Seite und sagte ihm, er solle nach Hause gehen. Maler und die Frau gingen wieder die langen Straßen zurück, durch die keine Straßenbahnen fuhren und keine Autos, und in denen sie nur wenigen Menschen begegneten. »Wenn Sie zu Fuß nach Grasse gehen wollen«, sagte er, »dann komme ich mit Ihnen.«

Das feste schwarze Haar wippte über ihre Wangen, als sie verwirrt lächelte, eine Frau vom Lande, die sich in der Stadt verlaufen hatte. »Das ist sehr freundlich von Ihnen. Aber werden die Züge verkehren?«

»Vermutlich nicht.«

Das blasse, zarte Gesicht senkte sich nachdenklich; sie lächelte ein wenig, als sie sich schließlich dem Unüberwindlichen gegenübersah.

»Haben Sie Kinder daheim in Sorg?«

»Ja, zwei Kinder. Ich habe versucht, hier die Entschädigung für meinen Mann zu bekommen, er ist bei einem Unfall in seiner Fabrik verletzt worden, er hat einen Arm verloren ...«

»Es sind etwa sechzig Kilometer bis Sorg. Zu Fuß könnten Sie morgen abend dort sein.«

»Das dachte ich auch. Aber mit den Unruhen wird jetzt die Polizei alle Straßen von der Stadt weg kontrollieren, alle Straßen ...«

»Nicht die Straßen nach Osten.«

»Ich habe ein bißchen Angst«, sagte sie nach einer Weile leise; keine Zigeunerin aus der wilden Ferne, nur eine Frau vom Lande auf dem Weg ins Verderben, voller Angst, allein gehen zu müssen. Aber sie mußte nicht allein gehen. Sie konnten zusammen hinausgehen aus der Stadt nach Osten, die Straße nach Grasse nehmen und dann weiter zwischen den Hügeln hindurch, auf der welligen Ebene von Städtchen zu Städtchen, an Feldern und einsamen Bauernhäusern vorbei, bis sie eines Abends im Herbst zu den grauen Mauern unter dem hohen Kirchturm von Sorg ankamen. Und jetzt, mit den Unruhen in Krasnoy, würden die Straßen ganz leer sein, keine Busse, keine Autos, als ob sie hineingingen ins vergangene Jahrhundert und noch weiter zurück in die Jahrhunderte zuvor, zurück zu ihren Ahnen, weg vom Tag ihres Todes.

»Am besten, Sie warten es hier ab«, sagte er, als sie in die Geylestraße einbogen. Sie sah hoch in sein massiges Gesicht und antwortete nichts. Erst auf dem Treppenabsatz murmelte sie: »Vielen Dank, es war sehr freundlich von Ihnen, mit mir zu kommen.«

»Ich wünschte, ich könnte es weiterhin.« Er wandte sich zu seiner Tür.

Am Nachmittag wollten die Fenster der Wohnung nicht aufhören zu klirren. Seine Mutter saß da, die Hände im Schoß und starrte über die Pelargonienblüten hinweg in den wölkchenübersäten Himmel. »Ich gehe aus, Mutter«, sagte Maler. Sie blieb reglos sitzen. Aber als er seinen Mantel anzog, meinte sie: »Es ist nicht sicher draußen.«

»Nein, es ist nicht sicher draußen.«

»Bleib daheim, Maler!«

»Draußen scheint die Sonne. Die Sonne badet uns alle, eh? Ich brauche ein schönes Bad.«

Entsetzt blickte sie zu ihm auf. Da sie leugnete, daß es so etwas wie ein Bedürfnis nach Hilfe gab, wußte sie auch nicht, wie sie darum bitten sollte. »Das alles ist nicht real, das ist Wahnsinn, dieses Unruhestiften, daran darfst du dich nicht beteiligen, das werde ich nicht akzeptieren. Das werde ich auch nicht glauben!« rief sie und hob ihre langen Arme wie beschwörend zu ihm auf. Er stand da, ein großer, massiger Mann. Von der Straße unten klang ein langer Schrei herauf, Stille, ein Schrei; wieder klirrten die Fenster. Sie ließ die Arme fallen und rief: »Aber Maler, ich werde allein sein!«

»Ja«, sagte er sanft, besinnlich, in dem Wunsch, ihr nicht wehzutun, »so ist es nun mal.« Er verließ sie, schloß die Tür hinter sich und ging die Treppe hinunter und hinaus in das blendende Licht der Oktobersonne, um sich der Armee der Unbewaffneten anzuschließen und mit ihnen westwärts zu gehen, über die langen Straßen, die zum Fluß führten, aber nicht hinüber.

(1956)

Brüder und Schwestern

Der verletzte Arbeiter aus dem Steinbruch lag in einem hohen Krankenhausbett. Er hatte das Bewußtsein noch nicht wiedererlangt. Sein Schweigen war bedeutungsschwer und bedrückend; sein Körper unter dem Laken, das in steifen Falten herabfiel, und sein Gesicht waren so teilnahmslos wie Stein. Die Mutter, herausgefordert von dem Schweigen und der Teilnahmslosigkeit, rief laut: »Wozu hast du das getan? Willst du vor mir sterben? Seht ihn an, seht ihn an! Mein Prachtjunge, mein Falke, mein reißender Fluß – mein Sohn!« Ihre Sorge rankte sich an sich selbst empor. Und dem Anlaß entsprechend stieg sie hoch wie eine Lerche in den jungen Morgen. Sein Schweigen und ihr Aufschrei bedeuteten das gleiche: ein Willkommenheißen des Unerträglichen. Der jüngere Sohn stand daneben und hörte zu. Sie bedrückten ihn mit ihrem Kummer, mit ihrem überlebensgroßen Kummer. Dieser Körper, sein Bruder – bewußtlos, unbekümmert, zerbrochen wie ein Stück Kreide, bedrückte ihn mit dem Gewicht seines Fleisches, und er wollte weglaufen, um sich in Sicherheit zu bringen.

Der Mann, der gerettet worden war, stand neben ihm, ein kleiner, gebeugter Kerl in mittleren Jahren, weißen Staub von Kalkstein in den Hautrillen seiner Fingerknöchel. Auch er war bedrückt. »Er hat mir das Leben gerettet«, sagte er zu Stefan, glotzte und wollte eine Erklärung. Seine Stimme war die kontrastlose Stimme des Tauben.

»Das sieht ihm ähnlich«, bemerkte Stefan, »sowas zu tun.«

Er verließ das Krankenhaus, um zu Mittag zu essen. Jedermann fragte ihn wegen seines Bruders. »Er wird überleben«, antwortete Stefan darauf. Er ging in den *Weißen Löwen* und trank zuviel. »Verkrüppelt? Er? Kostant? Für immer? Na, so hat er eben ein paar Tonnen Steine ins Gesicht gekriegt, das tut ihm nichts, er ist aus dem Zeug gemacht. Er ist nicht geboren worden, sondern herausgebrochen.« Sie lachten ihn aus, wie immer. »Herausgebrochen«, wiederholte er, »wie ihr alle.« Er verließ den *Weißen Löwen* und ging geradeaus die Ardurestraße hinunter, vier Querstraßen weit und dann hinaus aus der Stadt, immer geradeaus, Richtung Nordosten, parallel zu den Eisenbahnschienen, die einen halben Kilometer entfernt lagen. Die Maisonne stand klein und grau über ihm. Unter seinen Füßen wuchs niedriges Unkraut im Staub. Über dem Karst, der flachen Landschaft aus Kalkstein, tanzten rundum Luftspiegelungen wie die transparenten, vibrierenden Flügel von Fliegen. Weit weg und winzigklein, unbeweglich jenseits dieses zitternden, bebenden grauen Schleiers, lagen die Berge. Aus der Ferne kannte er die Berge schon sein ganzes Leben lang, und zweimal hatte er sie auch aus der Nähe gesehen, als er mit der Bahn nach Brailava und wieder zurück gefahren war. Er wußte, daß sie mit Bäumen bewachsen waren, mit Tannen, deren Wurzeln sich an die Ufer von reißenden Bächen klammerten, und deren Äste sich dunkel in die Nebelschwaden reckten, die sich im Licht des Morgens vor Sonnenaufgang in den Schluchten öffneten und wieder schlossen, als der Zug vorbeiratterte, und hinabflossen über die grünen Hänge wie dahinwehende Gespinste. In den Bergen flossen die Bäche geräuschvoll im Licht der Sonne; es gab Wasserfälle dort. Hier auf dem Karst floß das Wasser unter der Erde, still in dunklen Adern aus Stein. Man konnte mit dem Pferd einen ganzen Tag lang von Sfaroy Kampe aus unterwegs sein und immer noch nicht die Berge erreichen, sich immer noch mitten im Kalksteinstaub befinden; aber den Abend des zweiten Tages konnte man dann schon im Schatten der Bäume an rauschenden Bächen verbringen. Stefan Fabbre ließ sich neben der Straße nieder, auf der er gegangen war, und legte den Kopf auf die Arme. Allein, eineinhalb Kilometer entfernt von der Stadt, vierhundert Meter entfernt von den Eisenbahnschienen, hundert Kilometer entfernt von den Bergen, setzte er sich nieder und weinte um seinen Bruder. Rundum zuckte die staubige, steinige Ebene und verzerrte ihr Gesicht wie ein gepeinigter Mensch.

Er kam eine Stunde zu spät von seiner Mittagspause zurück ins Büro bei der Firma Chorin, wo er als Buchhalter arbeitete. Sein Vorgesetzter trat an seinen Schreibtisch: »Fabbre, Sie können heute nachmittag freinehmen.«

»Warum?«

»Nun, wenn Sie ins Krankenhaus wollen ...«

»Was kann ich dort schon tun? Ich kann ihn doch nicht wieder zusammenflicken, oder?«

»Wie Sie wollen«, sagte der Vorgesetzte und wandte sich ab. »Bin doch nicht ich, der eine Tonne Steine ins Gesicht abgekriegt hat, oder?« Niemand antwortete ihm.

Als Kostant Fabbre bei dem Erdrutsch im Steinbruch verletzt wurde, war er sechsundzwanzig Jahre alt; sein Bruder war dreiundzwanzig; ihre Schwester Rosana war dreizehn. Sie begann jetzt groß zu werden, mürrisch, und schwer zu lasten auf der Erde. Anstatt zu laufen, schritt sie nun, ungelenk und irgendwie krumm, als würde sie bei jedem Schritt widerwillig eine Schwelle überschreiten. Sie sprach laut und lachte laut. Was immer sie auch berührte – eine Stimme, der Wind, ein Wort, das sie nicht verstand –, sie schlug zurück. Sie hatte die Gleichgültigkeit noch nicht erlernt und kannte nur Widerspruch. Für gewöhnlich stritten sie und Stefan sich, trafen einander dorthin, wo jeder von beiden wunde Stellen hatte, noch unfertig war. An diesem Abend, als er nach Hause kam, war die Mutter noch nicht aus dem Krankenhaus zurück, und Rosana war schweigsam in dem schweigenden Haus. Sie hatte den ganzen Nachmittag lang nachgedacht über den Schmerz, über den Schmerz und über den Tod; der Widerspruch hatte sie verlassen.

»Schau nicht so unglücklich drein«, sagte Stefan zu ihr, als sie für ihn Bohnen zum Abendbrot auftrug. »Er wird schon wieder.«

»Glaubst du ... Jemand hat gesagt, er könnte, du weißt schon ...«

»Ein Krüppel bleiben? Nein, er kommt schon in Ordnung.«

»Weshalb, glaubst du, ist er hingerannt, um diesen Kerl wegzustoßen?«

»Da gibt's kein Weshalb, Ros. Er hat es eben getan.«

Es berührte ihn, daß sie ihm diese Fragen stellte, und er war überrascht über die Gewißheit seiner Antworten. Er hätte nicht gedacht, daß er überhaupt Antworten hatte.

»Es ist sonderbar«, sagte sie.

»Was?«

»Ich weiß nicht. Kostant ...«

»Hat einen tragenden Stein aus deinem Weltgefüge gezogen, was? Brich einen Stein heraus, und – *rumms!* – alles stürzt in sich zusammen.« Sie verstand ihn nicht; sie erkannte nicht, an welchem Punkt sie heute angekommen war, an einem Punkt, wo sie nicht anders war als andere Leute auch und mit ihnen allen die Katastrophe gemein hatte, ein lebendiger Mensch zu sein. Und Stefan war nicht der richtige, um ihr die Augen zu öffnen. »So geht's uns allen«, fuhr er fort. »Wir liegen herum, jeder von uns unter seinem persönlichen Haufen von Steinen. Zumindest haben sie Kostant unter dem seinen hervorgezogen und ihn mit Morphium angefüllt ... Erinnerst du dich, wie du einmal, als du noch klein warst, sagtest: ›Wenn ich groß bin, heirate ich Kostant‹?«

Rosana nickte. »Sicher erinnere ich mich. Und er wurde richtig wütend.«

»Weil Mutter lachte.«

»Es waren Papa und du, die lachten.«

Sie hatten beide ihre Teller nicht angerührt. Das Zimmer war eng und dunkel um die Kerosinlampe.

»Wie war es, als Papa starb?«

»Da warst du doch dabei«, sagte Stefan.

»Ich war neun, damals. Aber ich kann mich nicht daran erinnern. Außer daß es heiß war, wie heute, und so viele große Fliegen gegen die Lampe flogen. War das in der Nacht, als er starb?«

»Mag sein.«

»Wie war das?« Sie versuchte, das Neuland zu erforschen.

»Weiß ich nicht. Er starb einfach. Es ist nicht wie irgend etwas anderes.«

Der Vater war mit sechsundvierzig an Lungenentzündung gestorben, nach dreißig Jahren in den Steinbrüchen. Stefan erinnerte sich nicht deutlicher an seinen Tod als Rosana. Sein Vater war nicht der tragende Stein in seinem Weltgefüge gewesen ...

»Haben wir irgendwelches Obst im Haus?«

Das Mädchen antwortete nicht. Sie starrte über jenem Platz am Tisch in die Luft, an dem für gewöhnlich der ältere Bruder saß. Ihre Stirn und die dunklen Augenbrauen glichen den seinen: Wenn Blutsverwandte einander gleichen, so ist das eine Art Identisch-Sein, und Bruder und Schwester sind, machmal weniger, manchmal mehr, was die Wölbung der Stirn oder der Schläfe betrifft, ein und dieselbe Person; so daß einen Moment lang Kostant am Tisch saß und stumm über seine eigene Abwesenheit nachsann.

»Gibt es welches?«

»Ich glaube, daß in der Speisekammer Äpfel sind«, antwortete sie und kehrte zu sich selbst zurück, aber so ruhig, daß sie ihrem Bruder für ganz kurze Zeit eine Frau schien, eine ruhige Frau, die aus ihrer Nachdenklichkeit heraus sprach; und er sagte, voll der Zärtlichkeit und Güte zu dieser Frau: »Komm, gehen wir ins Krankenhaus! Jetzt müssen sie schon fertig mit ihm sein.«

Der taube Mann war auch ins Krankenhaus zurückgekommen. Seine Tochter war bei ihm. Stefan wußte, daß sie als Verkäuferin im Metzgerladen arbeitete. Der Taube, der nicht in den Krankensaal eintreten durfte, hielt Stefan eine halbe Stunde lang in dem heißen Warteraum mit dem Holzfußboden auf, der nach Desinfektionsmittel und Harz roch. Er redete, rannte umher, setzte sich, sprang wieder auf und disputierte in der lauten, flachen Monotonie seiner Taubheit. »Ich gehe nicht zurück in die Grube. Nee, ich nicht.

Was wäre gewesen, wenn ich gestern abend gesagt hätte, ich gehe morgen nicht in die Grube? Was wäre dann heute, eh? Ich wäre jetzt nicht hier, und Sie wären auch nicht hier und er auch nicht, der da drinnen, Ihr Bruder. Wir wären alle daheim. Daheim, gesund und munter, verstehen Sie? Ich gehe nicht zurück in die Grube. Nein, bei Gott. Ich gehe hinaus auf den Bauernhof, dorthin gehe ich. Dort bin ich aufgewachsen, verstehen Sie, nach Westen zu ist es, im Hügelland, dort ist jetzt mein Bruder. Ich gehe zurück und arbeite auf dem Hof zusammen mit ihm. Ich gehe nie mehr wieder in die Grube.«

Die Tochter saß auf der Holzbank, aufrecht und schweigend. Sie hatte ein schmales Gesicht, und ihr schwarzes Haar war zu einem Knoten zusammengesteckt. »Ist Ihnen nicht heiß?« fragte Stefan, und sie antwortete ernst: »Nein, es geht.« Sie hatte eine klare Stimme, offenbar gewöhnt daran, zu ihrem tauben Vater zu sprechen. Als Stefan nichts mehr sagte, blickte sie wieder zu Boden und legte die Hände in den Schoß. Ihr Vater redete immer noch. Stefan fuhr sich mit den schweißnassen Händen durchs Haar und versuchte, ihn zu unterbrechen. »Gut, das klingt wie ein guter Plan, Sachik. Warum sollten Sie den Rest Ihres Lebens in der Grube zubringen.« Der Taube sprach unbeirrt weiter.

»Er hört Sie nicht.«

»Können sie ihn nicht nach Hause bringen?«

»Ich konnte ihn nicht einmal dazu bewegen, zum Abendessen von hier wegzugehen. Er hörte nicht auf zu reden.«

Als sie das sagte, war ihre Stimme viel leiser, vielleicht aus Verlegenheit, und ihr Klang fesselte Stefan. Er fuhr sich wieder durchs Haar und starrte das Mädchen an, wobei er aus einem unerfindlichen Grund an Nebelschleier dachte, an Wasserfälle und an die Berge.

»Sie gehen jetzt nach Hause.« Er hörte in seiner eigenen Stimme die Eigenschaften der ihren – Sanftheit und Klarheit. »Ich gehe mit ihm für ein Stündchen in den *Löwen.*«

»Dann werden Sie aber Ihren Bruder nicht sehen können.«

»Er läuft mir nicht davon. Gehen Sie nach Hause.«

Im *Weißen Löwen* tranken beide Männer reichlich. Sachik redete über den Bauernhof im Hügelland, Stefan redete über die Berge und sein Jahr in der Handelsschule in der Stadt. Keiner hörte dem anderen zu. Selbst betrunken geleitete Stefan Sachik heim zu einem der engen Reihenhäuser, die die Firma Chorin anläßlich der Inbetriebnahme des neuen Steinbruchs im Jahr 1895 errichten hatte lassen. Die Häuser standen am Westrand des Städtchens, und hinter ihnen erstreckte sich die Karstlandschaft endlos unter dem Licht des Halbmondes. Flach und pockennarbig hielt sie dem Mond seine eigene Blässe entgegen, die sie aus zweiter Hand von der Sonne erhielt. Und der Mond selbst, der das Licht, etwas schwach schon, von der Sonne bekam, sah ein wenig zerfranst aus an den Rändern und war dort oben am Himmel aufgehängt wie etwas, das eine Hausfrau hingetan hatte, um es später zu flicken. »Sag deiner Tochter, es ist alles in Ordnung«, sagte Stefan und schwankte vor der Tür. »Alles in Ordnung«, wiederholte Sachik mit Begeisterung. »In O-o-ordnung.«

Stefan ging im Rausch nach Hause, und so verschwamm der Tag des Unfalls in seiner Erinnerung mit dem Rest der Tage des Jahres, und die Einzelheiten, die ihm nicht entfallen waren – die geschlossenen Augen seines Bruders, das dunkelhaarige Mädchen, das ihn anblickte, der Mond, der überhaupt nichts anblickte –, kamen ihm nicht als Teile eines Ganzen ins Gedächtnis zurück, sondern unzusammenhängend und mit langen Intervallen dazwischen.

Auf dem Karst gibt es keine Quellen; das Wasser, das in Sfaroy Kampe getrunken wird, stammt aus tiefen Brunnen und ist rein, ohne Geschmack. Ekata Sachik schmeckte immer noch das fremdartige Wasser, das aus dem Brunnen des Bauernhofes kam, auf ihren Lippen, während sie eine gußeiserne Bratpfanne schrubbte. Sie schrubbte mit einer harten Bürste und wendete dazu mehr Energie auf, als notwendig gewesen wäre; sie war versunken in ihre Arbeit, so vertieft darin, daß sie sich der Freude an diesem Tun nicht bewußt war. In der Pfanne befanden sich angebrannte Essensreste, und das Wasser, das sie hineingoß, flog braun von den Borsten der Bürste und glitzerte im Licht der Lampe. Keiner hier auf dem Bauernhof konnte richtig kochen. Früher oder später würde sie das Kochen übernehmen, und sie würden alle ordentlich zu essen haben. Ekata liebte die Hausarbeit, sie putzte gern, beugte sich gern mit heißem Gesicht über den Holzofen und rief die anderen zum Abendbrot. Das war lebendige, abwechslungsreiche Arbeit, nicht langweilig wie das Verkaufen im Metzgerladen, das Herauszählen des Wechselgeldes, das »Guten Morgen« und »Guten Abend«, den ganzen lieben, langen Tag. Sie hatte zusammen mit ihrer Familie das Städtchen verlassen, weil sie genug davon hatte. Und die Familie auf dem Bauernhof hatte alle vier kommentarlos aufgenommen wie eine Naturkatastrophe – mehr Mäuler zu stopfen, aber auch mehr Hände für die Arbeit. Es war eine große, aber arme Bauernwirtschaft. Ekatas Mutter, die kränklich war, schleppte sich hinter der geschäftigen Tante und ihrer Kusine her; die Männer – Ekatas Onkel, ihr Vater und ihr Bruder – trampelten in staubigen Stiefeln ein und aus; es gab lange Diskussionen um den Kauf eines weiteren Schweines. »Hier ist es besser als in der Stadt, ich finde gar nichts an der Stadt«, sagte Ekatas verwitwete Kusine. Ekata antwortete ihr nichts darauf. Sie hatte keine Antwort. »Ich glaube, Martin wird zurückgehen«, sagte sie schließlich, »er hat nie vorgehabt, Bauer zu werden.« Und tatsächlich ging ihr Bruder, der sechzehn war, im August nach Sfaroy Kampe zurück, um im Steinbruch zu arbeiten.

Er nahm sich ein Zimmer in einer Fremdenpension. Von seinem Fenster aus konnte er den Hinterhof der Fabbres überblicken, ein eingezäuntes Viereck aus Staub und Unkraut und einem traurig aussehenden Tannenbaum in einer Ecke. Die Hauswirtin, Witwe eines Steinbrucharbeiters, war ruhig und hielt sich kerzengerade wie seine Schwester Ekata. Ihr gegenüber fühlte sich der Junge als Mann, unbefangen und frei. Wenn sie nicht daheim war, dann übernahmen ihre Tochter und die anderen Mieter, vier Junggesellen in den Zwanzigern, die Herrschaft; sie lachten und schlugen einander auf den Rücken; der Eisenbahnangestellte aus Brailava holte seine Gitarre hervor und spielte populäre Schlager und rollte die Augen, die aussahen, als hätte man Rosinen in Schweineschmalz gesteckt. Die Tochter, dreißig und unverheiratet, lachte dann viel und rannte dauernd umher, ihre Bluse rutschte aus dem Rock, und sie steckte sie nicht wieder in den Gürtel. Warum sie wohl all den Lärm und das Getöse machten? Warum lachten sie, hieben sich auf die Schultern, spielten auf der Gitarre und sangen? Oft machten sie sich auch noch ihren Spaß mit Martin, der daraufhin die Achseln zuckte und mürrisch wurde. Einmal antwortete er ihnen scharf im Jargon der Leute im Steinbruch. Da nahm ihn der Gitarrespieler zur Seite und führte mit ihm ein ernstes Gespräch über die Art, wie man sich vor Damen zu benehmen hatte. Martin hörte ihm mit gesenktem, gerötetem Kopf zu. Martin war ein großer, breitschultriger Junge. Er dachte daran, diesen Angestellten aus Brailava hochzuheben und ihm das Genick zu brechen. Aber er tat es nicht. Er hatte kein Recht dazu. Der Angestellte und die anderen waren schon Männer; und da gab es etwas, was sie verstanden und was er nicht verstand – den Grund, weshalb sie soviel Lärm und Getöse machten und mit den Augen rollten und spielten und sangen. So lange er das nicht verstand, hatten sie das Recht, ihm zu sagen, wie man vor Damen redete. Er ging hinauf in sein Zimmer, lehnte sich aus dem Fenster und rauchte eine Zigarette. Ihr Rauch hing in der reglosen Abendluft, die den Tannenbaum, die Dächer und die ganze übrige Welt in eine große Kuppel aus hartem, dunkelblauem Kristall einhüllte. Rosana Fabbre kam hinaus in den Hof, goß einen Topf Abwaschwasser mit einem kurzen, anmutigen Schwung ihrer Arme aus und blieb stehen, um hinaufzublicken in den Himmel – ein dunkler Kopf über einer weißen Bluse, gefangen in dem Kristall. Nichts bewegte sich im Umkreis von hundert Kilometern, außer den letzten Wassertropfen in dem Topf, die einer nach dem anderen zu Boden fielen, und dem Rauch von Martins Zigarette, der von seinen Fingern kringelte. Langsam zog er die Hand zurück, so daß die winzigen Rauchkringel nicht Rosanas Aufmerksamkeit auf sich zogen. Sie seufzte, hieb den Topf gegen den Türpfosten, um die letzten Tropfen herauszuschütteln, die gar nicht mehr drinnen waren, und ging hinein; die Tür flog zu. Und die blaue Luft schloß sich nahtlos wieder über der Stelle, an der sie gestanden hatte. In diese nahtlose blaue Luft hinein murmelte Martin jenes Wort, dessen Verwendung ihm vor Damen untersagt worden war, und einen Augenblick später, wie als Antwort darauf, strahlte der Abendstern im Nordwesten hell und klar auf.

Kostant Fabbre war daheim und jetzt, da er in der Lage war, ein Zimmer auf Krücken zu durchqueren, den ganzen Tag allein. Wie er diese unermeßlichen, schweigenden Tage verbrachte, darüber dachte keiner nach, am wenigsten wohl er selbst. Ein rühriger, aktiver Mann, der stärkste und intelligenteste Arbeiter in den Steinbrüchen, Vorarbeiter seit seinem dreiundzwanzigsten Lebensjahr, hatte er keinerlei Praxis im Müßiggang, noch im Alleinsein. Er hatte seine Zeit stets für die Arbeit benutzt. Und nun benutzte die Zeit ihn. Er sah ihr sorgfältig, wie ein Lehrling seinem Meister, ohne Erschrecken und ohne Ungeduld, dabei zu, wie sie an ihm arbeitete. Er setzte alle seine Kraft daran, sein neues Handwerk zu lernen, nämlich jenes der Schwäche. Und die Stille, in der er seine Tage nun zubrachte, klebte an ihm wie der Kalkstaub früher an seiner Haut geklebt war.

Die Mutter arbeitete bis sechs im Schnittwarengeschäft; Stefan kam um fünf von der Arbeit. Und so waren die Brüder eine Stunde am Abend allein. Früher hatte Stefan diese Stunde im Hinterhof unter dem Tannenbaum verbracht, stumpfsinnig, ächzend, hatte den Schwalben zugesehen, wie sie über den unaufhaltsam dunkler werdenden Himmel hinter unsichtbaren Insekten herjagten. Oder aber er war in den *Weißen Löwen* gegangen. Jetzt kam er direkt nach Hause und brachte Kostant den *Brailava-Kurier* mit. Sie lasen gemeinsam die Zeitung, wobei sie Blatt für Blatt tauschten. Stefan hatte vor, etwas zu sagen, tat es aber nicht. Nichts ereignete sich. Immer und immer wieder ging diese eine Stunde an ihnen vorbei. Der ältere Bruder saß still da, das hübsche, ruhige Gesicht über die Zeitung gebeugt. Kostant las langsam; Stefan mußte auf das jeweils nächste Blatt warten. Er konnte sehen, wie Kostants Augen von Wort zu Wort wanderten. Dann kam für gewöhnlich Rosana heim, nachdem sie ihren Schulfreundinnen auf der Straße ein »Adieu« zugerufen hatte, dann kam die Mutter, Türen fielen zu, Stimmen klangen von Zimmer zu Zimmer, in der Küche klapperten die Pfannen, Teller klirrten, und die Stunde war vorüber.

Eines Abends legte Kostant, kaum daß er zu lesen begonnen hatte, die Zeitung beiseite. Eine lange Pause folgte, die Stefan, der währenddessen weiterlas, vorgab, nicht zu bemerken.

»Stefan, meine Pfeife liegt dort bei dir.«

»Ah ja«, murmelte Stefan und reichte sie ihm. Kostant füllte sie, zündete sie an, machte ein paar Züge und legte sie hin. Seine rechte Hand lag auf der Armlehne des Sessels, hart und entspannt, und umschloß einen Knoten der Verzweiflung, viel zu schwer, um ihn hochzuheben. Stefan versteckte sich hinter seiner Zeitung, und das Schweigen dauerte an.

Ich werde ihm das hier über den Zusammenschluß der Gewerkschaften vorlesen, dachte Stefan, tat es aber nicht. Seine Augen suchten ganz von sich aus einen anderen Artikel und lasen ihn. Warum kann ich nicht mit ihm reden?

»Ros wird langsam erwachsen«, sagte Kostant.

»Mhm, sie macht sich«, murmelte Stefan.

»Man muß auf sie achtgeben. Habe ich mir überlegt. Das hier ist kein Boden für ein Mädchen, das im Begriff ist, erwachsen zu werden. Wilde Jungs und harte Männer.«

»Die gibt's überall.«

»Sicher. Kein Zweifel«, sagte Kostant und akzeptierte Stefans Behauptung ohne Widerrede. Kostant war noch nie aus dem Karst hinausgekommen, war niemals außerhalb von Sfaroy Kampe gewesen. Er kannte nichts außer Kalkstein, der Ardurestraße, der Chorinstraße und der Gulhelmstraße, die Berge weit in der Ferne und den gewaltigen Himmel.

»Weißt du«, sagte er und griff wiederum nach der Pfeife, »sie ist ein bißchen eigensinnig, glaube ich.«

»Die Jungs werden es sich zweimal überlegen, bevor sie beginnen, mit Fabbres Schwester herumzualbern«, meinte Stefan. »Jedenfalls hört sie auf dich.«

»Und auf dich.«

»Auf mich? Warum sollte sie auf mich hören?«

»Aus den gleichen Gründen«, antwortete Kostant.

Stefan hatte jetzt seine Sprache wiedergefunden. »Warum sollte sie mich respektieren? Sie hat selbst genug gesunden Menschenverstand. Außerdem haben wir beide, du und ich, auch nicht auf das gehört, was Papa sagte, oder? Das ist genau dasselbe.«

»Du bist nicht wie er. Wenn du das damit meinst. Du bist gebildet.«

»Gebildet! Ein richtiger Professor bin ich, klar. Mein Gott! Ein Jahr an der Normalschule!«

»Warum hast du sie nicht geschafft, Stefan?«

Die Frage war nicht leicht gekommen; sie stammte aus dem innersten Bereich von Kostants Schweigsamkeit, aus seiner ernsthaften, grüblerischen Unwissenheit. Entnervt, sich selbst genau wie Rosana so tief eingeschlossen in die Gedankengänge dieses zurückhaltenden und dominierenden Bruders zu finden, sagte Stefan das erste, was ihm in den Sinn kam: »Ich hatte Angst, ich würde es nicht schaffen. Also habe ich erst gar nicht richtig gelernt.«

Und da lag sie nun vor ihm, durchsichtig wie ein Glas Wasser, die Wahrheit, die er sich selbst noch nie eingestanden hatte.

Kostant nickte und überdachte diese Auffassung von Versagen, die ihm ganz sicher keine vertraute war. Dann sagte er mit seiner klangvollen, sanften Stimme: »Du vergeudest deine Zeit hier in Kampe.«

»Was mache ich? Und wie ist es mit dir?«

»Ich vergeude gar nichts. Ich habe mir nie ein Stipendium verdient.« Kostant lächelte, und die Heiterkeit in diesem Lächeln ärgerte Stefan.

»Nein, du hast es ja auch nie versucht, du bist mit fünfzehn schnurgerade in den Steinbruch gegangen! Hör mal, hast du dich je gefragt: was mache ich hier eigentlich? Warum bin ich in den Steinbruch gegangen, wofür arbeite ich dort überhaupt, und werde ich dort sechs Tage die Woche, Woche für Woche, Jahr für Jahr meines ganzen Lebens arbeiten? Gegen Bezahlung natürlich, aber es gibt doch andere Möglichkeiten, seinen Lebensunterhalt zu verdienen. *Wozu* das alles? Warum bleiben alle hier, in diesem gottverlassenen Nest auf diesem gottverlassenen Steinhaufen, auf dem nichts wächst? Warum machen sie sich nicht auf und gehen irgendwoanders hin? Wenn du schon vom Zeitvergeuden redest! Was, um Himmels willen, soll das alles für einen Sinn haben – ist das wirklich alles, gibt es denn sonst nichts?«

»Darüber habe ich auch nachgedacht.«

»Ich denke seit Jahren an nichts anderes.«

»Warum gehst du dann nicht weg?«

»Weil ich Angst davor habe. Es wäre wie in Brailava, in der Schule. Aber du ...«

»Ich habe meine Arbeit hier. Sie gehört zu mir. Ich tue das, was ich kann. Wohin du auch gehst, du kannst dich überall fragen – wozu das alles?«

»Ich weiß.« Stefan stand auf, ein schmächtiger Mann, der unentwegt in Bewegung war, unentwegt sprach, der Gesten und Worte nie ganz zu Ende führte. »Ich weiß. Man nimmt sich selbst überallhin mit. Aber das bedeutet für jeden etwas anderes, für mich etwas anderes als für dich. Du verzettelst dich hier, Kostant, ruinierst dich. Wie bei dieser Geschichte, bei dieser Heldengeschichte, wo du dich kaputtgemacht hast für diesen Sachik, einen Idioten, der nicht mal sehen kann, wenn ein Steinschlag auf ihn zukommt ...«

»Er konnte ihn nicht *hören*«, warf Kostant ein, aber Stefan wollte jetzt nicht innehalten. »Darauf kommt es nicht an; worauf es ankommt, ist: Diese Leute sollen selber auf sich aufpassen, was geht er dich an, was geht dich sein Leben an? Warum bist du auf ihn zugestürzt, als du sahst, daß das Gestein herunterkam? Aus dem gleichen Grund, aus dem du in den Steinbruch gegangen bist, um dort zu arbeiten, aus dem gleichen Grund, aus dem du wieder dort arbeiten wirst. Nämlich aus gar keinem speziellen Grund. Weil es sich so ergeben hat. Weil es passiert ist. Du läßt es zu, daß dir Dinge passieren, du nimmst, was dir gegeben wird, auch wenn du in der Lage wärst, alles zu packen und damit zu machen, was du willst!«

Es war nicht das, was er vorgehabt hatte zu sagen, was er eigentlich sagen wollte. Er hatte Kostant zum Reden bringen wollen. Aber die Worte fielen aus seinem Mund und hüpften um ihn herum wie Hagelschloßen. Kostant saß schweigend da, seine starke Hand zur Faust geballt; schließlich antwortete er: »Du machst etwas aus mir, was ich nicht bin.« Das war nicht Bescheidenheit. Die kannte er nicht. Seine Geduld war jene des Stolzes: Er verstand Stefans Sehnsüchte, aber er konnte sie nicht teilen, denn es ging ihm nichts ab; nein, er war unversehrt. Er würde in derselben strahlenden, verwundbaren Unversehrtheit von Körper und Seele all dem entgegenschreiten, was ihm auf seiner Straße begegnete, wie ein König im Exil in einem steinigen Land, der sein ganzes Königreich – Städte, Bäume, Leute, Berge, Felder und Vogelschwärme im Frühling – in seiner geschlossenen Hand mit sich trug – Samen, für die Aussaat bestimmt; und der schwieg, weil er keinen hatte, der seine Sprache sprach.

»Aber hör mal, du sagst, du hast auch schon darüber nachgedacht, was das alles für einen Sinn haben soll, ob das alles ist, was es im Leben gibt – wenn du darüber nachgedacht hast, dann mußt du doch auch nach einer Antwort gesucht haben!«

Nach einer langen Pause sagte Kostant: »Ich habe sie fast gefunden, im letzten Mai.«

Stefan hörte auf, im Zimmer herumzurennen, und sah schweigend zum Fenster hinaus. Er hatte Angst. »Das ... das ist keine Antwort«, murmelte er.

»Sieht so aus, als könnte es eine bessere geben«, nickte Kostant.

»Du kriegst ja Zustände von dem Herumsitzen hier ... Was du brauchst, ist eine Frau«, sagte Stefan, wobei er die Silben verschluckte; er begann wieder unruhig im Kreis zu laufen und starrte hin und wieder hinaus in den Frühherbstabend, der sich vom Straßenpflaster erhob, ungetrübt von Ästen oder Rauch, gelassen, klar und leer. Hinter ihm lachte sein Bruder. »Es ist die Wahrheit«, fügte Stefan hinzu, bitter, ohne sich umzudrehen.

»Könnte schon sein. Und wie ist es mit dir?«

»Sie sitzen draußen auf den Stufen, drüben bei Katalnys Witwe. Sie hat wohl wieder Nachtdienst im Krankenhaus. Hörst du die Gitarre? Das ist der Junge aus Brailava, der in der Eisenbahnverwaltung arbeitet, der rennt hinter allem her, was Röcke trägt. Sogar hinter Nona Katalny. Sachiks Junge wohnt jetzt auch dort. Arbeitet in der *Neuen Grube*, habe ich gehört. Vielleicht in deiner Partie?«

»Welcher Junge?«

»Sachiks Junge.«

»Ich dachte, Sachik sei aus der Stadt weggezogen?«

»Ist er auch, ging auf einen Bauernhof in den Bergen im Westen. Das ist sein Junge, ist wohl zurückgekommen, um zu arbeiten.«

»Wo ist das Mädchen?«

»Soviel ich weiß, blieb sie beim Vater.«

Diesmal zog sich die Pause in die Länge, dehnte sich um die beiden aus wie ein Teich, in dem ihre letzten Worte dahintrieben, zusammenhanglos, unbestimmt, sich auflösend. Düsterkeit erfüllte den Raum. Kostant streckte sich und seufzte. Stefan spürte, wie Friede über ihn kam, so unkörperlich und dennoch real wie der Einbruch der Dunkelheit. Sie hatten miteinander geredet, und es hatte zu nichts geführt. Aber es war nicht der letzte Schritt gewesen, der nächste würde zu seiner Zeit kommen. Doch für einen Augenblick war er mit seinem Bruder und mit sich selbst in Frieden.

»Die Tage werden kürzer«, sagte Kostant leise.

»Ich hab' sie ein-, zweimal gesehen. Samstags. Da kommt sie mit dem Pferdewagen in die Stadt.«

»Wo liegt der Hof?«

»Im Westen, im Hügelland, mehr hat Sachik nicht gesagt.«

»Würde gern mal hinausreiten, wenn ich könnte«, meinte Kostant. Er riß ein Zündholz für seine Pfeife an. Die Flamme des Zündholzes in der durchsichtigen Dämmerung des Raumes war auch so etwas Friedliches; als Stefan wieder zum Fenster hinaussah, schien der Abend schon dunkler geworden zu sein. Die Gitarre war verstummt, und daneben, auf den Stufen des Nachbarhauses, wurde gelacht.

»Wenn ich sie am Samstag sehe, sage ich ihr, sie soll vorbeikommen.«

Kostant antwortete nicht. Aber Stefan brauchte keine Antwort. Zum ersten Mal in seinem Leben hatte sein Bruder ihn um Hilfe gebeten.

Die Mutter kam nach Hause, groß, laut, müde. Die Bodenbretter knarrten und kreischten unter ihrem Schritt, in der Küche klapperte und rauchte es, alles wurde in ihrer Gegenwart geräuschvoll, ausgenommen ihre beiden Söhne – Stefan, der ihr auswich, und Kostant, der Herr im Haus war.

Am Samstag kam Stefan schon zu Mittag von der Arbeit nach Hause. Er schlenderte über die Ardurestraße und hielt Ausschau nach dem Pferdewagen mit dem Rotschimmel davor. Aber er war nicht zu sehen, und so ging er in den *Weißen Löwen,* erleichtert und gelangweilt. Noch ein Samstag kam, und ein dritter. Es war Oktober, die Nachmittage wurden kürzer. Vor ihm ging Martin Sachik die Gulhelmstraße entlang; Stefan holte ihn ein und sagte: »Abend, Sachik.« Der Junge sah ihn mit ausdruckslosen grauen Augen an; sein Gesicht, die Hände und die Kleider waren grau vom

Staub, und er schritt langsam und beharrlich dahin wie ein Mann um die fünfzig.

»In welcher Partie bist du?«

»In Nummer fünf.« Er artikulierte deutlich, wie seine Schwester.

»Das ist die meines Bruders.«

»Weiß ich.« Sie gingen zusammen weiter. »Ich habe gehört, er wird nächsten Monat zurückkommen in die Grube.«

Stefan schüttelte den Kopf.

»Ist deine Familie immer noch draußen auf diesem Bauernhof?« fragte er dann.

Martin nickte; sie waren vor dem Katalyhaus angekommen. Nun, da er zu Hause und dem Abendessen nahe war, wurde er wieder lebendig. Er fühlte sich geschmeichelt, daß Stefan Fabbre ihn angesprochen hatte. Stefan war zwar klug, galt aber als launenhafter, unsteter Kerl – als halber Mann, während sein Bruder ein ganzer Mann war und ein halber noch dazu. »In der Nähe von Verre«, sagte Martin. »Das letzte Dreckloch. Hab's nicht ausgehalten dort.«

»Und deine Schwester?«

»Glaubt, sie muß bei Mama bleiben. Sie sollte auch zurückkommen. Ist ein richtiges Dreckloch.«

»Das Paradies haben wir hier auch nicht«, entgegnete Stefan.

»Aber dort rackert man sich zu Tode und sieht nie 'nen Batzen Geld dafür. Sind lauter Spinner, auf diesen Bauernhöfen. Dort gehört Papa auch hin.« Martin hielt es für männlich, so respektlos über seinen Vater zu sprechen. Stefan Fabbre sah ihn an – ohne Respekt – und sagte: »Vielleicht. 'n Abend, Sachik.« Niedergeschlagen ging Martin ins Haus. Wann würde er endlich ein Mann werden und nicht mehr dem Tadel anderer Männer ausgesetzt sein? Warum störte es ihn, wenn Stefan Fabbre ihn anblickte und sich dann abwandte? Am nächsten Tag traf er Rosana Fabbre auf der Straße. Sie war in Begleitung einer Freundin, er zusammen mit einem Arbeitskollegen aus dem Steinbruch. Letztes

Jahr waren sie alle in dieselbe Schule gegangen. »Wie geht's, Ros?« fragte Martin laut und stieß seinen Freund mit dem Ellbogen an. Die Mädchen schritten hochmütig wie Kraniche an ihnen vorbei. »Das ist 'ne ganz Scharfe«, sagte Martin. »Die? Die ist doch noch ein Kind«, antwortete der Freund. »Na, du würdest Augen machen!« lachte Martin heiser. Dann blickte er auf und sah Stefan Fabbre die Straße überqueren. Im selben Augenblick erkannte er, daß er in die Enge getrieben war; es gab keine Fluchtmöglichkeit.

Stefan war auf dem Weg zum *Weißen Löwen,* aber als er am Hotel und dem angrenzenden Stall vorbeikam, sah er den Rotschimmel im Hof. Er betrat das Hotel und setzte sich in die nach Sattelseife und vertrockneten Spinnen riechende Halle. Dort blieb er zwei Stunden lang sitzen. Dann kam sie herein, aufrechten Schrittes, ein schwarzes Kopftuch über dem Haar, so lange erwartet und so ganz sie selbst, daß er mit stillem Vergnügen zusah, wie sie vorbeiging, und erst erwachte, als sie begann, die Treppe hochzusteigen. »Fräulein Sachik!« rief er.

Überrascht blieb sie auf der Stufe stehen.

»Ich möchte Sie um eine Gefälligkeit bitten.« Stefans Stimme klang belegt, nach dem endlosen Warten. »Bleiben Sie heute über Nacht hier?«

»Ja.«

»Kostant hat nach Ihnen gefragt. Er wollte sich nach Ihrem Vater erkundigen. Noch muß er daheim bleiben, er kann nicht viel gehen.«

»Vater geht es gut.«

»Nun, ich möchte Sie fragen ...«

»Ich könnte vorbeischauen. Ich möchte ohnedies Martin besuchen. Sie wohnen gleich daneben, nicht wahr?«

»Oh – sehr gut! Ich warte auf Sie.«

Ekata rannte hinauf in ihr Zimmer, wusch sich den Staub von Gesicht und Händen und legte den Spitzenkragen um, den sie für den morgigen Kirchgang mitgebracht hatte, um ihr graues Kleid ein wenig zu schmücken. Dann nahm sie ihn wieder ab. Sie band das schwarze Kopftuch wieder um, lief hinunter und ging mit Stefan durch das blasse Oktoberlicht die sechs Häuserblocks bis zu dem Haus, in dem er wohnte. Als sie Kostant Fabbre erlickte, war sie überwältigt. Sie hatte ihn noch nie aus der Nähe gesehen, außer im Krankenhaus, wo er verborgen war unter Gipsverbänden, Bandagen, der Hitze, dem Schmerz und ihres Vaters Geschnatter. Aber jetzt sah sie ihn.

Sie kamen ganz leicht ins Gespräch. Ekata hätte sich in seiner Gegenwart durchaus wohl gefühlt, wäre da nicht seine außerordentliche Erscheinung gewesen, die sie ablenkte und verwirrte. Seine Stimme und das, was er sagte, waren ernst, klar und beruhigend. Es war ganz anders als mit seinem jüngeren Bruder, der, was das Aussehen anging, nichts Besonderes war, aber in dessen Gegenwart sie sich unbehaglich fühlte, unsicher. Kostant war ruhig und beruhigend; Stefan wirbelte böig wie der Herbstwind, launenhaft und rauh; man wußte nicht, woran man bei ihm war.

»Wie ist es für Sie dort draußen?« fragte Kostant, und sie antwortete: »Recht gut. Ein bißchen trostlos.«

»Das Bauernhandwerk ist das schwerste, sagt man.«

»Die schwere Arbeit macht mir nichts. Der viele Dreck stört mich.«

»Ist ein Dorf in der Nähe des Hofes?«

»Nun, er liegt zwischen Verre und Lotima. Aber wir haben einige Nachbarn, und jeder im Umkreis von zwanzig Kilometern kennt jeden.«

»Nach dieser Rechnung gehören wir auch zu Ihren Nachbarn«, warf Stefan ein. Ab der Mitte des Satzes verwischten sich seine Worte. Er fühlte sich, als würde er nicht zu diesen beiden gehören. Kostant saß entspannt da, das lahme Bein ausgestreckt, die Hände um das andere Knie verschränkt; Ekata saß ihm aufrecht gegenüber, die Hände im Schoß. Obwohl sie einander nicht ähnlich sahen, hätten sie Bruder und Schwester sein können. Mit einer gemurmelten Entschuldigung erhob sich Stefan und ging zur Hintertür hinaus. Der Wind blies vom Norden her. Sperlinge hüpften auf der nassen, übelriechenden Erde unter dem Tannenbaum und durch das verkrustete, kümmerliche Gras. Auf der Wäscheleine zwischen zwei eisernen Pfosten knatterten Hemden, Unterwäsche und zwei Bettücher. Die Luft roch nach Ozon. Stefan schwang sich über den Zaun, schlug eine Wegabkürzung über den Katalny-Hof ein und ging auf der Straße nach Westen. Nach zwei Häuserblocks hörte die Straße allmählich auf. Ein Feldweg führte weiter zu einem Steinbruch, den man zwanzig Jahre zuvor aufgegeben hatte, weil man auf Wasser gestoßen war. Jetzt stand er sechs Meter unter Wasser, in dem im Sommer die kleinen Jungen schwammen. Auch Stefan war darin geschwommen – zu Tode geängstigt, denn er hatte nie gelernt, wirklich gut zu schwimmen, und man hatte dort keinen Grund unter den Füßen, außerdem war das Wasser bitter kalt. Vor Jahren war ein Junge hier ertrunken, und letztes Jahr hatte ein Mann darin den Tod gesucht, ein Steinbrucharbeiter, der von Steinsplittern in den Augen erblindet war. Das Loch hieß immer noch die Westgrube. Als er noch jung war, hatte Stefan Fabbres Vater hier gearbeitet. Er setzte sich an den Rand des Wassers und sah zu, wie der Wind sich in der tiefen Senke fing und ein Zittern über die Wasseroberfläche jagte, die absolut nichts reflektierte.

»Ich muß jetzt zu Martin«, sagte Ekata. Als sie aufstand, streckte Kostant eine Hand nach seinen Krücken aus, gab es dann aber auf. »Ich brauche zu lange, um auf die Füße zu kommen«, erklärte er.

»Wie weit kommen Sie denn mit denen?«

»Von hierhin bis dorthin«, antwortete er und zeigte zur Küche. »Das Bein ist schon in Ordnung. Das Kreuz ist zu langsam.«

»Wann werden Sie ohne die Krücken ...?«

»Doktor sagt, zu Ostern. Ich werde hinausrennen und sie in die Westgrube werfen ...« Sie lächelten beide. Ekata verspürte Mitgefühl ihm gegenüber und Stolz, ihn zu kennen.

»Ich frage mich, ob Sie auch nach Kampe hereinkommen, wenn das Wetter schlecht wird.«

»Ich weiß nicht, wie die Straßen dann sein werden.«

»Wenn Sie kommen, dann schauen Sie doch bei mir vorbei. Wenn Sie mögen.«

»Gern.«

Da bemerkten sie, daß Stefan nicht mehr da war.

»Ich weiß nicht, wohin er gegangen ist«, sagte Kostant. »Er kommt und geht, unser Stefan. Ihr Bruder, Martin, höre ich, ist ein guter Mann in unserer Partie.«

»Er ist noch jung.« Ekata lächelte.

»Ich bin mit fünfzehn dazugekommen. Am Anfang ist es schwer. Aber später, wenn man kräftiger wird, wenn man die Arbeit kennt, dann ist es leichter. Also dann, alle guten Wünsche an Ihre Familie.« Sie schüttelte seine große, harte, warme Hand und öffnete die Tür. Auf der Schwelle stand sie plötzlich Stefan Angesicht zu Angesicht gegenüber. Er wurde rot. Einen Mann erröten zu sehen, versetzte Ekata einen Schock. Er sagte, wie immer direkt zum Thema kommend: »Sie waren doch eine Klasse unter mir in der Schule, nicht wahr?«

»Ja.«

»Sie waren viel mit Rosa Bayenin zusammen, die ein Jahr später als ich das gleiche Stipendium bekommen hat.«

»Sie ist jetzt Lehrerin im Valone.«

»Da hat sie mehr daraus gemacht als ich. – Eben dachte ich darüber nach, daß es merkwürdig ist, wenn man in einem Städtchen wie diesem aufwächst, wo man glaubt, alle und jeden zu kennen, und dann trifft man jemanden und findet heraus, daß man ihn ganz und gar nicht kennt.«

Sie wußte nicht, was sie darauf antworten sollte. Er sagte adieu und trat ins Haus; sie band ihr Kopftuch gegen den auffrischenden Wind fest und ging fort.

Eine Minute nach Stefan kamen Rosana und die Mutter ins Haus. »Wer war das, mit der du in der Tür gesprochen hast?« fragte die Mutter scharf. »Das war doch nicht am Ende Nona Katalny?«

»Nein, war sie nicht«, antwortete Stefan.

»Na gut. Aber nimm dich vor der in acht, du bist genau

von der Sorte, den sie gern in ihre Klauen kriegen würde. Wäre das nicht fein – du könntest ihr Schoßhündchen spazieren führen, während sie für die Herren Hausgäste ihrer Mama die Beine breitmacht.« Sie und Rosana begannen ihr lautes, dunkles Gelächter. »Wer ist es denn gewesen?«

»Was geht's dich an!« rief er zurück. Ihr Lachen machte ihn wütend. Es war wie ein Bombardement mit harten, polternden Steinen, zu dicht, um ihnen auszuweichen.

»Du willst wissen, was es mich angeht, wer in meiner eigenen Tür steht? Ich werde dir erklären, was es mich angeht ...« Die Worte loderten auf, um ihrer Wut zu entsprechen, wie sie es bei all ihren Leidenschaften taten. »Obwohl du immer so arrogant tust mit all deiner Schulbildung, bist du ganz schnell wieder hereingeschlichen in dieses Haus, was? Und eines sag' ich dir, ich will wissen, wer hier, in ebendieses Haus hereinkommt ...« Rosana schrie dazwischen: »Ich weiß, wer's war, es war Martin Sachiks Schwester!« Da plötzlich ragte Kostant über den dreien auf – gebeugt auf seine Krücken gestützt und dennoch riesenhaft. »Schluß jetzt!« sagte er, und sie schwiegen.

Danach wurde nichts mehr gesprochen über Ekata Sachiks Besuch – weder zwischen den beiden Brüdern, noch mit der Mutter.

Martin führte seine Schwester zum Abendessen in die *Glokke,* das Restaurant, in das auch die hohen Angestellten der Firma Chorin und die Besucher von außerhalb zum Abendessen gingen. Er war stolz auf sich selbst, weil er daran gedacht hatte, sie einzuladen, stolz auf die weißen Tischtücher und die Gabeln und Suppenlöffeln; und er hatte eine Heidenangst vor dem Kellner. Er in seiner zu eng gewordenen Sonntagsjacke und seine Schwester in ihrem grauen Kleid – wie beispielhaft sie sich betrugen, wie erwachsen sie waren ... Ekata betrachtete ruhig die Speisenkarte, und ihr Gesichtsausdruck änderte sich nicht im mindesten, als sie ihm zumurmelte: »Aber da gibt es zwei verschiedene Suppen.«

»Ja«, bestätigte er weltgewandt.

»Soll man sich eine davon aussuchen?«

»Ich glaube schon.«

»Ganz sicher, sonst platzt man ja schon vor der Hauptspeise ...« Sie kicherten. Ekatas Schultern bebten, und sie versteckte das Gesicht hinter der Serviette. Die Serviette war riesig. »Martin, schau, sie haben mir ein Bettlaken gegeben!« Sie schnaubten und schüttelten sich aus vor Lachen, während der Kellner unerbittlich näherkam, ein weiteres Laken über der Schulter.

Fast unhörbar wurde das Menü bestellt und dann mit Anstand und angezogenen Ellbogen verspeist. Das Dessert war ein Kastanienpudding, und Ekata sagte, die Ellbogen ein wenig gelockert vor Begeisterung: »Als Rosa Bayenin das letztemal schrieb, erzählte sie, daß gleich außerhalb der Stadt, in der sie jetzt wohnt, ein ganzer Wald von Edelkastanien steht. Dorthin gehen alle im Herbst und sammeln Maronen. Und die Bäume stehen so dicht, daß es darunter immer finster ist wie in der Nacht, bis hinunter zum Fluß.« Die Stadt nach sechs Wochen auf dem Bauernhof, das Gespräch mit Kostant und Stefan und das Abendessen im Restaurant hatten sie in Erregung versetzt. »Das ist herrlich!« sagte sie, aber sie konnte nicht aussprechen, was sie sah, nämlich die Strahlen der Sonne, die golden auf einen Fluß zwischen endlosen dunklen, belaubten Bäumen fielen; Wind, der stromaufwärts durch die Schatten und den Duft der Blätter, des Wassers und des Kastanienpuddings lief; eine Welt aus Wäldern und Flüssen, aus fremden Menschen und aus Sonnenlicht, das alles beschien.

»Ich habe gesehen, daß du mit Stefan Fabbre sprachst«, bemerkte Martin.

»Ich bin bei ihnen zu Hause gewesen.«

»Wozu?«

»Sie haben mich eingeladen.«

»Wozu?«

»Nur um sich zu erkundigen, wie wir draußen vorankommen.«

»Mich haben sie noch nie danach gefragt.«

»Du bist ja auch nicht auf dem Bauernhof, Dummerchen, sondern in Kostants Partie, nicht wahr? Du brauchst doch nur bei ihm vorbeizuschauen, das weißt du. Er ist ein großartiger Mensch, er würde dir gefallen.«

Martin grunzte. Ekatas Besuch bei den Fabbres störte ihn, ohne daß er wußte, weshalb. Irgendwie schien er alles komplizierter zu machen. Vermutlich war Rosana dabeigewesen. Und er wollte nicht, daß seine Schwester die Sache mit Rosana erfuhr. Welche Sache mit Rosana? Mit gerunzelter Stirn ließ er den Gedanken fallen.

»Sein jüngerer Bruder, Stefan, arbeitet bei Chorin im Büro, nicht wahr?«

»Als Buchhalter oder etwas ähnliches. Man hat ihn für ein Genie gehalten und auf die höhere Schule geschickt, aber er flog hinaus.«

»Weiß ich.« Liebevoll aß sie ihren Pudding fertig. »Jeder weiß das«, fügte sie hinzu.

»Ich kann ihn nicht leiden«, stellte Martin fest.

»Warum nicht?«

»Einfach so.« Er fühlte sich erleichtert; weil er seine schlechte Laune auf Stefan abgeladen hatte. »Magst du Kaffee?«

»O nein!«

»Ich schon. Also nimm auch einen!« Gebieterisch bestellte er Kaffe für beide. Ekata bewunderte ihn und genoß den Kaffee. »Was für ein Glück, einen Bruder zu haben«, sagte sie.

Am nächsten Morgen, Sonntag, holte Martin sie vom Hotel ab, und sie gingen in die Kirche. Beim Singen der lutheranischen Kirchenlieder hörten sie beide die kräftige, klare Stimme des anderen, und sie fanden daran Gefallen und hätten gern gelacht. Stefan Fabbre besuchte auch den Gottesdienst. »Kommt er immer?« fragte Ekata, als sie die Kirche verließen.

»Nein«, antwortete Martin, obwohl er keine Ahnung hatte, denn er selbst war seit Mai nicht mehr in der Kirche gewesen. Nach der langen Predigt fühlte er sich lustlos und ärgerlich. »Er rennt dir nach.«

Sie antwortete nicht.

»Er hat im Hotel auf dich gewartet, hast du gesagt. Lädt dich ein, seinen Bruder zu besuchen. Sagt er. Spricht mit dir auf der Straße. Taucht in der Kirche auf.« Die Angriffslust gab ihm diese Punkte einen nach dem anderen ein, und indem er sie aussprach, überzeugten sie ihn.

»Martin«, sagte Ekata, »wenn ich etwas hasse, dann sind es Leute, die sich in fremde Angelegenheiten mischen.«

»Wärst du nicht meine Schwester ...«

»Wäre ich nicht deine Schwester, blieben mir deine Dummheiten erspart. Sagst du bitte dem Mann, er soll das Pferd anspannen?« So nahmen sie mit leichtem Groll voneinander Abschied, der sich jedoch bald mit der Entfernung zwischen ihnen und den verstrichenen Tagen verlor.

Ende November, als Ekata wieder nach Sfaroy Kampe fuhr, ging sie auch zu den Fabbres. Sie wollte hin und hatte Kostant auch versprochen zu kommen, aber dennoch mußte sie sich dazu zwingen. Doch als sie herausfand, daß Kostant und Rosana daheim waren, Stefan aber nicht, fühlte sie sich viel leichter. Martin hatte sie mit seinem dummen Einmischen verärgert. Außerdem war es ohnedies Kostant, den sie sehen wollte.

Doch Kostant wollte über Stefan sprechen.

»Er läuft immer irgendwo herum, oder er ist im *Löwen*. Unruhig, rastlos. Vergeudet seine Zeit. Einmal, als wir miteinander redeten, sagte er mir, er habe Angst, aus Kampe wegzugehen. Ich habe darüber nachgedacht, was er damit gemeint hat. Wovor hat er Angst?«

»Nun, er hat nirgendwo Freunde, nur hier.«

»Auch hier nur wenige. Unter den Steinbrucharbeitern spielt er den Büroangestellten, und unter den Büroangestellten den Steinbrucharbeiter. Ich habe ihm dabei zugehört, wenn meine Kameraden zu Besuch kommen. Warum will er nicht das sein, was er ist?«

»Vielleicht ist er selbst nicht sicher, was er ist?«

»Wenn er wie ein Schlafwandler herumrennt oder im *Löwen* sitzt und trinkt, wird er es auch nicht herausfinden«, sagte Kostant, hart und überzeugt in seiner eigenen Rechtschaffenheit. »Und wenn er Streitereien vom Zaun bricht. Drei Raufereien hat er in diesem Monat schon gehabt. Und jedesmal verloren, armer Teufel.« Er lachte. Niemals hätte Ekata die Unschuld eines Lachens auf diesem Gesicht erwartet, auf diesem ernsthaften Gesicht. Und er war ein guter Mensch; seine Sorge um Stefan war echt und sein Lachen ohne Spott – das Lachen eines gutmütigen Charakters. Wie Stefan erstaunte Kostant auch sie, seine Schönheit und seine Stärke. Aber sie hielt das nicht für eine Verschwendung der Natur. Der Herr bestellt das Haus und Er kennt seine Diener. Wenn Er diesen arglosen, herrlichen Mann gesandt hatte, damit dieser unauffällig mitten in einer Steinwüste lebte, dann war dies ein Teil der Art und Weise, wie Er sein Haus bestellt haben wollte, ein Teil wie die Beschaffenheit von Rose und Stein, wie die Flüsse, die ewig fließen und niemals austrocknen, wie der Tiger, der Ozean, der Wurm und die nicht ganz unvergänglichen Sterne.

Rosana hörte ihnen zu; sie saß schweigend und mit nach vorn hängenden Schultern neben dem Herd, obwohl sie seit kurzem wieder gelernt hatte, sich so aufrecht zu halten wie früher, als sie noch ein Kind gewesen war – vor einem Jahr. Angeblich gewöhnt man sich an die Tatsache, Millionär zu sein; also gewöhnt sich ein junges Mädchen nach ein, zwei Jahren auch daran, eine Frau zu sein. Und Rosana lernte gerade, die üppigen, schweren Gewänder ihres Erbes zu tragen. In diesem Augenblick hörte sie zu, etwas, das sie vorher selten getan hatte. Noch nie hatte sie zwei Erwachsene so miteinander sprechen gehört, wie diese beiden. Noch nie hatte sie eine richtige Konversation erlebt. Nach zwanzig Minuten schlüpfte sie leise zur Tür hinaus. Sie hatte genug gelernt, ja zuviel; sie brauchte Zeit, das alles in sich aufzunehmen und es einzuüben. Und so begann sie augenblicklich mit der Übung. Aufrecht ging sie die Straße entlang, nicht schnell und nicht langsam, ihr Gesicht so ruhig und gesetzt wie jenes von Ekata Sachik.

»Träumst du in den Tag hinein, Ros?« rief Martin Sachik vom Katalny-Hof herüber.

Sie lächelte ihm zu und sagte: »Hallo, Martin!« Er war perplex.

»Wo gehst du hin?« fragte er behutsam.

»Nirgendwo; ich gehe nur spazieren. Deine Schwester ist bei uns.«

»Ach so?« Martins Stimme klang kampflustiger als sonst, aber sie hielt sich an ihr Übungsprogramm. »Ja«, gab sie höflich zurück. »Sie besucht meinen Bruder.«

»Welchen Bruder?«

»Kostant. Warum sollte sie wohl Stefan besuchen?« fragte sie, vergaß für einen Moment ihr neues Ego und grinste breit.

»Wie kommt's, daß du so ganz alleine herumlatschst?«

»Warum nicht?« fragte sie zurück, leicht gekränkt von dem Wort »herumlatschen«; also befleißigte sie sich einer extremen Sanftheit des Tonfalls.

»Ich begleite dich.«

»Warum nicht?«

Sie gingen die Gulhelmstraße hinunter, bis sie zu einem Feldweg zwischen Unkraut wurde.

»Möchtest du zur Westgrube weitergehen?«

»Warum nicht?« Die Phrase gefiel Rosana; sie klang so welterfahren.

Sie gingen auf der dünnen, steinigen Erde weiter, zwischen Kilometern um Kilometern von totem Gras, das zu kurz war, um sich unter dem Nordwestwind zu biegen. Enorme Wolkenmassen trieben über ihre Köpfe hinweg, so daß sie sehr schnell über das graue, flache Land zu gehen schienen, das mit ihnen voranglitt. »Wolken machen einen schwindlig«, stellte Martin fest, »wie wenn man an einem Fahnenmast hochblickt.« Sie wanderten mit nach oben gerichteten Gesichtern dahin und sahen nichts als die Bewegung der Wolken. Obwohl ihre Füße auf der Erde standen, ragten sie selbst in den Himmel, der Himmel war es, den sie durchwanderten, genau wie die Vögel, die durch ihn hindurchflogen. Rosana sah hinüber zu Martin, wie er durch den Himmel wanderte.

Sie kamen zu dem aufgelassenen Steinbruch und blieben stehen, blickten hinunter auf das Wasser, dessen Oberfläche von kurzen, wie in einer Falle gefangenen Windstößen glanzlos und brüchig gemacht wurde.

»Möchtest du schwimmen?«

»Warum nicht?«

»Da ist der Maultiersteig. Sieht komisch aus, wie er so im Wasser verschwindet, nicht wahr?«

»Kalt ist es hier.«

»Komm, gehen wir den Steig hinunter. Unten weht kaum Wind. Von dort ist Penik hinuntergesprungen, genau von hier haben sie ihn hochgezogen.«

Rosana stand am Rand der Grube. Der graue Wind blies an ihr vorbei. »Glaubst du, er hat es absichtlich getan? Ich meine, er war blind, vielleicht ist er hineingefallen ...«

»Ein bißchen konnte er sehen. Sie wollten ihn nach Brailava zu einer Operation schicken. Komm jetzt!« Sie folgte ihm zum Anfang des Pfades. Der Weg sah von oben sehr steil aus. Im letzten Jahr war sie furchtsam geworden und ging langsam hinter ihm her über den kaum mehr erkennbaren, von herabgefallenen Felsblöcken zerstörten Pfad in den Steinbruch. »Bleib hier stehen!« sagte er und hielt vor einem schwierigen Stück inne; er nahm ihre Hand und half ihr hinunter, nachdem er es überwunden hatte. Ihre Hände lösten sich augenblicklich voneinander, und er führte sie weiter bis an die Stelle, wo das Wasser den Pfad abschnitt, der hinuntertauchte bis an den unsichtbaren Grund der Grube. Das Wasser war bleigrau, unruhig, die Oberfläche zerbrochen in Tausende winzige Sprünge, Kreise und Spiralen, wo der darüber hinwegstreichende Wind es ohne Unterlaß gegen die Felswände zittern ließ. »Soll ich weitergehen?« flüsterte Martin; es klang laut in der Stille.

Er ging weiter. Sie rief: »Halt!« Doch er stand bereits bis

an die Knie im Wasser; er drehte sich um, verlor das Gleichgewicht und kippte nach hinten, wobei er sie mit Wasser besprühte und klatschende Echos in die Runde der Felswände schickte. »Du bist verrückt, wozu hast du das gemacht?« Martin kletterte heraus, setzte sich nieder, zog seine großen Schuhe aus, um das Wasser auszuleeren, und lachte, ein lautloses Lachen, vermischt mit Kälteschauern. »Wozu hast du das gemacht?«

»Hatte gerade Lust darauf«, erwiderte er. Er packte ihren Arm, zog sie zu sich hinab und küßte sie. Der Kuß dauerte an. Sie begann, dagegen anzukämpfen, und riß sich los. Er bemerkte es kaum. Er lag da auf den Felsen am Rand des Wassers und lachte; er war so stark wie die Erde und konnte die Hand dennoch nicht heben ... Dann setzte er sich auf; sein Mund stand offen und die Augen blickten ins Leere. Nach einer Weile zog er seine nassen, schweren Schuhe an und stieg den Pfad nach oben. Rosana stand bereits am Ende des Pfades, eine windumtoste Gestalt aus Dunkelheit gegen den riesigen, in Bewegung befindlichen Himmel. »Komm schon!« schrie sie, und der Wind schliff ihre Stimme so dünn wie eine Rasierklinge. »Komm rauf, du kannst mich nicht fangen!« Und als er knapp unterhalb des Pfadendes war, begann sie zu laufen. Er rannte hinter ihr her, gehemmt von seinen nassen Schuhen und Hosen. Nach hundert Schritten hatte er sie eingeholt und versuchte, ihre beiden Arme zu ergreifen. Einen Augenblick lang war ihr wildes Gesicht ganz nahe dem seinen. Aber sie entwand sich ihm und rannte wieder davon, und so folgte er ihr in das Städtchen, trottete hinter ihr her, weil er nicht mehr laufen konnte. Am Beginn der Gulhelmstraße blieb sie stehen und wartete auf ihn, und sie schritten gemeinsam über den Gehsteig. »Du siehst aus wie eine ersäufte Katze!« spottete sie, atemlos flüsternd. »Du hast es notwendig!« flüsterte er zurück, »schau mal den Schmutz auf deinem Rock an!« Vor der Tür seiner Pension blieben sie stehen, sahen einander an, und er lachte. »Gute Nacht, Ros!« sagte er. Sie hätte ihn gern gebissen. »Gute Nacht«, antwortete sie und ging die paar Schritte zu ihrer eigenen Tür – nicht schnell und nicht langsam. Sie spürte seinen Blick auf dem Rücken wie eine Hand auf ihrer Haut.

Da sie ihren Bruder nicht in seiner Pension angetroffen hatte, war Ekata zurückgegangen ins Hotel, um auf ihn zu warten; sie wollten wieder in der *Glocke* abendessen. Sie trug dem Portier auf, ihren Bruder hinaufzuschicken, wenn er kam. Einige Minuten später klopfte es an ihrer Tür; sie öffnete. Es war Stefan Fabbre. Sein Gesicht hatte die Farbe von Hafergrütze, und er sah schmuddelig aus wie ein ungemachtes Bett.

»Ich wollte Sie fragen ...« Seine Stimme versandete. »Abendessen gehen«, murmelte er und sah an ihr vorbei.

»Mein Bruder holt mich dazu ab. Das wird er schon sein.« Aber es war der Hoteldirektor, der die Treppe hochkam. »Tut mir leid, Fräulein«, sagte er laut. »Es gibt einen Salon unten.« Ekata starrte ihn verständnislos an. »Hören Sie, Fräulein, Sie haben dem Portier aufgetragen, Ihren Bruder raufzuschicken, aber der Portier kennt Ihren Bruder nicht. Ich schon. Das hier ist *mein* Haus. Es gibt einen netten Salon unten, wo man sich unterhalten kann. Ja? Sie möchten sicher in einem respektablen Hotel wohnen, und ich möchte, daß es für Sie respektabel bleibt, ja?«

Stefan drängte sich an ihm vorbei und stolperte die Stufen hinab. »Er ist betrunken, Fräulein«, stellte der Direktor fest.

»Gehen Sie!« sagte Ekata und schloß die Tür vor seiner Nase. Mit geballten Fäusten ließ sie sich auf dem Bett nieder, konnte aber nicht stillsitzen. Sie sprang auf, nahm Mantel und Kopftuch und rannte, ohne sie anzuziehen, die Treppe hinab, schmiß den Schlüssel auf das Pult, hinter dem der Direktor hervorstarrte, und lief aus dem Hotel. Zwischen den Kegeln aus Licht unter den Straßenlampen lag die Arduresstraße im Dunkeln, und der Winterwind wehte an den Häuserfronten entlang. Sie ging zwei Blocks in westlicher Richtung und wanderte dann auf der anderen Straßenseite acht Blocks weit; sie kam am *Weißen Löwen* vorbei, doch die Tür war geschlossen, und sie konnte nicht hineinsehen. Es war kalt, und der Wind fuhr durch die Straßen wie ein reißender Strom. Ekata wandte sich in die Gulhelmstraße und traf mit Martin zusammen, als er soeben seine Pension verließ. Zusammen gingen sie in die *Glocke* zum Abendessen; sie waren beide nachdenklich und bedrückt. Sie sprachen nur wenig und leise, jedoch freundlich, miteinander, dankbar für die Gegenwart des anderen.

Am nächsten Morgen, allein in der Kirche, senkte Ekata erleichtert die Augen, als sie sich vergewissert hatte, daß Stefan nicht da war. Standhaft und unerschütterlich umgaben sie die Steinmauern der Kirche und die strengen Worte der Liturgie, und sie ruhte darin wie ein Schiff im Hafen. Und dann, als der Pastor rief: »Sieh da das Zelt Gottes unter den Menschen! Er wird bei ihnen wohnen«, da erbebte sie und blickte sich wieder um in der Kirche, bewegte Kopf und Augen langsam, verstohlen, und hielt nach ihm Ausschau. Von der Predigt hörte sie kein Wort. Aber als der Gottesdienst vorbei war, wollte sie die Kirche nicht verlassen. Sie ging mit den letzten Andächtigen hinaus, und der Pastor hielt sie auf und fragte nach ihrer Mutter. Sie sah Stefan, der am Fuß der Treppe wartete.

Langsam ging sie zu ihm.

»Wollte mich für gestern abend entschuldigen«, brachte er hervor, alles in einem Stück.

»Schon in Ordnung.«

Er hatte keine Kopfbedeckung, und der Wind blies ihm das helle, staubig aussehende Haar über die Augen. Er zuckte zusammen und versuchte, es zurückzustreichen. »Ich war betrunken«, fügte er hinzu.

»Ich weiß.«

Miteinander gingen sie davon.

»Ich habe mir Sorgen gemacht um Sie«, sagte Ekata.

»Warum? So betrunken war ich wieder nicht.«

»Ich weiß nicht.«

Schweigend überquerten sie die Straße.

»Kostant plaudert gern mit Ihnen. Hat er mir gesagt.«

Sein Tonfall war unangenehm. »Und ich plaudere gern mit ihm«, entgegnete Ekata trocken.

»Alle plaudern gern mit ihm. Es ist ein großer Gefallen, den er Ihnen damit tut.«

Sie antwortete nicht.

»Das meine ich wirklich.«

Sie wußte, was er meinte, sagte aber immer noch nichts. Sie befanden sich bereits in der Nähe des Hotels. Er blieb stehen. »Ich will Ihren Ruf nicht vollständig ruinieren.«

»Darüber brauchen Sie wirklich nicht zu grinsen.«

»Das tue ich nicht. Ich will sagen, daß ich nicht mit Ihnen zum Hotel weitergehe, wenn es Ihnen peinlich ist.«

»Ich wüßte nicht, was mir daran peinlich sein sollte.«

»Aber ich wüßte, was mir peinlich sein sollte, und es ist mir peinlich. Tut mir wirklich leid, Ekata.«

»Sie brauchen sich nicht noch einmal entschuldigen.« Ihre Stimme klang rauh, und er dachte wieder an Nebel, Dämmerung und die Wälder.

»Dann tu ich's auch nicht.« Er lachte. »Fahren Sie sofort los?«

»Ich muß wohl. Es wird jetzt schon so früh dunkel.«

Sie zögerten beide.

»Sie könnten mir einen Gefallen tun«, sagte sie.

»Gerne.«

»Dann passen Sie bitte auf, wenn mein Pferd eingespannt wird. Letztes Mal mußte ich nach einem Kilometer stehenbleiben und alles festzurren. Wenn Sie das tun, könnte ich mich inzwischen fertigmachen.«

Als sie wieder aus dem Hotel trat, stand der Wagen vor dem Tor, und Stefan saß auf dem Kutschbock. »Ich fahre zwei, drei Kilometer mit Ihnen, gut?« Sie nickte, und er half ihr hoch; kurz drauf fuhren sie die Ardurestraße Richtung Westen hinaus in das freie, ebene Land.

»Der verdammte Hoteldirektor«, sagte Ekata. »Grinste und machte seinen Kratzfuß heute morgen.«

Stefan lachte, sagte aber nichts. Er lenkte den Wagen vorsichtig und konzentriert; der kalte Wind blies heftig, und der alte Rotschimmel klapperte dahin. »Ich habe noch nie einen Wagen gelenkt«, erklärte Stefan.

»Und ich bin noch nie mit einem anderen Pferd gefahren. Es macht nie Schwierigkeiten.«

Der Wind pfiff durch endlose Flächen trockenen Grases, riß an ihrem schwarzen Kopftuch und peitschte Stefan das Haar über die Augen.

»Sehen Sie sich das an!« sagte er leise. »Nur ein paar Fingerbreit Erdreich und darunter Felsen. Man fährt einen Tag lang, egal in welcher Richtung, und man findet Fels mit ein paar Fingerbreit Erdreich darüber. Wissen Sie, wie viele Bäume in Kampe stehen? Vierundfünfzig. Ich habe sie gezählt. Und nicht ein einziger Baum mehr, bis zu den Bergen.« Als er so sprach, wie zu sich selbst, klang seine Stimme abgehackt und melodiös. »Als ich mit dem Zug nach Brailava fuhr, da hielt ich Ausschau nach dem ersten neuen Baum. Dem fünfundfünfzigsten. Das war eine große Eiche bei einem Bauernhaus in den Hügeln. Und dann plötzlich wuchsen überall Bäume, in jedem Tal. Man konnte sie niemals alle zählen, aber ich würde es gerne versuchen.«

»Es gefällt Ihnen nicht mehr hier?«

»Ich weiß nicht. Irgend etwas gefällt mir wohl nicht mehr. Ich habe das Gefühl, eine Ameise zu sein, oder etwas noch Kleineres, so klein, daß man es kaum sehen kann, und ich krabble dahin über diesen riesigen Fußboden. Komme nirgendwohin, weil da nichts ist, wo man hinkommen könnte. Schauen Sie uns nur an, jetzt krabbeln wir beide dahin über den Fußboden, und dort oben ist die Decke ... Sieht nach Schnee aus da drüben im Norden.«

»Hoffentlich erst, wenn es dunkel ist.«

»Wie ist es so auf dem Bauernhof?«

Sie dachte eine Weile nach, ehe sie antwortete. Dann sagte sie leise: »Einsam.«

»Und Ihrem Vater gefällt's dort?«

»Ich glaube, er hat sich in Kampe nie wohl gefühlt.«

»Manche Menschen sind aus Erde gemacht, aus Lehm«, sagte er mit dieser Stimme, die so leicht überging in einen undeutlichen, verwaschenen, kaum verständlichen Monolog, »und andere wieder, die sind aus Stein. Die Leute, die es schaffen, in Kampe weiterzukommen, die sind aus Stein.« ›Wie mein Bruder‹ – er sagte es nicht, aber sie hörte es.

»Warum gehen Sie nicht weg von hier?«

»Das hat Kostant mich auch gefragt. Es klingt so einfach, aber wenn er wegginge, dann würde er sich selbst mitnehmen, und ich, verstehen Sie, ich würde *mich* mitnehmen ... Ist es nicht egal, wohin man geht? Alles, was man hat, ist das eigene Ich.«

Er zügelte das Pferd. »Ich springe jetzt besser ab, wir sind sicher schon vier, fünf Kilometer gefahren. Sehen Sie, dort ist der Ameisenhaufen.« Von dem erhöhten Kutschbock aus sahen sie zurück und erblickten in der Düsterkeit über der Ebene einen spitzen Kirchturm, ein Glitzern, wo die letzten winterlichen Sonnenstrahlen auf Fensterscheiben oder Schieferdächer fielen, und weit hinter dem Städtchen, deutlich zu sehen unter den schweren dunkelgrauen Wolken, die Berge.

Er reichte ihr die Zügel. »Danke fürs Mitfahren«, sagte er und schwang sich vom Sitz.

»Danke für die Begleitung, Stefan.«

Er hob die Hand; sie fuhr weiter. Fast schien es grausam, ihn so allein und zu Fuß zurückzulassen in der weiten Ebene. Als sie den Kopf wandte, sah sie ihn schon weit entfernt davongehen zwischen den schmalen Furchen der Räder unter dem unendlichen Himmel.

Noch bevor sie den Bauernhof erreichte, gab es ein kurzes, trockenes Schneegestöber, das erste eines frühen Winters. Und diesen ganzen Monat blickte sie aus dem Küchenfenster auf die undeutlich verschwommenen Hügel im Regen. Und wenn im Dezember, nachdem es schon geschneit hatte, wieder die Sonne schien, dann sah sie von ihrem Zimmer aus im Osten auf dem anderen Ende des flachen Landes ein blasses Glitzern: die Berge. Es gab keine Fahrten mehr nach Sfaroy Kampe. Wenn etwas gebraucht wurde, so fuhr ihr Onkel nach Verre oder Lotima, trostlose Dörfer, die schief wie aus Pappe im Regen hockten. Zu leicht würde man von den Furchen des Karrenweges abkommen, wenn der Schnee auf dem Karst lag oder heftiger Regen niederging, sagte er, »und dann? Wo bist du dann?«

»Wo ist man denn überhaupt hier?« antwortete Ekata in Stefans leiser, sarkastischer Stimme. Aber der Onkel hörte gar nicht zu.

Am Weihnachtsmorgen ritt Martin auf einem Pferd, das er im Mietstall geliehen hatte, hinaus zum Bauernhof. Doch nach ein paar Stunden wurde er mürrisch und verdrossen und hängte sich an Ekata. »Was ist das Zeug, das Tante um den Hals trägt?«

»Ein Nagel, der in einer Zwiebel steckt. Um den Rheumatismus abzuwehren.«

»Du lieber Himmel!«

Ekata lachte.

»Das ganze Haus stinkt nach Zwiebel und Flanell, könnt ihr denn nicht mal lüften?«

»Nein. An kalten Tagen verschließen sie sogar den Schornsteinabzug. Der Rauch ist ihnen lieber als die Kälte.«

»Du solltest mit mir in die Stadt zurückkommen, Ekata.«

»Mama geht es nicht gut.«

»Das kannst du doch auch nicht ändern.«

»Nein. Aber ich würde mir herzlos vorkommen, wenn ich sie ohne triftigen Grund alleinlasse. Das Wichtigere kommt zuerst.« Ekata hatte an Gewicht verloren; ihre Backenknochen standen vor, und die Augen sahen dunkler aus als früher. »Wie geht's dir so?« fragte sie.

»Ganz gut. Hatten zeitweilig keine Arbeit. Der Schnee, weißt du.«

»Du bist gewachsen«, stellte sie fest.

»Ich weiß.«

Mit der Gewichtigkeit eines erwachsenen Mannes, der Gemütsruhe eines erwachsenen Mannes, saß er auf dem harten Sofa der guten Stube.

»Gehst du mit jemandem aus, Martin?«

»Nein!« Sie lachten beide. »Hör mal, ich habe Fabbre getroffen, er läßt dir alles Gute zu den Feiertagen wünschen. Es geht ihm schon besser. Er kann schon ausgehen, am Stock.«

Die Kusine kam durchs Zimmer. Sie trug alte, mit Stroh ausgestopfte Männerstiefel wegen des Eises und des Morastes draußen im Hof. Angeekelt sah Martin ihr nach. »Ich habe mit ihm geredet. Vor zwei Monaten. Hoffentlich ist er wirklich zu Ostern wieder in der Grube. Er ist mein Vorarbeiter, du weißt.« Und als sie ihn ansah, wußte Ekata plötzlich, wer es war, den er anbetete.

»Ich bin froh, daß du ihn magst.«

»Es gibt keinen in Kampe, der ihm auch nur das Wasser reichen könnte. Du magst ihn auch, nicht wahr?«

»Natürlich.«

»Sieh mal, als er nach dir fragte, dachte ich ...«

»Du hast falsch gedacht, Martin«, unterbrach Ekata. »Hör bitte auf, dich in meine Sachen zu mischen!«

»Ich hab' ja gar nichts gesagt«, verteidigte er sich schwach. Seine Schwester konnte ihn immer noch einschüchtern. Er erinnerte sich, daß ihn auch Rosana Fabbre ausgelacht hatte, als er etwas über Kostant und Ekata zu ihr gesagt hatte. Sie war vor ein paar Tagen, an einem klirrend kalten Wintermorgen, dabeigewesen, Laken im Hinterhof auf die Leine zu hängen, und er war am Zaun gelehnt und hatte mit ihr geplaudert. »Du lieber Himmel, bist du verrückt?« hatte sie gespottet, während ihr der Wind die dampfenden Laken ins Gesicht blies und ihr Haar zauste. »Die beiden? Nie im Leben!« Er hatte versucht, Gründe dafür vorzubringen; aber sie hörte gar nicht zu. »Er heiratet niemanden von hier. Es muß eine Frau von weit weg sein, von Krasnoy vielleicht, die Frau eines Direktors, eine Königin, eine berühmte Schönheit, mit Dienern und allem drum und dran. Eines Tages wird sie die Ardurestraße herunterkommen, die Nase in die Luft gestreckt, und dann sieht sie Kostant, die Nase in die Luft gestreckt. Und – *zack!* – das war's dann.«

»Das war was?« fragte er, fasziniert von ihrer prophetischen Überzeugung.

»Ich weiß es nicht!« sagte sie und schwang das nächste Laken hoch. »Vielleicht rennen sie miteinander davon. Vielleicht etwas anderes. Jedenfalls weiß Kostant, was auf ihn zukommt, und er wird es abwarten.«

»Na gut, wenn du soviel weißt: was wird denn dir widerfahren?«

Sie verzog den Mund zu einem breiten Grinsen, und die dunklen Augen unter den langen, dunklen Brauen blitzten ihn an. »Männer!« zischte sie wie eine Schlange, und die Laken und Hemden knatterten und wogten um sie her, weiß in dem strahlenden Sonnenlicht.

Der Januar verging, nachdem er die düstere, rauhe Ebene mit Schnee bedeckt hatte, und auch der Februar, mit einem grauen Himmel, der sich Tag für Tag vom Norden Richtung Süden über das flache Land hinwegzog: ein harter Winter und ein langer noch dazu. Manchmal gelang es Kostant Fabbre, mit einem Fuhrwerk zu den Chorin-Steinbrüchen im Norden des Städtchens mitzufahren, und dann stand er dort und sah bei der Arbeit zu, beobachtete die Männer und das Verschieben der Güterwagen, betrachtete das gleißende Weiß des Schnees und das stumpfe Weiß des frisch gebrochenen Kalksteins. Manchmal kamen die Leute hinauf zu dem großen Mann, der sich auf seinen Stock stützte, und fragten, wie es ihm gehe und wann er zurückkehren wolle an die Arbeit. »Ein paar Wochen dauert's noch«, sagte er dann. Von der Firma aus hatte er Krankenurlaub bis April, wie von der Versicherung verlangt, doch er fühlte sich fit, konnte jederzeit zurückgehen in die Stadt, ohne seinen Stock zu benutzen, und das Nichtstun kränkte ihn bitterlich. Dann ging er zurück in den *Weißen Löwen* und saß in dem rauchigen Halbdunkel und in der Wärme, bis die Arbeiter vom Steinbruch eintrudelten, so etwa um vier Uhr, wenn es dunkel zu werden begann. Es waren große, kräftige Männer, deren Körper dampften, und deren Gemurmel die Schenke in Schwingungen versetzte. Um fünf kam für gewöhnlich Stefan, schlank, mit weißem Hemd und leichten Schuhen, eine seltsame Erscheinung unter all den Arbeitern. Normalerweise setzte er sich an Kostants Tisch, aber sie waren nicht gut aufeinander zu sprechen. Jeder wartete und war ungeduldig.

»Abend«, grüßte Martin Sachik lächelnd, als er am Tisch vorbeiging, ein müder, stämmiger Junge. »Abend, Stefan.«

»Für dich heiß' ich Fabbre und ›Herr‹, Kleiner«, sagte Stefan mit seiner leisen Stimme, die sich dennoch abhob von dem vertrauten, gleichförmigen Bienenstock-Gesumme. Martin, der bereits vorbeigegangen war, zog es vor, Stefans Worten keine Beachtung zu schenken.

»Warum willst du dich denn mit dem anlegen?«

»Weil ich nicht mit jedem dahergelaufenen Niemand, der in den Gruben arbeitet, auf du und du stehen will. Hältst du mich für einen Stadttrottel?«

»Manchmal führst du dich genauso auf«, sagte Kostant und leerte seinen Bierkrug.

»Ich hab' genug von deinen guten Ratschlägen.«

»Und ich hab' genug von deiner Selbstgefälligkeit. Geh in die *Glocke*, wenn dir die Gesellschaft hier nicht zusagt!«

Stefan stand auf, klatschte Geld auf den Tisch und ging hinaus.

Es war der erste März; die nördliche Hälfte des Himmels über den Straßen war bleischwer und dunkel; sein Rand jedoch war silbrigblau, und von diesem Rand bis zum südlichen Horizont war die Luft blau und leer, bis auf einen Mond, der fingernagelgroß über den Hügeln im Westen stand, und, nicht weit davon, dem Abendstern. Schweigend ging Stefan durch die Straßen; ein leichter Wind blies ihm in den Rücken. Als er zu Hause angekommen war, schlossen sich die Wände um seine Wut, und sie wurde zu einem dunklen, schalen Ding, angefüllt mit den Ecken und Kanten von Tischen und Stühlen und gelb auflodernd unter dem Licht der Kerosinlampe. Der Zylinder der Lampe entglitt seinen Händen wie ein lebendiges Tier und zerbrach mit einem Mißton an einer Seite des Tisches. Stefan kroch auf allen vieren auf dem Boden umher und sammelte die Glasscherben ein, als sein Bruder ins Haus trat.

»Warum bist du mir gefolgt?«

»Ich bin einfach nach Hause gegangen, in meine Wohnung!«

»Also soll ich wieder zurückgehen in den *Löwen?*«

»Du kannst hingehen, wo du willst, zum Teufel!« Kostant setzte sich nieder und nahm die Zeitung vom Vortag zur Hand. Auf den Knien, das zerbrochene Glas auf der Handfläche, sagte Stefan: »Hör zu, ich weiß, warum du willst, daß ich dem kleinen Sachik das Köpfchen kraule. Erstens einmal glaubt er, du bist der liebe Gott, und das ist ganz angenehm. Aber zweitens hat er eine Schwester. Und du willst, daß sie dir aus der Hand frißt, was? So wie alle anderen auch? Nun, hier steht jemand vor dir, der das nicht tun wird, und außerdem wirst du draufkommen, daß dir der Spaß gründlich verdorben ist.« Er stand auf und ging in die Küche zum Abfalleimer, neben dem die schmutzige Wäsche der ganzen Woche angehäuft lag; er ließ die Glasscherben in den Eimer fallen und betrachtete seine Handfläche: ein Splitter steckte in der Haut, direkt unter dem Zeigefinger. Er hatte die Hand unabsichtlich zur Faust geballt, als er mit Kostant sprach. Stefan zog den Splitter heraus und steckte die blutende Stelle in den Mund. Kostant kam in die Küche. »Welcher Spaß, Stefan?« fragte er.

»Du weißt schon, was ich meine.«

»Sag mir, was du meinst!«

»Ich meine sie – Ekata. Wozu willst du sie überhaupt? Du brauchst sie doch nicht. Du brauchst gar nichts. Du bist doch der große, selbstgefällige liebe Gott hier!«

»Halt den Mund!«

»Gib mir keine Befehle! Herr im Himmel, ich kann hier auch Befehle geben. Du bleibst ihr vom Leib, verstanden! Ich kriege sie und nicht du, ich kriege sie direkt unter deiner Nase, unter deinen Augen ...« Kostants große Hände packten ihn an den Schultern und schüttelten ihn, bis sein Kopf vor- und zurückklappte. Er riß sich los und trieb seine Faust direkt auf Kostans Gesicht zu, aber plötzlich verspürte er einen Ruck, so stark wie das Aneinanderkuppeln zweier Eisenbahnwaggons. Er fiel rücklings auf den Haufen Schmutzwäsche, und sein Kopf schlug auf dem Boden auf mit dem Geräusch einer reifen Wassermelone.

Kostant stand mit dem Rücken zum Ofen. Er betrachtete erst die Knöchel seiner rechten Hand, dann Stefans Gesicht, das totenbleich war und dennoch einen seltsam heiteren Ausdruck zeigte. Kostant nahm einen Polsterüberzug aus dem Wäschehaufen, machte ihn am Ausguß naß und kniete sich neben Stefan hin. Das Knien machte ihm Schwierigkeiten, denn sein rechtes Bein war noch immer steif. Er wischte den dünnen, dunklen Faden Blut weg, der von Stefans Mund herablief. Stefans Gesicht begann zu zucken, er seufzte und blinzelte zu Kostant auf mit einem vagen Ausdruck des Wiedererkennens.

»So ist es besser«, sagte Kostant. Auch sein Gesicht war weiß.

Stefan stützte sich auf einen Arm. »Ich bin hingefallen«, sagte er mit einer schwachen, erstaunten Stimme. Dann sah er wieder Kostant an, und seine Züge verzerrten sich.

»Stefan ...«

Stefan rappelte sich auf allen vieren hoch und taumelte auf die Füße; Kostant versuchte, seinen Arm zu ergreifen, aber er stolperte zur Tür, fummelte am Schloß herum und stürzte hinaus. Von der Tür aus sah Kostant zu, wie er über den Zaun sprang, durch den Katalny-Hof hastete und mit langen, ruckartigen Schritten die Gulhelmstraße hinunterlief. Einige Minuten lang blieb der ältere der beiden Brüder in der Tür stehen, das Gesicht starr und besorgt. Dann drehte er sich um, ging zur Vordertür hinaus und die Gulhelmstraße entlang, so schnell er konnte. Die schwarze Wolkenfront bedeckte nun den ganzen Himmel bis auf ein dünnes, blaugrünes Band im Süden; Mond und Abendstern waren verschwunden. Kostant folgte dem Karrenweg hinaus ins freie Land bis zur Westgrube. Niemand war vor ihm. Er erreichte den Rand der Grube und sah hinunter auf das stille, dunkle Wasser, das Wolken reflektierte, die voll von dem Schnee waren, der noch fallen sollte. »Stefan!« rief er. Seine Kehle war trocken von der Anstrengung, die ihn das rasche Gehen gekostet hatte. Es kam keine Antwort. Es war nicht der Name seines Bruders, der am Rand der verlassenen Grube erklingen sollte. Es war der falsche Name zur falschen Zeit. Kostant drehte sich um und kehrte zurück Richtung Gulhelmstraße; er ging langsam und hinkte ein wenig.

»Ich muß nach Kolle reiten«, sagte Stefan. Der Besitzer des Mietstalls starrte auf sein blutverschmiertes Kinn.

»Es ist schon dunkel. Und auf den Straßen liegt Eis.«

»Sie müssen doch ein Pferd haben, das mit Stollen beschlagen ist. Ich zahle das Doppelte.«

»Na ja ...«

Stefan ritt aus dem Mietstall und wandte sich in der Ardurestraße nach rechts Richtung Verre anstatt nach links Richtung Kolle. Der Mann aus dem Mietstall rief hinter ihm her, und Stefan hieb mit den Fersen auf das Pferd ein. Es setzte sich in Trab und verfiel später, auf dem freien Land, in einen schnellen Galopp. Der Streifen blaugrünen Lichts im Südwesten wurde schmaler und verschwand; Stefan hielt sich am Sattelknopf fest, um nicht vom Pferd zu fallen, zog aber die Zügel nicht an. Als der Gaul wieder in ein langsameres Tempo verfiel, war es Nacht, und Erde und Himmel waren finster. Das Pferd schnaubte, der Sattel knarrte, und der Wind zischte durch das gefrorene Gras. Stefan stieg vom Pferd und suchte den Boden ab, so gut es ging; das Pferd war dem Karrenweg gefolgt und stand keine drei Schritte von der Fahrspur entfernt. Und so gingen sie weiter, Pferd und Mann; wenn er aufsaß, konnte Stefan die Fahrspur nicht erkennen, und so überließ er es dem Pferd, dem Weg über die Ebene zu folgen.

Nach langer Zeit in der schaukelnden Finsternis berührte etwas sein Gesicht – einmal, ganz leicht.

Er befühlte seine Wange. Die rechte Seite seines Gesichts war verschwollen, und seine rechte Hand, in der er die Zügel hielt, war so steif von der Kälte, daß er nicht wußte, ob seine Finger sich bewegten oder nicht, als er versuchte, die Zügel in die andere Hand zu verlagern. Er hatte keine Handschuhe, nur den Wintermantel, den er nicht abgelegt hatte, als er ins Haus getreten war, als die Lampe zerbrochen war – vor langer, langer Zeit. Schließlich bekam er die Zügel mit seiner linken Hand zu fassen und steckte die rechte in den Mantel, um sie zu wärmen. Geduldig trottete das Pferd weiter, den Kopf gesenkt. Wieder berührte etwas sehr leicht Stefans Gesicht, strich über seine Wange, über die heißen, aufgeschlagenen Lippen. Er konnte die Flocken nicht sehen. Sie waren weich und fühlten sich nicht kalt an, und so wartete er immer wieder auf die sanfte, zufällige Berührung des Schnees. Dann wechselte er die Zügel wiederum in die andere Hand und steckte die linke Hand unter die grobe Mähne des Pferdes, direkt auf seine warmfeuchte Haut, und die Berührung tat ihnen beiden wohl. Wenn er geradeaus blickte, wußte Stefan, wo Himmel und Horizont aufeinander trafen – oder er glaubte, es zu wissen. Aber die Ebene war nicht mehr da, und auch die Himmelsdecke war verschwunden. Das Pferd ging auf Finsternis, unter Finsternis und durch Finsternis.

Einmal leuchtete das Wort »verirrt« wie von einem Zündholz entflammt in der Dunkelheit auf, und Stefan versuchte das Pferd zum Stehen zu bringen, um abzusteigen und nach den Fahrrinnen zu suchen, aber es trottete immer weiter. Also ließ Stefan seine gefühllose Hand mit den Zügeln darin auf dem Sattelknopf ruhen und sich dahintragen.

Plötzlich hob das Pferd den Kopf und änderte die Gangart. Stefan hielt sich an der feuchten Mähne fest, hob benommen den Blick und blinzelte angesichts eines Spinnennetzes von Licht vor seinen Augen. Durch das eisige Glitzern an seinen Wimpern erkannte er, daß das Licht rechteckig und gelblich wurde: ein Fenster. Was für ein Haus stand hier allein auf der unendlichen Ebene? Undeutlich und bleich ragten links und rechts von ihm Wände auf – Häuserfronten, eine Straße. Er hatte Verre erreicht. Das Pferd blieb stehen und seufzte so laut, daß die Sattelgurten krachten.

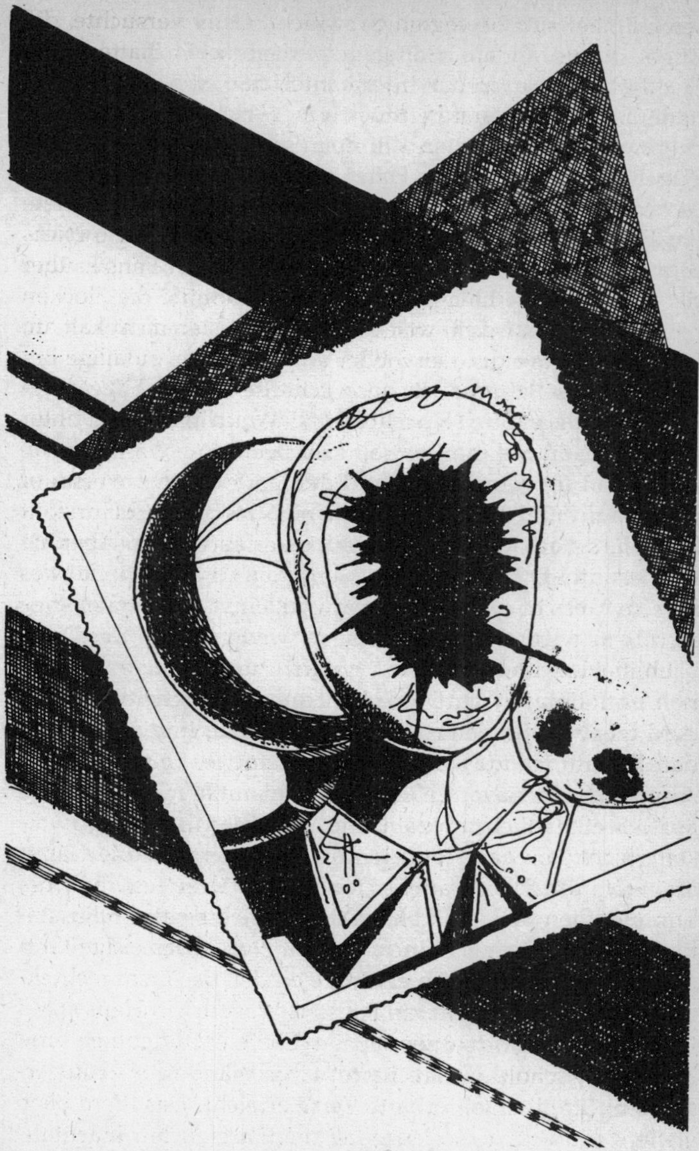

Und Stefan erinnerte sich nicht daran, Sfaroy Kampe verlassen zu haben. Er saß rittlings auf einem schweißbedeckten Pferd – irgendwo in einer dunklen Straße, wo Licht aus einem Fenster im ersten Stock eines Hauses drang. Der Schnee fiel in spärlichen Klumpen zu Boden, als würde er Handvoll für Handvoll herabgeschleudert vom Himmel. Er schmolz fast augenblicklich, nachdem er die Erde berührte, ein Frühlingsschnee, von dem nur ganz wenig liegenblieb. Stefan ritt zu dem Haus mit dem erleuchteten Fenster und rief laut: »Wo ist hier die Straße nach Lotima?«

Die Tür öffnete sich, und die Schneeflocken glitzerten im Licht. »Sind Sie der Doktor?«

»Nein. Wie komme ich nach Lotima?«

»Die nächste Straße nach rechts. Wenn Sie den Doktor treffen, sagen Sie ihm, er soll sich beeilen!«

Widerwillig verließ das Pferd das Dorf; es lahmte erst auf einem Bein und dann auch auf einem zweiten. Stefan hielt Ausschau nach dem Morgengrauen, das nicht mehr weit sein konnte. Er ritt jetzt nach Norden, und der Schnee blies ihm ins Gesicht und blendete ihn vollends. Die Straße stieg an, führte wieder bergab und stieg wiederum an. Das Pferd blieb stehen, und als Stefan nichts unternahm, wandte es sich nach links, machte ein paar stolpernde Schritte, bückte sich, erbebte und wieherte. Stefan stieg ab und fiel augenblicklich auf Hände und Knie, weil seine Beine zu steif waren, um ihn zu tragen. An einer Seitenstraße erkannte er die Pfosten eines Viehzaunes. Er ließ das Pferd stehen und tastete sich den Zaun entlang bis zu einem Haus, dessen Mauern plötzlich aus dem Dunkel aufragten. Er fand die Tür, klopfte, wartete und klopfte ein zweitesmal; ein Fenster klapperte, und eine Frau fragte zu Tode erschrocken von oben herab: »Wer ist es denn?«

»Ist das der Sachik-Hof?«

»Nein! Wer ist draußen?«

»Bin ich schon an den Sachiks vorbei?«

»Sind Sie der Doktor?«

»Ja.«

»Das übernächste Haus auf der linken Seite. Wollen Sie eine Laterne, Herr Doktor?«

Sie kam herunter und gab ihm eine Laterne und Zündhölzer; sie hielt eine Kerze in der Hand, deren Licht ihn blendete, so daß er ihr Gesicht nicht sehen konnte.

Er ging jetzt zu Fuß neben dem Pferd her, die Laterne in der linken Hand und die Zügel in der rechten. Der fügsame, geduldige, stolpernde Gang des Tieres und die tränennassen, dunklen Pferdeaugen im Schein der Laterne machten Stefan traurig; sie gingen jetzt sehr langsam weiter, während Stefan auf den Anbruch des Tages wartete.

Er erblickte das Bauernhaus zu seiner Linken, als er beinahe schon daran vorbeigegangen war; der Schnee, den der Wind an die Nordwand getrieben hatte, reflektierte das Licht der Laterne. Er führte das Pferd zurück. Die Angeln des Tores quietschten. Dunkel ragten die Außengebäude rundum auf. Er klopfte, wartete, klopfte wieder. Ein Licht bewegte sich im Inneren des Hauses, die Tür öffnete sich, und wieder blendete ihn die Flamme einer Kerze, die ihm in Augenhöhe entgegengehalten wurde.

»Wer ist es?«

»Bist du es, Ekata?«

»Wer ist es? Stefan?«

»Ich muß den anderen Hof übersehen haben, den dazwischen.«

»Komm rein!«

»Das Pferd ... Ist das der Stall?«

»Dort, links ...«

Er fühlte sich wieder besser, als er im Stall einen Platz für das Pferd suchte, den Rotschimmel der Sachiks um ein bißchen Heu und Wasser brachte, und sein Pferd mit einem alten Sack abrieb. Das alles schien ihm ganz leicht zu fallen, aber als er zum Haus zurückkam, wurden ihm die Knie weich, und er konnte Ekata kaum sehen, noch das Zimmer, in das sie ihn führte. Sie hatte einen Mantel über etwas Weißem an, über einem Nachthemd. »Oh, Junge«, sagte sie. »Du bist von Kampe hergeritten, jetzt mitten in der Nacht?«

»Das arme, alte Pferd.« Er lächelte. Sein Mund sagte die Worte eine ganze Weile, nachdem er sie gedacht hatte. Er setzte sich auf das Sofa.

»Warte hier!« Es schien ihm, als würde sie das Zimmer verlassen, und nach einiger Zeit gab sie ihm eine Tasse mit irgend etwas drin in die Hände. Er trank; es war heiß, und das Kitzeln des Branntweins in der Nase weckte ihn gerade lange genug, um ihr zuzusehen, wie sie die in der Asche begrabenen Kohlen durcheinanderrüttelte und Holz auf die Glut legte.

»Ich muß mit dir reden, verstehst du«, sagte er und schlief ein.

Sie zog ihm die Schuhe aus, hob seine Beine auf das Sofa, holte eine Decke und legte sie über ihn und schürte das nur zögernd aufflammende Feuer. Stefan rührte sich nicht. Ekata löschte die Lampe und schlich im Dunkeln nach oben. Ihr Bett stand neben dem Fenster des Mansardenzimmers, und sie sah und spürte, daß es draußen jetzt weich und dicht schneite.

Sie erwachte, als jemand an die Tür klopfte, und setzte sich auf; ihr Onkel stand in der Tür. Er trug gelblich-weiße wollene Unterwäsche, und rund um den kahlen Fleck auf seinem Kopf stand sein Haar hoch wie feiner Draht. Seine Augäpfel hatten die gleiche Farbe wie sein Unterzeug. »Wer ist das da unten?«

Etwas später an diesem Morgen erklärte Ekata Stefan, daß er geschäftlich für die Firma Chorin unterwegs sei nach Lotima, daß er zu Mittag von Kampe aufgebrochen und von einem Stein im Hufeisen des Pferdes und dann vom Schnee aufgehalten worden sei.

»Warum?« fragte er, offensichtlich verwirrt. Von der Müdigkeit und der überstandenen Anstrengung sah sein Gesicht recht kindlich aus.

»Ich mußte ihnen irgend etwas sagen.«

Er kratzte sich am Kopf. »Wann bin ich hier angekommen?«

»Ungefähr um zwei Uhr früh.«

Er erinnerte sich daran, wie er nach dem Morgengrauen Ausschau gehalten hatte, vor vielen, vielen Stunden.

»Weshalb bist du herausgekommen?« fragte Ekata. Sie räumte den Frühstückstisch ab; ihr Gesicht war ernst, obwohl sie mit sanfter Stimme sprach.

»Ich hatte eine Schlägerei«, antwortete Stefan. »Mit Kostant.«

Sie hielt inne, zwei Teller in den Händen, und sah ihn an.

»Du denkst doch nicht, daß ich ihn verletzt habe?« Er lachte. Er fühlte sich leichtsinnig, übermüdet, heiter. »Er hat mich bewußtlos geschlagen. Du glaubst doch nicht, ich hätte ihn besiegen können?«

»Ich weiß nicht«, meinte Ekata besorgt.

»Bei Raufereien ziehe ich immer den kürzeren«, bemerkte Stefan. »Und renne davon.«

Der taube Mann kam durch das Zimmer; er war in schwere Stiefel und einen alten Mantel, der aus einer Decke gemacht war, gekleidet; draußen schneite es immer noch. »Heute werden Sie nicht mehr nach Lotima kommen, Herr Stefan«, sagte er selbstzufrieden in seiner lauten, gleichförmigen Stimme. »Tomas sagte, der Klepper lahmt auf allen vier Beinen.« Das war während des Frühstücks bereits besprochen worden, aber der Taube hatte es nicht mitgekriegt. Er hatte sich nicht erkundigt, wie es um Kostant stand, und als er es später dann tat, geschah es mit der gleichen selbstzufriedenen Gleichgültigkeit: »Und Ihr Bruder? Der ist sicherlich schon wieder unten im Steinbruch?« Er versuchte gar nicht, die Antwort zu verstehen.

Den Großteil des Tages verbrachte Stefan schlafend neben dem Feuer. Nur Ekatas Kusine legte eine gewisse Neugier an den Tag. Sie sagte zu Ekata, während sie das Abendessen kochten: »Ich habe gehört, sein Bruder soll ein gutaussehender Mann sein.«

»Kostant? Der bestaussehende, den ich kenne.« Ekata lächelte; sie schnitt Zwiebeln.

»Ich weiß nicht, ob man den hier auch gutaussehend nennen könnte«, meinte die Kusine zaghaft.

Die Zwiebeln trieben Ekata die Tränen in die Augen; sie lachte, putzte sich die Nase und schüttelte den Kopf. »Sicher nicht!« rief sie.

Nach dem Abendessen traf Stefan auf Ekata, als sie in die Küche zurückkehrte, nachdem sie die Küchenabfälle für die Schweine hinausgebracht hatte. Sie trug den Mantel ihres Vaters, Holzpantinen über den Schuhen und ihr schwarzes Kopftuch. Der eisige Wind zwängte sich zusammen mit ihr in die Küche, bis es ihr gelang, die Tür zu schließen. »Es klart auf«, sagte sie, »der Wind kommt aus dem Süden.«

»Ekata, weißt du, warum ich hergekommen bin?«

»Weißt du das denn selbst?« fragte sie und sah hinauf zu ihm, während sie den Eimer hinstellte.

»Ja, das weiß ich.«

»Dann weiß ich es wohl auch.«

»Wir können nirgendwo hingehen«, sagte er zornig, als das Trampeln der schweren Stiefel des Onkels näherkam.

»Wir haben mein Zimmer«, antwortete sie ungeduldig. Aber die Wände waren dünn, und ihre Kusine schlief in der zweiten Mansarde, und ihre Eltern auf der anderen Seite der Treppe. Sie runzelte ärgerlich die Stirn. »Nein. Warte bis zum Morgen.«

Am nächsten Morgen ging die Kusine zeitig weg. Nach einer halben Stunde kam sie zurück; ihre mit Stroh ausgestopften Stiefel schmatzten in dem vom tauenden Schnee aufgeweichten Morast. Die Nachbarsfrau im übernächsten Haus hatte gesagt: »Er hat behauptet, er sei der Doktor! Ich fragte noch, wer bei euch denn krank sei, und gab ihm die Laterne, es war so finster, daß ich sein Gesicht nicht sehen konnte, ich hielt ihn für den Doktor, er hat ja auch behauptet, der Doktor zu sein!« Genießerisch ließ die Kusine die Worte auf der Zunge zergehen und überlegte soeben, ob sie Stefan darauf ansprechen sollte oder Ekata oder alle beide vor Zeugen, als ihr um eine Biegung der sonnenhellen, mit Schneeklumpen bedeckten Straße zwei Pferde in flottem Trab entgegenkamen: das Pferd aus dem Mietstall und der alte Rotschimmel vom Hof. Stefan und Ekata saßen auf den

Pferden: sie lachten. »Wohin geht's?« schrie die Kusine. »Auf und davon!« rief der junge Mann zurück, und schon ritten die beiden an ihr vorbei, ließen die Pfützen zu Diamantsplittern in der Märzsonne aufspritzen und waren verschwunden.

(1910)

Eine Woche auf dem Land

An einem sonnigen Morgen des Jahres 1962 in Cleveland, Ohio, regnete es in Krasnoy, und die Straßen zwischen den grauen Mauern waren voll Menschen. »Hier regnet's mir in den Hemdkragen!« beklagte sich Kasimir, aber sein Freund in der Nachbarkabine des öffentlichen WC hörte es nicht, weil er gerade selbst sprach. »Historische Notwendigkeit ist ein sprachlicher Schnitzer – denn was ist die Geschichte anderes als das, was geschehen mußte? Aber ausweiten kann man das nicht. Was geschieht als nächstes? Das weiß Gott allein.« Kasimir folgte ihm hinaus, während er sich die Hose zuknöpfte, und sah den kleinen Jungen an, der den zweieinhalb Meter langen schwarzen Sarg betrachtete, der an der Wand des WC lehnte. »Was ist da drin?« fragte der kleine Junge. »Meine tote Großtante«, erklärte Kasimir. Er packte den Sarg und eilte mit Stefan Fabbre durch den Regen davon. »Eine Farce. Determinismus ist eine Farce. Alles nur, damit wir nicht von ehrfurchtsvoller Scheu ergriffen werden. Zeig mir ein Samenkorn«, sagte Stefan Fabbre, blieb stehen und wies mit dem Finger auf Kasimir, »ja, ich kann dir sagen, was es ist, es ist das Samenkorn eines Apfels. Aber kann ich behaupten, daß daraus ein Apfelbaum wachsen wird? Nein! Weil es keine Freiheit gibt, glauben wir, daß es ein Gesetz gibt. Aber es gibt kein Gesetz. Es gibt das Wachstum und den Tod, Freude und Entsetzen, und den Rest erfinden wir dazu. Wir werden den Zug versäumen.« Sie drängelten weiter, die Tiypontiystraße hinauf; der Regen wurde stärker. Stefan Fabbre schritt mit schwingender Aktentasche dahin, den Mund fest geschlossen, das weiße Gesicht glänzend naß. »Warum hast du nicht Pikkoloflöte gelernt? Komm, gib mir das Ding ein Weilchen«, sagte er, als Kasimir mit einem Mann zusammenstieß, der einem Bus nachlief. »Die Wissenschaft trägt die Bürde der

Kunst«, sagte Kasimir, und »schwer, nicht wahr?« als sein Freund den Kasten hochhob und weiterschleppte, keuchend und die Stirn gerunzelt, als sie den Westbahnhof erreicht hatten. Auf dem Bahnsteig rannten sie wie die anderen durch Regen und Rauch, hörten die schrillen Pfiffe und drängendes Sanskrit aus den Lautsprechern plärren. Erschöpft torkelten sie in den ersten Waggon. Die Abteile waren alle leer. Es war der andere Zug, der soeben abfuhr, ein Vorortszug, zum Bersten voll. Der, in dem sich Stefan und Kasimir befanden, blieb die nächsten zehn Minuten ruhig stehen. »Ist denn keiner in diesem Zug außer uns?« fragte Stefan Fabbre verdrießlich und sah beim Fenster hinaus. Dann plötzlich glitten mit einem singenden Ton die Bahnhofswände davon, Regentropfen schlugen gegen die Scheiben und verschmolzen dort, und Schienenstränge verflochten sich auf einem Viadukt; die beiden jungen Männer starrten in Schlafzimmer und auf Ziegelmauern, die bemalt waren mit riesenhaften Buchstaben. Und von einem Augenblick zum nächsten war nichts mehr da in diesem regendunklen Abend, der zurückglitt in den Osten, als eine dünne Linie von Bergen, schwarz gegen den farblosen, aufklarenden Himmel.

»Wir sind auf dem Land«, sagte Stefan Fabbre.

Er holte eine Zeitschrift über Biochemie zwischen den Socken und Unterhemden in seiner Aktentasche hervor, setzte dunkel gerahmte Brillengläser auf und las. Kasimir strich sich das nasse Haar zurück, das ihm in die Stirn gefallen war, las das Schild über dem Fenster, auf dem stand NICHT HINAUSLEHNEN, starrte auf die bebenden Wände des Waggons und auf den Regen, der gegen das Fenster schlug, und döste dann. Er träumte, daß die Wände rundum einstürzten, und schreckte entsetzt auf, als der Zug aus Okats abfuhr. Sein Freund blickte zum Fenster hinaus; sein weißes Gesicht und das schwarze Haar bekräftigten die Katastrophe aus Kasimirs Traum. »Gar nichts zu sehen«, sagte er. »Nacht. Nur auf dem Land gibt es noch eine richtige Nacht.« Er starrte durch die Reflexion seines eigenen Gesichts in die Nacht hinaus, die seine Augen mit willkommener Finsternis erfüllte.

»Hier sind wir also in einem Zug, der nach Aisnar fährt«, seufzte Kasimir. »Aber wir wissen nicht, ob er nach Aisnar fährt. Er könnte auch nach Peking fahren.«

»Er könnte auch entgleisen, und wir könnten alle ums Leben kommen. Und wenn wir tatsächlich nach Aisnar kommen? Was ist Aisnar? Bloßes Gerede.«

»Das ist grausig, morbid«, bemerkte Kasimir und sah einen Moment lang wieder die zusammenbrechenden Wände.

»Nein, erheiternd« antwortete sein Freund, »macht viel Arbeit, die Welt zusammenzuhalten, wenn man es so betrachtet. Aber es ist es wert. Häuser aufzubauen, die Dächer oben halten durch einen Akt der Genauigkeit. Nicht des Vertrauens. Der Genauigkeit!« Er schaute durch seine reflektierten Augen hindurch aus dem Fenster. Kasimir brach eine Tafel schmutzigbraune Schokolade auseinander und gab ihm die Hälfte. Sie fuhren in Aisnar ein.

Regen fiel in die goldenen, schlecht erleuchteten Straßen, während der Autobus nach Vermare und Prevne auf dem Südplatz unter tropfnassen Platanen auf seine Passagiere wartete. Der Instrumentenkasten ruhte auf der hintersten Bank. Ein Huhn mit einer Schnur um den Hals scharrte zwischen den Sitzen nach Körnern, und eine Frau mit buschigem Haar hielt das andere Ende der Schnur in der Hand. Ein betrunkener Bauernknecht sprach laut mit dem Fahrer, als der Bus aus Aisnar hinausächzte und in südlicher Richtung hineinfuhr in die ländliche Nacht, dieselbe Nacht, die willkommene Finsternis: »... Also sag ich zu ihm, du weißt nicht, was morgen ist, sag ich ...«

»Hör mal«, erkundigte sich Kasimir, »wenn das Universum unendlich ist, heißt das dann, daß alles, was geschehen kann, irgendwann irgendwo auch tatsächlich geschieht?«

»... Am Samstag, sagt er. Am Samstag ...«

»Weiß ich nicht. Vielleicht. Aber wir wissen nicht, was geschehen kann. Gott sei Dank. Wenn wir das wüßten, würde ich mich erschießen, eh?«

»… komm am Samstag wieder, sagt er, und ich sage, verdammt, am Samstag, sage ich …«

In Vermare fiel Regen auf die Burgruine, und der Betrunkene stieg aus und ließ Stille zurück. Stefan Fabbre schaute finster drein, sagte, er hätte Halsweh, und sank in einen raschen, erschöpften Schlaf. Die Furchen und Höcker der Bergstraße versetzten seinen Kopf in ruckende Bewegungen, als der Bus Richtung Westen fuhr und mit seinen Scheinwerfern die kompakte Schwärze eines Tunnels durchschnitt. Ein Baum, eine riesige Eiche, beugte sich plötzlich herab, um ihn unter sich aufzunehmen. Die Türen gingen auf und ließen frische Luft herein, Taschenlampen, Stiefel und Uniformkappen. Kasimir strich sich das helle Haar zurück und sagte leise: »Passiert dauernd. Von hier aus sind es nur zehn Kilometer bis zur Grenze.« Sie griffen in ihre Brusttaschen und händigten das Gewollte aus. »Fabbre Stefan, Wohnsitz Tomestraße 136, Krasnoy, Student, MR64100282A. Augeskar Kasimir, Wohnsitz Sordenstraße 4, Krasnoy, Student, MR80104944A. Wohin reisen Sie?«

»Nach Prevne.«

»Sie beide? Geschäftlich?«

»Urlaub. Eine Woche auf dem Land.«

»Was ist das?«

»Ein Gambenkasten.«

»Was ist drinnen?«

»Eine Gambe.«

Der Kasten wurde aufgestellt, geöffnet, wieder geschlossen, hinausgeschafft, auf den Boden gelegt, wiederum geöffnet, und dann stand die riesige Gambe zerbrechlich und wunderbar im Schein der Taschenlampen über dem Morast, über den Stiefeln, den Gürtelschnallen und den Kappen.

»Halten Sie sie vom Boden weg!« rief Kasimir mit scharfer Stimme, und Stefan drängte sich vor ihn. Sie betasteten das Instrument, schüttelten es.

»Hier, Kasi, kann man das aufschrauben?«

»Nein, man kann sie nicht zerlegen.«

Der Fette gab der großen, glänzenden Kurve aus Holz einen Klaps und sagte etwas über seine Frau, und Stefan lachte, aber die Gambe kippte in den Händen eines anderen um, ein Stimmwirbel kreischte, und aus dem Platschen des Regens und dem Gemurmel des leerlaufenden Busmotors löste sich ein brummendes Dröhnen, das plötzlich abbrach, als wäre eine Saite gerissen. Stefan griff hart nach Kasimirs Arm. Nachdem sich der Bus in Bewegung gesetzt hatte, saßen sie Seite an Seite in der warmen, stinkenden Dunkelheit. Kasimir sagte: »Tut mir leid, Stefan. Und danke.«

»Kannst du sie reparieren?«

»Ja. Es ist nur ein Stimmwirbel abgebrochen. Das kann ich reparieren.«

»Verdammtes Halsweh.« Stefan rieb sich die Stirn und ließ die Hände über den Augen liegen. »Das wird eine Erkältung. Verdammter Regen.«

»Wir sind gleich in Prevne.«

Sehr feiner Regen trieb in Prevne zwischen den Straßenlaternen hindurch. Hinter den Dächern ragte etwas empor – Baumkronen? Hügel? Niemand holte sie ab, weil Kasimir vergessen hatte zu schreiben, an welchem Abend sie ankommen würden. Er kam aus der einzigen öffentlichen Telefonzelle zu Stefan und dem Gambenkasten zurück, die nebeneinander an einem Tisch der Bar neben der Post und dem Telefon lehnten.

»Vater ist mit dem Wagen auf Visite. Wir können zu Fuß gehen oder hier warten. Tut mir leid.« Sein langes, blasses Gesicht war entmutigt, zerknirscht. »Es sind drei Kilometer.«

Sie machten sich auf den Weg. Schweigend marschierten sie im Regen und in der Dunkelheit einen Weg entlang, der zwischen Feldern hindurchführte. Die Luft roch nach feuchtem Erdreich. Kasimir begann zu pfeifen, aber der Regen machte seine Lippen naß, und er hörte auf damit. Es war so finster, daß sie langsam gehen mußten, weil sie nicht sahen, wo der nächste Schritt sie hinführen würde, ob der Weg eben oder holprig war. Es war so still, daß sie das mannigfache Flüstern des Regens auf den Feldern links und rechts hörten. Der Weg führte bergan. Vor ihnen ragte der Berg auf – noch dunkler als die Umgebung. Stefan blieb stehen, um seinen nassen Mantelkragen hochzuklappen, und auch, weil er von Schwindel erfaßt wurde. Als er wieder weiterging in der eiskalten, wispernden Stille des freien Landes, hörte er einen weichen, klaren Ton – ein Mädchen, das oben, hinter dem Hügel, lachte. Auf der Bergkuppe leuchteten Lichter auf, glitzerten und schwankten. »Was ist das?« fragte er und hielt zermürbt inne in der zerbrochenen Finsternis. Ein Kind rief: »Da sind sie!« Und die Lichter über ihnen tanzten und glitten abwärts, und dann waren sie eingekreist von Laternen, Taschenlampen, rufenden Stimmen, umgeben von Gesichtern und Armen, die blitzartig aufleuchteten in den Lichtstrahlen und wieder in der Nacht versanken. Noch einmal erklang neben Stefan ganz deutlich das süße Lachen.

»Vater kam nicht zurück, und ihr seid auch nicht gekommen, also sind wir euch alle entgegengegangen.«

»Hast du deinen Freund mitgebracht? Wo ist er?«

»Hallo, Kasi!« Kasimirs blonder Kopf beugte sich einem anderen zu im Glimmen der Laterne. »Wo ist deine Fiedel, hast du sie nicht mitgebracht?«

»So regnet es schon die ganze Woche.«

»Hab sie bei Herrn Praspayets im Postamt zurückgelassen.«

»Gehen wir weiter und holen wir sie, es ist schön, so spazierenzugehen.«

»Ich bin Bendika, bist du Stefan?« Sie lachte, als sie in der Finsternis die Hand des anderen suchte, um sie zu schütteln, und drehte dann ihre Laterne herum; sie hatte dunkles Haar und war so groß wie ihr Bruder – die einzige Person, die er deutlich sehen konnte, ehe sie alle lachend und schwatzend die Straße zurückgingen, die Strahlen der Lampen über den Weg und das Unkraut daneben oder hinauf in die regendicke Luft gleiten ließen. In der Bar sah Stefan sie dann alle einen Augenblick lang, als Kasimir seinen Kasten holte: zwei Jungen, einen Mann, die hochgewachsene Bendika, die kleine Blonde, die Kasimir geküßt hatte, eine noch jüngere, alle sah er zugleich, und dann waren sie wieder draußen auf der Straße, und er mußte sich fragen, welches der drei Mädchen – oder waren es vier? – gelacht hatte, ehe sie zusammengetroffen waren. Der kalte Regen hackte auf seinem heißen Gesicht herum. Neben ihm, die Taschenlampe zu Boden gerichtet, damit man den Weg sehen konnte, sagte der Mann: »Ich bin Joachim Bret.«

»Enzyme«, erwiderte Stefan heiser. »Jawohl. Welches ist dein Gebiet?«

»Molekulargenetik.«

»Nein! Toll! Dann arbeitest du mit Metor? Du mußt mich auf den neuesten Stand bringen! Bekommst du die amerikanischen Zeitschriften in die Hand?« Einen Kilometer lang redeten sie über die Helixstrukturen, Bret flüssig, Stefan einsilbig, weil ihm immer noch schwindlig war und er immer noch auf das Lachen horchte; aber sie lachten jetzt alle, und er war sich nicht sicher. Plötzlich schwiegen alle, nur die beiden Jungen rannten voraus und schrien.

»Da ist das Haus«, sagte die hochgewachsene Bendika neben Stefan und zeigte auf einen gelben Lichtschein.

»Bist du noch unter uns, Stefan?« rief Kasimir von irgendwoher.

Er grollte ein »Ja«, denn er ärgerte sich über die allgemeine gute Laune, ärgerte sich über das Rennen und Schreien und Lachen, über den enthusiastisch verzückten Bret und über die gelben Fenster, die für sie alle ein Zuhause waren, nur für ihn nicht. Im Inneren des Hauses warfen sie ihre nassen Mäntel ab, rannten in alle Windrichtungen, wurden immer mehr und versammelten sich schließlich wieder rund um einen Tisch in einem hohen, von Lampenschein und Lärm durchzuckten Zimmer, in das Kasimirs Mutter Kaffee und Kuchen brachte. Eiligen Schritts und dennoch ruhig, ging sie unter einem dunkelbraun-grauen Haarkranz aus Zöpfen dahin; mit der Gestalt einer Gambe, Mutter von sieben Kindern, verschmolz sie Stefan mit all den anderen jungen Leuten, die sie nur dem Namen nach unterschied. Sie hießen Valeria, Bendika, Antony, Bruna, Kasimir, Joachim, Paul. Sie scherzten und schwatzten, das kleine, dunkelhaarige Mädchen kreischte vor Lachen, Kasimir fiel das blonde Haar über die Augen, die zwei elfjährigen Jungen balgten sich, der hagere lächelnde Mann hielt eine Gitarre, auf der er kurz darauf zu spielen begann, das Gesicht darübergebeugt wie eine Krähe. Seine rechte Hand, mit der er die Saiten zupfte, war etwas verkrüppelt oder deformiert. Sie sangen, alle außer Stefan, der die Lieder nicht kannte, der eine schmerzende Kehle hatte und außerdem keine Lust zu singen; er saß erbittert mitten unter den Sängern. Doktor Augeskar kam nach Hause. Er schüttelte Kasimirs Hand, hieß ihn willkommen daheim und überragte ihn in jeder Richtung – ein hochgewachsener König mit einem schmächtigen, ihm ganz und gar unähnlichen Erben. »Wo ist dein Freund? Tut mir leid, daß ich euch nicht abholen konnte, ich hatte einen Notfall oben an der Straße. Blinddarmoperation auf dem Küchentisch. Wie das Ausnehmen der Weihnachtsgans. Los, ins Bett, Antony! Bendika, hol mir ein Glas! Joachim, Sie auch? Sie, Fabbre?« Er goß sich roten Wein in ein Glas und setzte sich zusammen mit den anderen an den großen runden Tisch. Sie sangen wieder. Augeskar schlug die Lieder vor, seine Stimme übertönte alle anderen; sie füllte den Raum. Die blonde Tochter flirtete mit ihm, die kleine dunkle kreischte vor Lachen, Bendika neckte Kasimir, Bret sang ein Liebeslied auf Schwedisch. Es war erst elf Uhr. Doktor Augeskar hatte graue Augen, hell unter blonden Brauen. Stefan erwiderte ihren starren Blick.

»Sie sind erkältet?«

»Ja.«

»Dann ins Bett mit Ihnen! Diana! Wo schläft Fabbre?« Reumütig sprang Kasimir auf, führte Stefan nach oben und über Korridore und durch Zimmer, die alle nach Heu rochen.

»Wann gibt's Frühstück?«

»Ach, irgendwann.« Kasimir wußte niemals den Zeitpunkt irgendeines Ereignisses. »Gute Nacht, Stefan.« Aber er verbrachte eine schlechte Nacht, eine miserable Nacht, und immerzu zuckte Brets verkrüppelte Hand mit einem zupfenden Dröhnen über eine gewundene Saite nach der anderen. Am Morgen konnte Stefan nicht aufstehen. Sonnenbeschienene Wände bogen sich einwärts über das Bett, und der Himmel erstreckte sich bis in die Fenster, wie ein riesiger blauer Ballon. Stefan lag einfach da. Er bedeckte sich das drahtig-stachlige, schmerzende Haar mit den Händen und stöhnte. Der große, golden gebräunte Mann kam herein und sagte überdeutlich: »Mein Junge, Sie sind krank.« Es war Balsam zu hören. Krank, er war krank, aber die Wände und der Himmel waren gesund. »Ein ganz anständiges Fieber haben Sie auch«, stellte der Doktor fest, und Stefan lächelte, den Tränen nahe, und fühlte sich eingehüllt in die breite, gleichmütige Güte und Freundlichkeit des großen Mannes, der so königlich, so sicher, so unbekümmert war wie die Sonne im Himmel. Aber in die Wälder und Höhlen und kleinen, überfüllten Räume seines Fiebers drang kein Sonnenstrahl.

Still und dunkel stand das Haus in der Septembersonne.

An diesem Abend hob Frau Augeskar – das Garn, die Nadel und einen Socken einen Augenblick lang reglos in ihren Händen – ihren von Zöpfen gekrönten Scheitel und horchte, wie sie vor Jahren nach ihrem ersten Sohn, Kasimir, gehorcht hatte, wenn er im Schlaf in seinem Bettchen oben weinte. »Armes Kind«, flüsterte sie. Und auch Bruna hob lauschend ihren blonden Kopf und hörte zum erstenmal den einsamen Ruf aus den Wäldern, in denen sie noch nie gewesen war. Still stand das Haus rund um sie alle. Am zweiten Tag spielten die Jungen draußen im Freien, bis der Regen kam und die Nacht. Kasimir stand in der Küche und sägte auf seiner Fiedel, das Gesicht neben dem glänzenden Hals des Instrumentes schweigend und verschlossen, spielte immer weiter, auch wenn die anderen hereinkamen, um sich auf die Stühle zu flegeln, an die Spüle zu lehnen und zu reden, denn schließlich waren es ja sieben junge Leute, die ihren Urlaub da verbrachten, sie konnten nicht immer schweigen. Aber unter ihren Stimmen klang das tiefe, weiche Singen von Kasimirs Fiedel wortlos durch, wie ein Ruf aus den Tiefen der Wälder; so daß Bruna plötzlich – abseits von Geduld und Abhängigkeit, ganz sie selbst und nicht die dritte Tochter und das vierte Kind und eine von dem jungen Volk – hinausschlich und die Treppe hinaufging, um nachzusehen, wie das war, diese schwere Krankheit, diese Sterblichkeit.

Aber nichts dergleichen. Der junge Mann schlief. Sein Gesicht war weiß, das Haar schwarz auf dem weißen Leinen, so deutlich wie gedruckte Wörter, nur in einer ihr fremden Sprache.

Sie ging wieder hinunter und sagte ihrer Mutter, daß sie hineingeschaut hätte, und daß er ruhig schliefe; nicht unwahr, aber auch nicht die ganze Wahrheit. Was sie da oben bestätigt erhalten hatte, war, daß sie sich nun bereit fühlte, den Weg durch die Wälder kennenzulernen; sie war erwachsen geworden, und nun war sie fähig zu sterben.

Er war ihr Führer, der junge Mann, der hereingekommen war aus dem Regen mit einer Lungenentzündung. Am Nachmittag des fünften Tages ging sie wieder hinauf in sein Zimmer. Er lag da und wurde langsam gesund, war schwach und zufrieden und dachte an einen Morgen vor zehn Jahren, als er mit Vater und Großvater hinausgewandert war, vorbei an den Steinbrüchen, an einem Aprilmorgen auf einer trockenen Ebene, die übersät war mit blauen Blumen und Sonnenstrahlen. Nachdem sie die Steinbrüche der Firma Chorin hinter sich gelassen hatten, begannen sie plötzlich über Politik zu reden, und er erkannte, daß sie aus der Stadt heraus ins Flachland gekommen waren, um gewisse Dinge laut aussprechen zu können, um ihn gewisse Dinge hören zu lassen, die sein Vater zu sagen hatte: »Es wird immer genug Ameisen für alle Ameisenhügel geben – Arbeitsameisen, Treiberameisen.« Und sein Großvater, der gleichmütige, sarkastische, launenhafte Mann, der in seinen

Siebzigern zorniger und dennoch sanftmütiger war als sein Sohn, verwundbar wie sein dreizehnjähriger Enkel: »Geh doch weg von hier, Kosta! Warum gehst du nicht weg?« Aber das war nur ein Vorwurf, ein spöttischer Vorwurf. Keiner von ihnen würde davonlaufen – oder einfach nur weggehen. Er, Stefan, war damals ein Mann gewesen, ein Mann, der mit Männern in einem kurzen April über eine unfruchtbare, mit blauen Blumen übersäte Ebene ging; sie teilten mit ihm ihre Wut – ihre eigene, unfruchtbare, hilflose Halsstarrigkeit und das kurze blaue Feuer ihrer Wut. Indem sie laut unter offenem Himmel über alles sprachen, gaben sie ihm den Schlüssel zum Haus des Erwachsenseins, zu dem Gefängnis, in dem sie lebten, und in dem auch er leben würde. Aber sie hatten andere Häuser gekannt; er nicht. Einmal legte der Großvater, Stefan Fabbre, seine Hand auf die Schulter des kleinen Stefan, als er sprach. »Was würden wir mit der Freiheit anfangen, wenn wir sie hätten, Kosta? Was hat der Westen damit angefangen? Er hat sie gefressen. Hat sie sich in den Bauch geschoben. Ein großer, wunderbarer Bauch, das ist der Westen. Mit einem klugen Kopf obendrauf, mit dem Kopf eines Menschen, mit dem Hirn und den Augen eines Menschen – aber der Rest ist nur Bauch. Er kann nicht mehr gehen. Er sitzt an einem Tisch und ißt und ißt und denkt sich Maschinen aus, die ihm noch mehr Essen heranschaffen können, noch mehr Essen. Er wirft den schwarzen und den gelben Ratten unter dem Tisch Futter zu, damit sie nicht die Mauern rund um ihn auffressen. Dort sitzt er, und hier sind wir, mit nichts in unseren Bäuchen als Luft, Luft und Krebs, Luft und Wut. Wir können immer noch gehen, also werden wir angeschirrt. Angeschirrt vor den fremden Pflug. Und wenn wir Futter riechen, dann brüllen wir wie die Esel und treten um uns. Sind wir trotzdem Menschen, Kosta? Ich weiß es nicht.« Die ganze Zeit über lag seine Hand auf der Schulter des Jungen, zärtlich, fast respektvoll, weil der Junge sein Erbgut überhaupt nicht kannte, weil er im Gefängnis geboren war, wo nichts etwas wert ist, nicht der Zorn und nicht das Verständnis für den

Nächsten und nicht der Stolz, nichts ist etwas wert außer Pflichterfüllung und Halsstarrigkeit. Das ist das einzige, was bleibt, sagte das Gewicht der Hand des alten Mannes auf seiner Schulter. Als daher ein blondes Mädchen in sein Zimmer kam, wo er schwach und zufrieden im Bett lag, sah er sie von dieser sonnenüberstrahlten, unfruchtbaren Aprilebene aus an, Vertrauen und Willkommen im Blick, und in diesem Moment war es irrelevant, daß sein Großvater bei einem Deportationstransport gestorben und sein Vater zusammen mit zweiundvierzig anderen Männern auf dem flachen Land vor der Stadt anläßlich der Vergeltungsmaßnahmen im Jahr 1956 erschossen worden war. »Wie geht's denn?« fragte sie, und er antwortete: »Gut.«

»Soll ich dir etwas holen?«

Er schüttelte den Kopf, denselben schwarz-weißen Kopf, den sie so deutlich und unentzifferbar wie griechische Worte auf einer weißen Buchseite gesehen hatte, aber nun waren seine Augen offen, und er sprach ihre Sprache. Es war dieselbe Stimme, die kraftlos aus den schwarzen Wäldern des Fiebers gerufen hatte, in der Nachbarschaft des Todes vor ein paar Nächten, die jetzt sagte: »Ich kann mich an deinen Namen nicht erinnern.«

Er war sehr nett, er war ein netter Kerl, dieser Stefan Fabbre, verlegen, weil er hier so krank im Bett lag, und froh, sie zu sehen. »Ich heiße Bruna, ich komme gleich hinter Kasi. Möchtest du ein paar Bücher? Ist dir noch nicht langweilig?«

»Langweilig? Nein. Du weißt nicht, wie gut es tut, hier zu liegen und nichts zu tun, das habe ich noch nie gemacht. Deine Eltern sind so freundlich, und dieses große Haus und die Felder dort draußen – ich liege hier und frage mich, du lieber Gott, bin das wirklich ich? In all dem Frieden, in all dem vielen Platz, in einem Zimmer ganz für mich allein, ohne was zu tun?« Ihr blondes Haar war in der Mitte gescheitelt und wellte sich auf beiden Seiten bis fast an die dichten, hellen Augenbrauen; ihre Augen waren von unbestimmter Farbe, graubraun oder grau. Sie lachte, und daran erkannte er sie wieder: diejenige, die im Regen und in der Dunkelheit gelacht hatte, bevor die Lichter auf dem Hügel aufleuchteten. Er hörte es auch jetzt manchmal im Haus, das weiche, jauchzende Lachen. »O du Schönheit, du schönes, stolzes Füllen, ungezügelt und frei, du widerspenstiges und schreckhaftes, sanftes, lachendes Mädchen ...«

In dem Wunsch, sie zurückzuhalten, fragte er: »Hast du immer hier gelebt?« und sie antwortete: »Ja, aber nur im Sommer«, und warf ihm aus ihren unbestimmten, strahlenden Augen im Schatten des blonden Haares einen kurzen Blick zu. »Wo bist du aufgewachsen?«

»In Sfaroy Kampe, oben im Norden.«

»Lebt deine Familie immer noch dort?«

»Meine Schwester wohnt dort.« Sie fragt immer noch nach der »Familie.« Sie muß sehr unschuldig sein, noch naiver und unberührter als Kasimir, dessen Realität jenseits der Berührung irgendwelcher Hände lag und jenseits der Frage nach den Personalien. Und um sie weiterhin zu halten, sagte er: »Ich liege hier und denke nach. Ich habe heute schon mehr nachgedacht als in den vergangenen drei Jahren.«

»Woran denkst du?«

»An den ungarischen Adeligen, kennst du diese Geschichte? Der, den die Türken gefangengenommen haben und der als Sklave verkauft wurde. Das war im sechzehnten Jahrhundert. Nun, ein Türke kaufte ihn und spannte ihn vor den Pflug wie einen Ochsen, und er spürte die Peitsche und pflügte die Felder. Schließlich gelang es seiner Familie, ihn zurückzukaufen. Und er kehrte heim, holte sein Schwert und ging zurück auf das Schlachtfeld. Dort nahm er den Türken gefangen, der ihn seinerzeit gekauft, dem er gehört hatte. Er brachte ihn in sein Schloß, nahm ihm die Ketten ab und ließ ihn nach draußen bringen. Und der arme Türke sah sich um nach dem Spieß für seine Pfählung, weißt du, oder nach dem Pech, in dem sie ihn wälzen und dann anzünden würden, oder nach den Hunden oder zumindest nach der Peitsche. Aber nichts von all dem sah er. Nur den Ungarn, den Mann, den er gekauft und den er verkauft hatte. Und der Ungar sagte: ›Geh schon, mach, daß du nach Hause kommst ...‹«

»Und ist er gegangen?«

»Nein, er ist geblieben und wurde Christ. Aber das ist nicht der Grund, warum ich daran denke.«

»Warum dann?«

»Ich wäre gern ein Adeliger«, sagte Stefan Fabbre grinsend. Er war ein zäher, harter Bursche, wie er so dalag, fast besiegt, aber doch nicht ganz. Er grinste, und in seinen Augen zeigte sich ein schwarzes Flackern; mit fünfundzwanzig hatte er keine Unschuld mehr, kein Vertrauen, keine Hoffnung auf Gewinn. Das Nichtvorhandensein all dessen war das schwarze Flackern, die Kälte in seinen Augen. Dennoch lag er da – ein kleiner Mann mit hartem, beherrschendem Gewicht, ein Mann von Substanz – und akzeptierte, was auf ihn zukam. Das Mädchen blickte auf seine starken, schwerfälligen Hände auf der Bettdecke und dann hinauf zu den sonnenbeschienenen Fenstern und stellte sich vor, er sei ein Adeliger, und dachte an die eine Tatsache, die sie über ihn von Kasimir wußte, der selten Tatsachen erwähnte: daß Stefan sich in Krasnoy zusammen mit fünf anderen Studenten ein Zimmer teilte, wobei drei Betten alles waren, was sie darin unterbringen konnten. Das Zimmer, in dem er jetzt lag, hatte drei hohe Fenster, von denen man die Vorhänge zurückgezogen hatte, und summte in der Stille des Septembernachmittags auf dem Land. Von weither über die Felder erklang die Stimme eines Jungen. »Da hast du heutzutage keine große Chance«, sagte sie mit gedämpfter, sanfter Stimme, blickte zu Boden und meinte nichts Besonderes damit; sie war heute zutiefst niedergeschlagen, müde, ohne Freude und ohne Zärtlichkeit. Er würde wieder gesund werden, eine Woche später in die Stadt zurückkehren, zurück zu den drei Betten und fünf Zimmergenossen, zu den Schuhen auf dem Boden, dem Rost und den Haaren im Waschbecken, zu den Vorlesungssälen, den Laboratorien und danach zur Anstellung als Inspektor für sanitäre Einrichtungen auf den staatlichen Landwirtschaftsbetrieben im Nordosten und Norden, einer Zweizimmerwohnung in einer staatlichen Wohnhausanlage gleich neben den staatlichen Gießereien im Vorort irgendeiner Stadt, zu einer schwarzhaarigen Frau, die aus staatlich genehmigten Büchern Schüler der dritten Schulstufe unterrichtete, zu einem Kind, zwei legalen Abtreibungen und der Wasserstoffbombe. Oh, gab es denn keinen Ausweg, gar keinen Ausweg? »Bist du sehr gescheit, Stefan?«

»Ich bin sehr gut in meinem Fach.«

»Etwas Wissenschaftliches, nicht wahr?«

»Biologie, Forschung.«

Dann würde er in den Laboratorien bleiben; die Zweizimmerwohnung wurde vielleicht zu einer Vierzimmerwohnung in den Vororten von Krasnoy; zwei Kinder, keine Abtreibungen, im Sommer Zweiwochenurlaube in den Bergen, und dann erst die Wasserstoffbombe. Oder keine Wasserstoffbombe. Es machte wenig Unterschied.

»Worüber stellst du denn Forschungen an?«

»Über gewisse Moleküle. Über die Molekularstruktur des Lebens.«

Das war merkwürdig, die Struktur des Lebens. Natürlich paßte er sich beim Sprechen ihrem einfacheren Niveau an; wenn man vom Leben redet, so sagte ihr Vater, kann man nichts einfach und kurz erklären. Also war er sehr gut beim Entdecken der Molekularstruktur des Lebens, dieser Junge, dessen wortlosen Schrei sie schwach aus seinen verstopften Lungen vernommen hatte, aus der dunklen Nachbarschaft und dem Näherkommen des Todes. Er hatte einen Schrei getan, und ihre Mutter hatte »armes Kind« geflüstert, aber es war sie gewesen, die geantwortet hatte, die ihm gefolgt war. Und nun brachte er sie zurück ins Leben.

»Ah«, sagte sie und hob immer noch nicht den Kopf. »Davon verstehe ich nichts. Ich bin dumm.«

»Warum haben sie dich Bruna genannt, wo du doch blond bist?«

Überrascht sah sie hoch und lachte. »Ich hatte kein einziges Haar auf dem Kopf, bis ich zehn Monate alt war.« Sie blickte ihn an, sah ihn wieder – und zur Hölle mit der Zukunft! Alle möglichen vorstellbaren Zukünfte waren doch – rostige Abwaschbecken, Vierzehntageurlaube und Bomben oder gesammelte Brüderlichkeit oder Harfen und Houris – unendlich, greulich trostlos, alle Freude lag in der Gegenwart und der Vergangenheit, und alle Wahrheit auch, und alle Treue im Wort, im Fleisch, im gegenwärtigen Augenblick: denn die Zukunft, wie immer man sie auch betrachtet, enthält nur eine sichere Sache, und die ist der Tod. Doch dessen Zeitpunkt ist unvorhersehbar. Es gibt einfach keine Vorhersage dessen, was geschehen wird. Kasimir kam mit einem Strauß roter und blauer Blumen ins Zimmer und sagte: »Mutter möchte wissen, ob du zum Abendessen gern Milchbrot hättest.«

»Haferbrot, Haferbrot!« sang Bruna und ordnete die Kornblumen und Mohnblumen in Stefans Wasserglas. Hier aß man dreimal täglich Haferflocken in irgendeiner Form. Manchmal Geflügel, weiße Rüben, Kartoffeln; ihr kleiner Bruder Antony hatte grünen Salat in seinem Gärtchen, die Mutter kochte, die Töchter hielten das große Haus sauber; es gab kein Weizenmehl, kein Rindfleisch, keine Milch, kein Hausmädchen, nicht, seit Bruna auf der Welt war. Sie kampierten hier in diesem großen, alten Landhaus, sie lebten wie die Zigeuner, sagte die Mutter: die Tochter eines Professors, hineingeboren in die Mittelklasse, erzogen und verheiratet in der Mittelklasse, die ohne zu klagen die Ordnung, den Überfluß und das Nichtstun aufgegeben hatte, nicht jedoch ihre Skrupel wegen der Benachteiligung anderer, von denen sie das Privileg hatte zu erfahren. Also konnte Kasimir trotz seiner Sanftheit und Güte unberührt bleiben von all dem, was um ihn her vorging. Und so konnte Bruna über sich selbst als jene denken, die hinter Kasimir kam, und jemand anderen nach seiner Familie fragen. Und so wußte Stefan sich hier in einer festen Burg, in einer Familie, in einem Zuhause. Er und Kasimir und Bruna lachten laut, als der Vater eintrat. »Raus!« sagte Doktor Augeskar und stand heldenhaft und mit absoluter Gewalt ausgestattet in der Tür, der Sonnenkönig oder ein anderer Mythos der Sonne; sein Sohn und seine Tochter gestikulierten wie die Kinder hinter seinem Rücken Stefan zu, lachten und gingen hinaus. »Einmal muß es genug sein«, sagte Augeskar, horchte ihn ab, und Stefan lag schuldbewußt da und lächelte wie ein Kind.

Am siebenten Tag, als Stefan und Kasimir mit dem Bus und dem Zug zurückfahren hätten sollen nach Krasnoy, wo die Vorlesungen an der Universität jetzt wieder begannen, war es heiß. Der heiße Tag wurde von einer warmen Dunkelheit abgelöst, mit offenen Fenstern, und das ganze Haus war den Froschchören vom Fluß her aufgetan, den Gesängen der Grillen in den Ackerfurchen und dem Südwestwind, der den Duft des Waldes von den ausgedörrten Herbsthügeln herüberbrachte. Zwischen den Vorhängen, die sich hin und wieder bauschten, glühten sechs Sterne, loderten so hell in dem trockenen, dunklen Himmel, als wollten sie die Vorhänge entzünden. Bruna saß auf dem Boden neben Stefans Bett, Kasimir lag wie eine riesige Maisstaude auf dem Fußende, Bendika, deren Mann in Krasnoy war, stillte ihren fünf Monate alten Erstgeborenen in einem Sessel neben dem leeren, kalten Kamin. Joachim Bret saß auf dem Fensterbrett, die Hemdsärmel hochgekrempelt, so daß die bläulichen Zeichen OA46992 auf seinem mageren Arm zu sehen waren, und spielte eine alte englische Lautenmelodie auf der Gitarre:

Yet be just and constant still, Love may beget a wonder,
Not unlike a summer's frost or winter's fatal thunder:
He that holds his sweetheart dear until his day of dying
Lives of all that ever lived most worthy the envying.

Und da er die Freuden und die Pein der Liebe gern in allen Sprachen besang, die er beherrschte und nicht beherrschte, begann er *Plaisir d'amour* zu klimpern, kam aber beim Wechsel der Tonart in Schwierigkeiten, während das Baby hochgehalten wurde und sein darauffolgendes lautes Rülpsen Heiterkeit erregte. Kasimir warf daraufhin das Baby in die Luft, und Bendika protestierte leise: »Er ist satt, Kasi, er gibt alles wieder von sich!«

»Ich bin dein Onkel, ich bin Onkel Kasimir, und meine Hosentaschen sind voll Pfefferminzbonbons und königlichen Genüssen! Sieh mich an, Balg! Du wagst es doch nicht, deinen Onkel anzukotzen! Das wagst du nicht. Geh und kotz deine Tante an!« Das Baby starrte Bruna an und streckte die Händchen aus, und sein dickes, seidiges Bäuchlein war zwischen Hemd und Windel sichtbar. Das Mädchen starrte genauso schweigend zurück. ›Wer bist du?‹ sagte das Baby. ›Wer bist du?‹ sagte das Mädchen wortlos, verwundert, während Stefan zusah und schwache Akkorde in a frohlockend von Brets Gitarre zwischen dem erleuchteten Zimmer und der dunklen, trockenen Herbstnacht schluchzten. Die hochgewachsene junge Mutter trug das Baby in sein Bett, und Kasimir drehte das Licht ab. Nun war die Herbstnacht im Zimmer, und ihre Stimmen sprachen durch die Chöre von Grillen und Fröschen auf den Feldern, am Fluß.

»War eine gute Idee von dir, krank zu werden, Stefan«, sagte Kasimir und legte sich wieder ans Fußende des Bettes, die langen Arme weiß in der Dunkelheit. »Bleib krank, und wir können den ganzen Winter über hier sein!«

»Das ganze Jahr. Jahrelang. Hast du deine Fiedel repariert?«

»O ja. Habe schon den Schubert geübt. Pa, pa pum, *pah.*«

»Wann ist das Konzert?«

»Irgendwann im Oktober. Genug Zeit. Pum, pum, schwimm, kleine Forelle. Ah!« Die langen, weißen Arme strichen vage über eine Gambe aus Dunkelheit. »Warum hast du dir die Gambe ausgesucht, Kasimir?« fragte Brets Stimme zwischen Fröschen und Grillen, aus Sümpfen und Ackerfurchen, vom Fensterbrett her. »Weil er schüchtern ist«, sagte Brunas Stimme wie ein Landwind. »Weil er ein

Feind des Praktischen ist«, sagte Stefans dunkle Stimme. Schweigen. »Weil ich als Student des Cellos außerordentlich vielversprechend war«, sagte Kasimirs Stimme, »und so war ich gezwungen, mir zu überlegen, ob ich das Dvorakkonzert vor einem begeisterten Publikum spielen und damit den Staatspreis für Kunst verliehen bekommen möchte oder nicht. Da bin ich lieber ein kleiner Brummer im Hintergrund geworden. Pum pa pum. Und wenn ich sterbe, möchte ich, daß ihr meinen Leichnam in den Instrumentenkasten steckt und ihn tiefgefroren expreß an Pablo Casals schickt, mit einem aufgeklebten Schild, auf dem stehen soll: ›Leichnam eines großen mitteleuropäischen Cellisten‹.« Der heiße Wind blies durch die Dunkelheit. Kasimir war müde, Bruna und Stefan waren bereit, weiterzuscherzen, aber Joachim Bret konnte es nicht. Er sprach von einem Mann, der den Leuten half, über die Grenze zu kommen; hier im Südwesten wurde viel von ihm gesprochen; ein junger Mann, sagte Bret, der im Gefängnis gewesen und von dort ausgebrochen war, sich nach England abgesetzt hatte und zurückgekommen war; er hatte eine Fluchtroute eingerichtet und mehr als hundert Personen in zehn Monaten hinausgebracht, und erst jetzt war man ihm auf die Spur gekommen; nun wurde er von der Geheimpolizei gejagt.

»Donquichotterie? Verrat? Heldentum?« fragte Bret.

»Er versteckt sich in der Mansarde«, sagte Kasimir, und Stefan setzte hinzu: »Hat das ewige Milchbrot bis hier.«

Sie wichen Brets Frage aus, wollten kein Urteil fällen; Verrat und Loyalität berührten sie unmittelbar, konnten nicht gewogen werden wie ein Pfund Fleisch – ihr eigenes Fleisch. Nur Bret, der außerhalb dieses Gefängnisses geboren war, war erregt und hartnäckig. Prevne, fuhr er fort, wimmle vor Agenten, und selbst wenn man sich nur eine Zeitung kaufe, würde man routinemäßig zur Ausweisleistung angehalten.

»Da ist es einfacher, man hat alles auftätowiert, so wie du«, sagte Kasimir. »Gib den Fuß weg, Stefan.«

»Gib erst deinen fetten Wanst weg!«

»Oh, meine sind deutsche Nummern, überholt. Noch ein paar Kriege, und die Haut geht mir aus.«

»Dann mußt du sie abwerfen, so wie eine Schlange.«

»Nein, die Farbe geht durch und durch, bis auf den Knochen.«

»So wirf die Knochen ab«, sagte Stefan, »werde zu einer Qualle. Zu einer Amöbe. Wenn sie mich festnageln wollen, dann teile ich mich. Zwei kleine, rückgratlose Stefans, wo sie eigentlich nur mit einem MR100282A gerechnet haben. Vier, acht, sechzehn, zweiunddreißig, vierundsechzig, einhundertachtundzwanzig. Hätte ich keine natürlichen Feinde, würde ich die ganze Erdoberfläche bedecken.«

Das Bett begann zu zittern, Bruna lachte in der Dunkelheit. »Spiel noch einmal das englische Lied, Joachim«, sagte sie.

Yet be just and constant still.
Love may beget a wonder ...

»Stefan«, fragte sie im Nachmittagslicht des vierzehnten Tages, als sie an dem grünen Ufer des sumpfigen Flusses südlich vom Haus saß, und er dalag, den Kopf in ihrem Schoß. Er öffnete die Augen. »Müssen wir schon gehen?«

»Nein.«

Er schloß die Augen wieder und sagte: »Bruna.« Dann setzte er sich auf und starrte sie an. »Bruna, o Gott! Ich wollte, du wärst keine Jungfrau!« Sie lachte und beobachtete ihn, aufmerksam, neugierig, wehrlos. »Wenn nur ... hier, jetzt – ich muß übermorgen abreisen!«

»Aber doch nicht direkt unter den Küchenfenstern«, meinte sie behutsam. Das Haus stand dreißig Meter hinter ihnen. Er fiel in sich zusammen, barg den Kopf an ihrem Arm, die Lippen auf der sehr weichen Haut ihrer Unterarme. Sie strich ihm über das Haar und den Nacken.

»Können wir heiraten? Möchtest du heiraten?«

»Ja, ich möchte dich heiraten, Stefan.«

Er lag noch eine Weile still da, dann setzte er sich wieder auf, diesmal langsamer, und blickte über das Sumpfgras

und den trägen, sonnenbeschienenen Fluß hinüber zu den Hügeln und zu den Bergen dahinter.

»Nächstes Jahr bekomme ich mein Diplom.«

»Und ich bekomme die Lehrbefähigung in eineinhalb Jahren.«

Sie schwiegen ein Weilchen.

»Ich könnte mit der Schule aufhören und arbeiten gehen. Wir müssen um eine Wohnung ansuchen ...« Die Wände des gemieteten Einzelraumes, von dem aus man in einen Hof sah, in dem sich Wäscheleinen mit schwarzgrauer Wäsche spannten, erhoben sich plötzlich unzerstörbar rundum. »Na gut«, sagte er. »Nur tut mir um all das hier leid.« Er blickte von dem Wasser zu den Bergen. Der warme Abendwind umwehte sie beide. »Na gut, Bruna. Aber weißt du ...« – daß all das neu ist für mich, daß ich noch nie bei Sonnenaufgang in einem Zimmer mit hohen Fenstern aufgewacht bin und dalag und auf die perfekte Stille lauschte, noch nie an einem hellen Oktobermorgen hinausgegangen bin über die Felder, noch nie zusammen mit blonden, lachenden Brüdern und Schwestern an einem Tisch gesessen habe, noch nie am frühen Abend an einem Fluß mit einem Mädchen gesprochen habe, das mich liebt? Daß ich zwar gewußt habe, daß Ordnung, Frieden und Freundlichkeit existieren müssen, aber nie gehofft habe, ihnen zu begegnen, und noch viel weniger, sie zu besitzen? Und übermorgen muß ich zurück. Nein, sie würde das nicht verstehen. Sie war nur die ländliche Stille und die gepriesene, willkommene Finsternis, der hellglitzernde Fluß, der Wind, die Hügel, das Haus; all das war sie, all das gehörte ihr; nein, sie konnte es nicht verstehen. Aber sie hatte ihn eingelassen, den Fremden aus einer regennassen Nacht, der sie vernichten würde. Sie saß neben ihm und sagte leise: »Ich glaube, es ist es wert, Stefan. Ich glaube, es ist es wert.«

»Ja, das ist es. Wir werden Schulden machen. Wir werden betteln, wir werden stehlen, wir werden sparen, wo es geht. Ich werde ein großer Wissenschaftler werden, daß weißt du ja. Ich werde im Reagenzglas neues Leben entstehen lassen

›... Nach einem miserablen beruflichen Beginn erhob sich Fabbre zu plötzlicher Berühmtheit ...‹ Wir werden Konferenzen in Wien besuchen. In Paris. Zur Hölle mit dem Leben aus dem Reagenzglas! Da weiß ich etwas viel Besseres, ich mache dich innerhalb von fünf Minuten schwanger, o mein Schönes, du lachst, ja? Ich werde es dir zeigen, mein Füllen, mein Fischlein, mein Liebling ...« Hier, unter den Fenstern des Hauses, auf die immer noch die Sonne schien, während die Jungen neben dem Haus beim Tennisspielen brüllten, lag sie weich, blond und schwer unter seinem Gewicht in seinen Armen, keusch durch und durch, Fleisch und Geist ein einziger keuscher Wille: ihn einzulassen; ihn einzulassen.

Nicht jetzt, nicht hier. Sein Wollen war zwiespältig – und hartnäckig. Er rollte weg von ihr und lag auf dem Rücken im Gras, ein Flackern in den Augen, als er zum Himmel hinaufblickte. Sie legte die Hand auf die seine. Bruna hatte ihre Seelenruhe nie verloren gehabt; als er sich aufsetzte, sah sie ihn an, wie sie Bendikas Baby angesehen hatte, gerade, mit sinnender Erkenntnis. Sie hatte keine Loblieder für ihn, keine Vorbehalte, keine Beurteilung. Hier ist er. Das ist er.

»Es wird armselig werden, Bruna. Und es wird dir keinen Gewinn bringen.«

»Das erwarte ich auch nicht«, sagte sie und betrachtete ihn.

Er stand auf und strich sich die Grashalme von der Hose. »Ich liebe Bruna!« schrie er und hob die Hände; und von den sonnenhellen Hängen auf der anderen Seite des Sumpfes, von wo aus die Dämmerung hochstieg, kam ein kurzes undeutliches Geräusch, nicht ihr Name, nicht seine Stimme. »Hörst du?« fragte er und stand lächelnd neben ihr. »Sogar ein Echo. Steh auf, die Sonne geht unter, oder möchtest du, daß ich wieder Lungenentzündung bekomme?« Sie streckte die Hand aus, er nahm sie und zog sie hoch. »Ich werde sehr treu sein, Bruna«, sagte er. Er war ein kleiner Mann, und wenn sie nebeneinander standen, sah sie nicht hinauf zu ihm, sondern geradeaus in seine Augen. »Das ist alles, was ich dir zu geben habe«, fügte er hinzu. »Alles. Du könntest bald genug davon haben, weißt du.« Ihre Augen, graubraun oder grau, beobachteten ihn stetig. Schweigend hob er die Hand, um einen Moment lang ihr helles, gescheiteltes Haar zu berühren – zärtlich und zurückhaltend. Dann gingen sie zurück zum Haus, am Tennisplatz vorbei, wo auf einer Seite des Netzes Kasimir und auf der anderen die beiden Jungen ihre Schläger schwangen, daneben trafen, hochsprangen und schrien. Unter den Eichen saß Bret und übte eine Melodie auf seiner Gitarre. »In welcher Sprache ist das Lied denn?« fragte Bruna, außerordentlich glücklich. Bret legte den Kopf schief, und seine verkrüppelte Hand lag über den Saiten. »Griechisch. Ich habe es aus einem Buch. Der Text heißt: ›Oh, junge Liebende, die ihr unter meinem Fenster steht, spürt ihr denn nicht, daß es regnet?‹« Sie lachte. Stefan stand neben ihr und hatte sich umgedreht, um den dreien auf dem Tennisplatz in den länger werdenden Schatten beim Rennen und Springen zuzusehen und dem Ball, wie er sich von Sekunde zu Sekunde höher in das weiche goldene Licht erhob.

Am darauffolgenden Tag ging er zusammen mit Kasimir, der den Wochenmarkt dort sehen wollte, nach Prevne, um die Fahrscheine für die Rückfahrt zu kaufen. Kasimir hatte seine Freude an Märkten, Messen, Auktionen, Jahrmärkten, am Lärm, den die Leute beim Kaufen und Verkaufen machten, an den Karren voll weißer und roter Rüben, an den Körben voll alter Schuhe, Haufen bedruckter Baumwolle, an den Stapeln bräunlicher Käselaibe, am Geruch der Zwiebeln, von frischem Lavendel, von Schweiß und von Staub. Die Straße, die damals, in der Nacht, als sie gekommen waren, lang geschienen hatte, war jetzt kurz am warmen Morgen. »Suchen immer noch nach dem Kerl, der sie alle, alle über die Grenze kriegen will, sagt Bret«, bemerkte Kasimir. Hochgewachsen, zartgliedrig, ruhig, schlenderte er neben seinem Freund dahin, sein unbedeckter Kopf hell im Sonnenschein. »Bruna und ich wollen heiraten«, sagte Stefan.

»Tatsächlich?«

»Ja.«

Kasimir zögerte einen Augenblick lang in seinem gemächlichen Dahinschlendern, ging dann weiter und steckte die Hände in die Hosentaschen. Langsam erschien ein Lächeln auf seinem Gesicht. »Wollt ihr das wirklich?«

»Ja.«

Kasimir blieb stehen, nahm eine Hand aus der Hosentasche und schüttelte Stefans Rechte. »Gute Arbeit«, lobte er, »sehr gute Arbeit.« Er errötete ein wenig. »Na, das ist etwas Reales, etwas Echtes«, sagte er und ging weiter, die Hände in den Taschen; Stefan warf einen Seitenblick auf sein langes, ruhiges junges Gesicht. »Das ist etwas Absolutes«, murmelte Kasimir, »das ist real.« Nach einer Weile fügte er hinzu: »Das schlägt Schubert.«

»Das größte Problem ist eine Wohnung, natürlich, aber wenn ich mir etwas borgen kann für den Anfang und Metor mich immer noch für dieses Projekt haben will – wir möchten sofort damit anfangen –, und wenn deine Eltern einverstanden sind, natürlich ...« Fasziniert lauschte Kasimir den Möglichkeiten und Umständen, die das Wesentliche bestätigten – so wie er fasziniert den Käufern und Verkäufern lauschte: Schuhe und Rüben, Karren und Körbe eines Wochenmarktes, der das Bedürfnis der Menschen nach Nahrung und nach Umgang miteinander bestätigte. »Ihr werdet es zuwegebringen«, sagte er. »Ihr werdet sicher eine Wohnung finden.«

»Das nehme ich auch an«, entgegnete Stefan; er hatte es nie bezweifelt. Er hob einen Stein auf, warf ihn hoch und fing ihn wieder auf und schleuderte ihn dann, weiß im Sonnenschein, in den Graben zu ihrer Linken. »Wenn du wüßtest, wie glücklich ich bin, Kasimir ...«

»Ich habe eine Idee«, antwortete sein Freund. »Hier, nimm noch mal meine Hand!« Sie blieben stehen, um einander erneut die Hände zu schütteln. »Zieh zu uns, Kasi!«

»Na gut, besorgt mir ein Klappbett.« Sie kamen in die Stadt. Ein khakifarbener Lastwagen kroch die Hauptstraße von Prevne herab, zwischen schmutzigen Läden, alten Häusern, deren aufgemalte Blumengirlanden längst schon verblaßt waren, hindurch; hinter den Dächern erhoben sich gelbe Hügel. Staubig und sonnengefleckt lag der Marktplatz unter den Linden: ein paar Stände und Karren, ein paar Körbe, ein nasenloser Mann, der Kandiszucker verkaufte, drei Hunde, die unterwürfig und unermüdlich einer weißen Hündin folgten, Frauen in schwarzen Umhängen, alte Männer in schwarzen Wämsern, der schlaksige Besitzer der Bar neben dem Postamt, der in seiner Tür lehnte und hinausspuckte, zwei dicke Männer, die murmelnd um eine Packung Zigaretten feilschten. »Früher war mehr dran«, stellte Kasimir fest. »Als ich noch ein Kind war. Viel Käse aus Portacheyka, Gemüse, ganze Berge davon. Jeder ist schon deswegen hergekommen.« Sie wanderten zwischen den Ständen dahin, zufrieden, sich ihrer Kameradschaft angenehm bewußt. Stefan wollte Bruna etwas kaufen – irgend etwas: einen Schal; aber es gab nur schmutziggraue Overalls ohne Knöpfe und rissige Schuhe. »Kauf ihr einen Kohlkopf«, schlug Kasimir vor, und Stefan kaufte einen großen, roten Kohlkopf. Sie gingen in die Bar neben dem Postamt, um die Fahrkarten nach Aisnar zu erstehen. »Zwei für den S.W. nach Aisnar, Herr Praspayets.«

»Zurück an die Arbeit, was?«

»Ganz richtig.«

Drei Männer traten an den Schanktisch, zwei auf Kasimirs Seite, einer an Stefans. Die beiden übergaben ihre Ausweise. »Fabbre Stefan, Wohnsitz Tomestraße 136, Krasnoy, Student, MR64100282A. Augeskar Kasimir, Wohnsitz Sordenstraße 4, Krasnoy, Student, MR80104944A. Geschäftlich nach Aisnar?«

»Zum Zug nach Krasnoy.« Die Männer gingen zurück an einen Tisch. »Sitzen den ganzen Tag hier, seit zehn Tagen«, sagte der Barbesitzer in einem dünnen Flüstern. »Macht das ganze Geschäft kaputt. Ich bekomme noch hundert Kroner, Herr Kasimir; wollen Sie mich übers Ohr hauen?« Zwei der Männer, einer gedrungen, der andere schlank, mit einem Armeepistolengurt unter seiner Jacke, standen erneut neben den beiden jungen Männern. Das lächelnde Gesicht des Barbesitzers wurde ausdruckslos wie der Schirm eines Fernsehers, den man soeben ausgeschaltet hat. Er sah zu, wie die Geheimpolizisten die Taschen der beiden durchsuchten und sie nach Waffen abtasteten; als sie wieder zurückgekehrt waren an ihren Tisch, reichte er Kasimir schweigend das Wechselgeld, und sie gingen schweigend hinaus. Kasimir blieb stehen und betrachtete die goldenen Linden und den golden gefleckten Staub, wo die drei Hunde immer noch mutlos und dennoch eifrig hinter der weißen Hündin hertrotteten, eine rundliche Hausfrau zusammen mit einem alten Mann gackernd lachte, zwei Jungen brüllend zwischen den Karren hindurchliefen, und ein Esel seinen grauen Kopf hängen ließ und ein Ohr verdrehte. »Was soll's«, seufzte Stefan. Kasimir sagte nichts. »Ich habe soeben mit der Zellteilung begonnen«, fuhr Stefan fort, »komm, Kasi!« Langsam machten sie sich auf den Weg.

»Ganz recht«, sagte Kasimir und richtete sich ein wenig auf.

»Heißt der Barbesitzer tatsächlich Praspayets?« fragte Stefan.

»Evander Praspayets. Hat einen Bruder, dem gehört die Weinkellerei hier. Der heißt Belisarius Praspayets.« Stefan grinste, Kasimir lächelte vage. Sie waren am Ende des Marktplatzes angekommen und wollten soeben die Straße überqueren, als Stefan sagte: »Verdammt, ich habe meinen Kohlkopf in der Bar vergessen!« Er drehte sich um und sah Männer zwischen den Karren und Marktständen über den Platz rennen. Es folgten laute, hackende Geräusche. Aus irgendeinem Grund griff Kasimir nach Stefans Schulter, verfehlte sie aber und stand da mit ausgebreiteten Armen und machte ein hustendes, würgendes Geräusch in seiner Kehle. Er riß die Arme noch weiter auseinander und fiel rücklings zu Boden, wo er neben Stefans Füßen liegenblieb, die Augen offen, den Mund offen und voll Blut. Stefan stand da. Er blickte sich um und ließ sich neben Kasimir, der ihn nicht ansah, auf die Knie fallen. Dann wurde er hochgezogen und am Arm festgehalten; rundum standen Männer, und einer von ihnen schwenkte etwas, ein Blatt Papier, und sagte laut: »Das ist er, der Verräter, das wird allen Verrätern passieren! Das sind seine gefälschten Papiere. Das ist er!« Stefan wollte an Kasimir herankommen, wurde aber zurückgehalten; er sah Männerrücken, einen Hund, das rote starre Gesicht einer Frau im Hintergrund unter goldenen Bäumen. Er dachte, sie würden ihm helfen, aufrecht zu stehen, denn seine Knie hatten unter ihm nachgegeben, aber als sie ihn zwangen, sich umzuwenden und davonzugehen, versuchte er, sich loszureißen und schrie laut: »Kasimir!«

Er lag mit dem Gesicht nach unten auf einem Bett, das nicht das Bett in dem hochfenstrigen Zimmer im Augeskarhaus war. Er wußte, daß es nicht das Zimmer war, stellte sich aber vor, es sei es, und hörte die Jungen unten auf dem Tennisplatz rufen. Dann erkannte er, daß es sein Zimmer in Krasnoy war, und daß seine Zimmergenossen schliefen, und so lag er lange still, trotz des quälenden Kopfschmerzes. Schließlich setzte er sich auf und blickte sich um, blickte auf die Wände aus Fichtenbrettern, das Gitter in der Tür, den Steinboden mit den Zigarettenstummeln und dem eingetrockneten Urin. Der Aufseher, der ihm das Frühstück brachte, war der gedrungene Geheimpolizist aus der Bar neben dem Postamt; er sprach kein Wort. Fichtenschiefer steckten unter den Nägeln beider Hände, und Stefan brauchte lange Zeit, sie alle herauszuziehen.

Am dritten Tag kam ein anderer Wärter, ein fetter Kerl mit dunklen Bartstoppeln auf den Wangen, der nach Schweiß und Zwiebeln stank wie der Markt unter den Linden. »In welcher Stadt bin ich hier?«

»Prevne.« Der Wärter verschloß die Tür, bot ihm dann durch das Gitter eine Zigarette an und hielt ein angerissenes Zündholz durch.

»Ist mein Freund tot? Warum hat man auf ihn geschossen?«

»Der, hinter dem sie her waren, ist ihnen entwischt«,

sagte der Wärter. »Brauchen Sie was hier drin? Morgen können Sie nach Hause gehen.«

»Haben sie ihn umgebracht?« Der Wärter nickte und ging davon. Nach einer Weile fiel ein halbvolles Päckchen Zigaretten und eine Schachtel Zündhölzer durch das Gitter zu Boden, neben Stefans Füße. Am nächsten Tag wurde er entlassen; er sah niemand außer dem bartstoppeligen Wärter, der ihn zum Tor des Kleinstadtgefängnisses brachte. Stefan stand auf der Hauptstraße von Prevne, einen halben Block vom Marktplatz entfernt. Die Sonne war längst untergegangen, es war kalt, der Himmel spannte sich klar und dunkel über den Linden, den Dächern, den Hügeln.

Die Fahrkarte nach Aisnar steckte immer noch in seiner Tasche. Langsam und vorsichtig ging er zum Marktplatz und überquerte ihn unter den dunklen Bäumen. Kein Bus wartete an der Haltestelle. Er hatte keine Ahnung, wann sie fuhren. Also trat er in die Bar und setzte sich an einen der drei Tische, vornübergebeugt, zitternd vor Kälte. Augenblicklich kam der Eigentümer aus dem Hinterzimmer.

»Wann geht der nächste Bus?« Er konnte sich nicht an den Namen des Mannes erinnern – Praspets, Prayespets, so ähnlich.

»Aisnar – acht Uhr zwanzig am Morgen«, antwortete der Mann.

»Und nach Portacheyka?« fragte Stefan nach einer Pause.

»Der Lokalbus nach Portacheyka um zehn.«

»Heute abend?«

»Zehn Uhr, heute abend.«

»Können Sie mir die umtauschen für ... eine Fahrkarte nach Portacheyka?« Er hielt ihm die Karte hin. Der Mann nahm sie und sagte nach einem Augenblick:

»Warten Sie, ich muß nachsehen.« Er ging wieder nach hinten. Stefan legte das Geld für eine Tasse Kaffee heraus und saß wieder vornübergebeugt da. Auf der weißen Uhr über der Theke war es sieben Uhr zehn. Um sieben Uhr dreißig, als drei wuchtige Einheimische auf ein Bier eintraten, zog er sich so weit zurück, wie es ging, und saß nun neben dem Billardtisch und sah die Wand an; nur hin und wieder warf er einen kurzen Blick hinter sich, um nach der Zeit auf der weißen Uhr zu sehen. Er zitterte immer noch, und er fror so sehr, daß er nach einer Weile den Kopf auf die Arme legte und die Augen schloß.

»Stefan«, sagte Bruna.

Sie saß neben ihm am Tisch. Ihr Haar sah so hell aus wie Baumwolle. Den Kopf immer noch vorgestreckt, die Arme immer noch auf dem Tisch, sah er sie an, dann senkte er den Blick.

»Herr Praspayets hat angerufen. Wo willst du denn hin?«

Er antwortete nicht.

»Haben sie dir gesagt, du sollst aus der Stadt verschwinden?«

Er schüttelte den Kopf.

»Sie haben dich einfach gehen lassen? Komm, ich habe dir deinen Mantel mitgebracht, du frierst sicher. Komm mit nach Hause!« Sie erhob sich, und er setzte sich aufrecht hin; er nahm ihr den Mantel aus der Hand und sagte: »Nein, das kann ich nicht.«

»Warum nicht?«

»Zu gefährlich für euch. Außerdem halte ich es nicht aus.«

»Hältst du uns nicht aus? Komm schon! Ich möchte auch weg von hier. Wir fahren morgen nach Krasnoy zurück, wir haben nur auf dich gewartet. Komm, Stefan!« Er stand auf und folgte ihr hinaus. Es war jetzt Nacht. Sie gingen über den Platz und dann die Landstraße entlang. Bruna hielt den Strahl der Taschenlampe vor ihre Füße gerichtet. Sie nahm seinen Arm, und so gingen sie schweigend dahin. Rundum waren dunkle Felder und Sterne.

»Weißt du, was sie getan haben mit ...«

»Sie haben ihn mit einem Lastwagen weggebracht, hat man uns gesagt.«

»Wo doch jeder in der Stadt wußte, wer er war ...« Er spürte, wie sie die Schultern hob. Sie gingen weiter; die Straße war wieder so lang wie damals, als er und Kasimir sie zum erstenmal gegangen waren. Sie kamen zu dem Hügel, wo die Lichter erschienen waren, das Gelächter und die Rufe rundum im Regen. »Geh schneller, Stefan!« sagte das Mädchen neben ihm schüchtern. »Dir ist kalt.« Bald darauf mußte er stehenbleiben; er riß sich von ihr los, um blind zum Straßenrand zu taumeln auf der Suche nach einem Zaunpfahl oder einem Baum, an den er sich lehnen konnte, bis er aufhören konnte zu weinen. Aber es gab nichts. So stand er da in der Dunkelheit, und sie stand in seiner Nähe. Schließlich drehte er sich um, und sie gingen gemeinsam weiter. Steine und Unkraut sahen weiß aus im Lichtkreis ihrer Taschenlampe. Als sie den Kamm des Hügels überquerten, sagte sie mit derselben Schüchternheit und Entschlossenheit: »Ich habe Mutter erzählt, daß wir heiraten wollen. Als wir hörten, daß sie dich hier im Gefängnis haben, sagte ich es ihr. Vater noch nicht. Das war ... er war dem allen nicht gewachsen, er kann es nicht ertragen. Aber Mutter ist gefaßt, und so sagte ich es ihr. Ich möchte bald heiraten, wenn es dir recht ist, Stefan.«

Schweigend ging er neben ihr. »Es ist nicht gut, es rauszuzögern, nicht wahr?« sagte er schließlich. Die Lichter des Hauses unter ihnen schienen gelb durch die Bäume; über ihnen waren die Sterne. Und ein paar dünne Wolken trieben über den Himmel. »Gar nicht gut.«

(1962)

Das Haus

Das Licht der Sonne irgendeines Oktobers lag gelb auf ihrem Weg, und Hunderte trockener goldener Nachmittage raschelten unter ihren Schritten. Nur ihr hohes Alter hielt die Platanen davon ab, zudringlich zu werden. Einige Häuserblocks weit verfolgte sie die Vertrautheit von Schatten, Backsteinen und Balkonen. Springbrunnen sprachen zu ihr, als wäre sie nie weg gewesen. Acht Jahre lang war sie fortgewesen, und diese dumme Stadt hatte ihre Abwesenheit gar nicht bemerkt; die Strahlen ihrer Sonne und der Wohlklang ihrer vielen Wässer umschlossen sie wie die Wände ihres eigenen Hauses, ihres Daheims. Verwirrt und gekränkt ging sie an dem Haus in der Reynstraße Nummer 18 vorbei, ohne einen Blick auf sein Tor und die Gartenmauer zu werfen, obwohl irgend etwas – nicht ihre Augen – in ihr wahrnahm, daß Tür und Tor verschlossen waren. Und danach ließ die Stadt sie in Ruhe. Innerhalb eines oder zwei Blocks kannte sie sie nicht wieder. Die Brunnen sprachen zu jemand anderem. Sie war nun auf andere Art verwirrt, weil sie keine dieser Kreuzungen wiedererkannte, nicht eine Tür, nicht ein Fenster der Häuser und Läden. Verschämt fragte sie Straßenschilder und Hausnummern nach dem Weg, und als sie die Adresse gefunden hatte, nach der sie suchte – eine Mietskaserne mit mehreren Eingängen –, trat sie ein und mußte sich an widerwillig geöffneten Türen weiter erkundigen. Zerwühlte Betten, Familienzerwürfnisse und nur teilweise zugeknöpfte Schlafröcke sandten sie zu einem Zimmer im dritten Stock hoch, wo ihr Klopfen nur von einer Bleistiftschrift auf einem Kärtchen beantwortet wurde, das mit Reißzwecken an der Tür befestigt war: F. L. PANIN. Sie öffnete die Tür. Ein Mansardenzimmer, vollgestopft mit den wuchtigen Sofas und Tischen eines abgerissenen Hauses; das Zimmer eines Fremden, sonnig, stickig, wehrlos.

Ihr gegenüber befand sich ein Durchgang, der von einem Vorhang verschlossen wurde. Sie fragte: »Ist jemand hier?« und hinter dem Vorhang antwortete jemand, der nur halb wach schien. »Einen Moment bitte.«

Sie wartete.

Er kam durch das Zimmer, so voll und ganz er selbst, wie die Steine und die Sonne der Stadt nach diesen acht Jahren: die Wirklichkeit aus entsetzlichen Träumen, in denen er und sie halt machten in Gasthäusern an Straßen, die in die grauen Berge führten, und auf kalten Korridoren das Zimmer des anderen nicht finden konnten: das Original all jener Faksimiles, die an Winterabenden in Krasnoy die Straßen mit seinen Schritten überquerten oder sich umsahen mit einer Bewegung – seiner Bewegung – des Kopfes. Er.

»Verzeihung, ich habe geschlafen.«

»Ich bin Mariya.«

Er stand still; der Mantel hing an ihm wie an einem Kleiderständer. Zugleich damit sah sie, daß die Farbe seines Haares eine Art stumpfes Grau geworden war – daß er graues Haar hatte. Er war dünn, grau, verändert. Sie würde ihn nicht erkannt haben, wäre sie ihm auf der Straße begegnet. Sie schüttelten einander die Hände.

»Setz dich, Mariya«, sagte er, und sie setzten sich beide in große, schäbige Sessel. Auf dem nackten Boden zwischen ihnen lag ein Gitter aus dem lauteren, unvergleichlichen Sonnenlicht von Aisnar. »Ich bewohne den Alkoven, aber wenn sie nicht da sind, erlauben mir die Panins, dieses Zimmer zu benutzen. Sie arbeiten beide in der Tagesschicht bei GPR.«

»Dort arbeitest du ja auch – die Nachtschicht? Ich wollte dir eine Nachricht hierlassen.«

»Normalerweise wäre ich um diese Zeit schon auf dem Weg zur Arbeit. Aber ich bin seit ein paar Tagen daheim. Grippe.«

Sie hätte erwarten sollen, daß er keine Fragen stellen würde. Er haßte es, sie zu beantworten, und stellte selbst selten welche. Es war seine Selbstachtung, die ihn davon abhielt, eine Selbstachtung, so umfassend, daß sie auch alle anderen Männer und Frauen mit einschloß und sie alle als zuverlässig akzeptierte und daher vom Ausgefragtwerden verschonte. Wie hatte er so lange überlebt in dieser Welt der öffentlichen Bekenntnisse?

»Ich habe zwei Wochen Urlaub«, sagte sie. »Ich arbeite als Lehrerin in Krasnoy. In der Grundschule.«

Es verwirrte sie, sein Lächeln auf dem Gesicht eines Mannes zu sehen, den sie nicht kannte.

»Ich bin von Givan geschieden.«

Er schaute hinunter auf die Sonnenstrahlen am Boden. Und sie beantwortete die nächste Frage, die er nicht stellte: »Seit vier Jahren.« Dann holte sie in Notwehr ihre Zigaretten hervor. Aber noch bevor sie einen schützenden Rauchvorhang um sich legte, brachte sie den Mut auf, sie ihm durch die Sonnenstrahlen hindurch hinzuhalten und ihm eine anzubieten: »Magst du?«

»Ja, danke.« Er sah die Zigarette an, roch daran und beugte sich glücklich über die Flamme ihres Zündholzes. Er inhalierte und bekam einen Hustenanfall; es war ein trockenes, stoßweises Husten, eine Serie von Explosionen, wie schwere Artillerie, das lauteste Geräusch, das sie je von ihm gehört hatte. Und die ganze Zeit hielt er die Zigarette fest; als er wieder zu Atem gekommen war, nahm er noch einen Zug, diesmal ohne zu inhalieren.

»Du solltest nicht rauchen«, sagte sie hilflos.

»Ich rauche sonst auch nicht«, erklärte er. Schweißtropfen standen ihm auf der Stirn, ja sogar in seinem schütteren Haar, welches, das sah sie nun, nur teilweise grau geworden war. Bald darauf drückte er die Zigarette sorgfältig aus und verstaute das ungerauchte Ende in seiner Hemdtasche. Er tat das mit Eleganz und Behagen, aber dann sah er sie kleinlaut an: Sie hatte die Jahre, in denen er lernte, Zigarettenstummel aufzuheben, nicht mit ihm verbracht und war möglicherweise in Verlegenheit gebracht davon. Und so versuchte sie, unbeteiligt und gleichmütig auszusehen, da sie wußte, wie sehr er es haßte, andere in Verlegenheit zu bringen.

Das Zimmer der Fremden, die Möbel irgendeines fremden Hauses umstanden schweigend ihr Zusammensein.

»Mariya, warum bist du hergekommen?« Die Frage, die zu allen anderen Männern gepaßt hätte, paßte nicht zu ihm. Noch paßte die Stimme. Nur die Augen, klar, offen und unbeugsam, sie paßten zu ihm.

»Um dich zu sehen, Pier. Um mit dir zu sprechen, meine ich. Es ist soweit gekommen, daß ich es mußte. Ich bin einsam. Was ich sagen will, ist, ich bin allein. Ganz allein. Draußen. In Krasnoy gibt es niemanden, mit dem ich ein Wort reden könnte, dort braucht mich keiner. Ich dachte immer – während wir verheiratet waren, weißt du –, daß ich eine Menge interessanter Leute kennenlernen könnte, wenn ich nur allein wäre, auf mich gestellt, daß ich endlich *dazugehören* würde, wenn du weißt, was ich meine. Aber das war alles falsch. Du hattest damals viele Freunde, und ich nehme an, du hast sie immer noch. Wenn du andere Leute kennenlernst, dann weißt du, wo du stehst. Das wußte ich nie, ich habe auch nie Freundschaften geschlossen. An andere Menschen bin ich nie herangekommen, außer an dich. Vermutlich habe ich nie an jemand anderen herankommen wollen. Aber jetzt will ich es.« Sie unterbrach sich, und mit dem gleichen Entsetzen, mit dem sie ihn husten hatte hören, hörte sie sich laut schluchzen. »Ich kann es nicht mehr viel länger aushalten. Alles fällt auseinander. Ich habe die Nerven verloren und den Mut.« So schnell sie konnte, sprach sie weiter. »Kaufen die Leute auch hier so viel Salz? Man kann in Krasnoy kein Salz mehr bekommen, die Leute kaufen es auf, weil sie gehört haben, daß man Strahlungsschäden verhindern kann, wenn man sich in ein mit Salzwasser getränktes Laken rollt. Ist das wahr? Ich weiß es nicht. Haben sie hier auch alle Angst? Aber es sind nicht nur die Bomben, sie reden auch über andere Sachen, über bakteriologische Kriegsführung, und daß es zuviele Menschen auf der Welt gibt, sie werden immer mehr, und daß wir uns alle bald fühlen werden wie Ratten in einem Käfig. Und niemand scheint mehr Hoffnung zu haben auf irgend etwas Gutes. Dann wird man älter und denkt über das Sterben nach, und in einer Zeit wie dieser scheint alles so schäbig und sinnlos. Das Leben und das Sterben, beides. Ich fühle mich, als würde ich in der Nacht im Wind stehen, und er bläst direkt durch mich hindurch. Ich versuche, mich aufrecht zu halten und ein bißchen Würde zu wahren, verstehst du, aber ich kann nicht mehr daran glauben, ich komme mir vor wie eine Ameise im Haufen, allein geht es nicht!«

Um sie – oder sich selbst – zu schonen, war er ans Fenster getreten, drehte ihr den Rücken zu und sagte leise: »Niemand kann es allein. Aber man kann nicht zurück – das kann auch niemand.«

»Ich denke nicht an ein Zurück. Wirklich nicht. Ich versuche nur, mit dir zusammenzutreffen – jetzt, hier, verstehst du das nicht? Hier, wo wir jetzt sind. Weil du der einzige Mensch bist, mit dem ich je wirklich zusammengetroffen bin. Alle übrigen gehen auf anderen Straßen, wohnen in anderen Häusern. Hast du nie daran gedacht, daß ich zu dir zurückkehren müßte?«

»Nicht ein einziges Mal.«

»Aber ich habe dich doch nie verlassen, Pier! Ich rannte nur weg, weil ich wußte, daß ich zu dir gehöre, und weil ich dachte, der einzige Weg, zu mir selbst zu finden, führe weg von dir. Ich selbst, ich selbst – eine vortreffliche Sache, ich selbst. Alles, was mir einfiel, war zu rennen wie ein dummer Köter, bis das Ende der Leine erreicht war.«

»Nun, Leinen haben zwei Enden«, sagte er und beugte sich vor, als wollte er durch das Fenster die Dächer gegenüber genauer betrachten, oder eine Wolke oder einen fernen grauen Berggipfel. »Ich habe losgelassen.«

Sie versuchte ihr Haar zu glätten, das in nicht zu bändigenden Strähnchen aus den geflochtenen Zöpfen entwischte. Ihre Stimme war immer noch unstet, aber sie sagte mit Würde: »Ich habe nicht von Liebe gesprochen, Pier.«

»Dann verstehe ich dich nicht.«

»Ich meine Treue. Das Akzeptieren eines anderen Menschen als Teil seines eigenen Lebens. Das tust du oder du tust es nicht. Wir haben es getan. Und ich war treulos. Du hast mich gehen lassen, aber du bist nicht fähig zur Treulosigkeit.«

Er kam zurück zu dem Sessel gegenüber dem ihren und setzte sich. Nun brachte sie den Mut auf, ihn anzusehen und überzeugte sich davon, daß sein Gesicht in Wirklichkeit nicht verändert war; es war verbraucht, mitgenommen, strapaziert von Krankheiten oder schlimmen Zeiten; aber nicht verändert.

»Sieh mal, Liebes ...« – das Wort umschloß Mariya wohlig warm, obwohl sie wußte, daß es nur der Ausdruck seiner allgemeinen Güte war – »sieh mal, mein Liebes, wie du es auch drehst und wendest, du versuchst zurückzukehren. Aber da gibt es nichts mehr, zu dem du zurückkehren könntest. In jeder Hinsicht.« Und er sah sie mit dieser Güte an, als wollte er damit die Tatsachen mildern.

»Was ist geschehen? Willst du es mir erzählen? Nicht jetzt, wenn du nicht willst. Irgendwann. Ich habe mit Mosche gesprochen, aber ich mochte im keine Fragen über dich stellen. Ich kam her und glaubte, du würdest immer noch in dem Haus in der Reynstraße wohnen und ... alles übrige.«

»Nun, während der Pentor-Regierung haben wir ein paar Sachen veröffentlicht, die das Haus in Schwierigkeiten brachten, als die R.E.P. zurückkam an die Macht. Bernoy – wenn du dich an ihn erinnerst –, Bernoy und ich wurden damals im Herbst vor Gericht gestellt. Wir waren dann oben im Norden im Gefängnis. Vor zwei Jahren haben sie mich freigelassen. Aber natürlich kann ich jetzt nicht mehr in einer verantwortungsvollen Position für den Staat arbeiten, und damit hört sich ein Posten im Haus auf.« Er nannte es immer noch »das Haus«, das Verlagshaus Korre & Söhne, das seine Familie von 1813 bis 1946 besessen und geführt hatte. Als die Firma verstaatlicht wurde, hatte man ihn als Manager behalten. Das war seine Position gewesen, als Mariya ihn kennengelernt und geheiratet – und verlassen hatte, und sie hatte sich nie vorgestellt, daß er sie verloren haben könnte.

Er nahm die Zigarette aus seiner Hemdtasche, nahm ein Zündholz vom Tisch und zögerte dann. »Also, worauf es herauskommt, ist, daß ich jetzt nicht dort bin, wo ich während unserer Ehe war. Eigentlich bin ich nirgendwo, verstehst du? Außerdem ist für uns alles längst vorbei. An diesem Punkt ist Treue nicht mehr relevant.« Er zündete die Zigarette an und sog sehr vorsichtig einen Mundvoll Rauch ein.

Die Stehlampe auf dem Tisch hatte einen dunkelroten Schirm mit kleinen Bällchen am Saum, etwas Übriggebliebenes aus einer anderen Welt. Mariya spielte mit den staubigen Bällchen, zog daran und zählte sie, rundum, immer rundum. Ihr Gesicht war kummervoll verzogen. »Nun, und wann zählt Treue etwas, wenn nicht an einem kritischen Punkt? Du klingst, als hättest du aufgegeben, Pier!«

Sein Schweigen gab ihr recht.

»Ich war nicht in Schwierigkeiten oder im Gefängnis, und ich habe Arbeit und ein Zimmer für mich allein. Mir geht es viel besser. Aber sieh mich an. Wie ein Hund, der sich verlaufen hat. Du kannst dich zumindest selbst achten, ganz egal, was man dir genommen hat, aber was ich verloren habe, ist genau das – Selbstachtung.«

»Du«, sagte er, plötzlich weiß im Gesicht vor Zorn, »du hast mir meine Selbstachtung vor acht Jahren genommen!«

Das traf nicht zu, aber sie machte ihm keinen Vorwurf daraus, daß er es glaubte. »Na gut«, beharrte sie, » dann hat keiner von uns beiden welche übrig, dann gibt es nichts, was gegen unser Zusammentreffen spräche.«

Sein Schweigen gab ihr nicht recht.

Neun Stoffbällchen zählte Mariya ab, und dann noch einmal neun. »Was ich meine, Pier, ist: ich möchte sehen, ob wir wieder zusammenkommen können; ob ich zu dir kommen kann. Nicht zurückkehren – einfach kommen. So, wie die Dinge stehen, könnte ich dir eine Hilfe sein. Ich wollte betteln kommen, aber ich wußte nicht ... Ich kann mich an eine Schule hier versetzen lassen. Wir könnten uns zumindest zwei Zimmer suchen, und wenn du krank bist, dann ist es eine Hilfe, wenn du weißt, daß es jemanden gibt, der sich um alles kümmert. Es wäre ein besseres Arrangement als so, wie es jetzt ist, für uns beide. Es wäre vernünftiger.« Unter den Tränen begann sich ihr Gesicht wieder zu verziehen. Sie konnte das Weinen nicht unterdrücken und stand auf, um zu gehen. Da verfing sich ihr Ärmel an dem bällchenbehangenen Lampenschirm und riß die Lampe krachend zu Boden. »Oh, das tut mir leid! Ich Kamel, das tut mir leid!« Sie weinte, hob die Lampe auf und versuchte vergebens, den Schirm wieder aufzusetzen. Er nahm sie ihr aus der Hand. »Die Glühbirne ist zerbrochen, schau her, und der Lampenschirm ist mit Klammern an der Birne befestigt. Weine nicht, Mariya, wir kaufen eine neue Birne. Bitte, Liebes. Es ist schon in Ordnung.«

»Ich hole eine neue Glühbirne. Dann gehe ich.«

»Ich sagte nicht, daß du gehen sollst.« Er trat weg von ihr. »Ich sagte auch nicht, daß du kommen sollst. Ich weiß nicht, was ich sagen soll. Du rennst mit diesem Lumpen Givan Pelle davon, läßt dich von mir scheiden, und dann kommst du zurück und erklärst mir, daß Treue das einzige ist, was zählt. Zählt sie wirklich? Zählte die meine? Damals hast du mir gesagt, daß Treue ein spießbürgerlicher Vorwand sei, den verheiratete Paare aufgebracht haben, denen der Mut zum freien Leben fehlt.«

»Ich habe das nicht gesagt, ich habe es wiederholt; ich konnte dir damals nicht sagen, daß ich es von Givan gehört hatte.«

»Es ist mir egal, von wem du es gehört hast, du hast es gesagt, und zwar zu mir!« Er rang nach Atem. Dann blickte er hinab auf den Lampenschirm, der schief auf dem Sockel hing, und sagte nach einer Minute: »Also gut. Warte!« Er setzte sich, und keiner von beiden sprach. Unmerklich glitt ein goldener Strahl an der Wand entlang zur Decke hoch, als die Sonne auf das stille Ackerland westlich von Aisnar hinabsank, und Mariya sah sein Gesicht wie durch Goldstaub. Er war ein gutaussehender Mann gewesen, als sie heirateten, vor vierzehn Jahren. Ein gutaussehender, glücklicher Mann, stolz und gütig und sehr tüchtig in seinem Beruf. Er hatte Brillanz ausgestrahlt, Vollkommenheit.

Das war verschwunden. Es gab keinen Platz mehr auf der Welt für vollkommene Menschen, sie hätten zu viel von diesem Platz gebraucht. Was sie ihm angetan hatte, war nur ein Teil des generellen Planes, nach dem er und Leute wie er zurechtgehauen wurden zur genormten Größe, zurechtgestutzt, beschnitten, zerbrochen, so daß nichts Großzügiges, nichts Starkes, nichts Großartiges mehr blieb im Gefüge des Lebens.

Ein goldgerahmter Spiegel hing über der Kommode, und Mariya trat davor, um ihre Zöpfe in Ordnung zu bringen. Er reflektierte die braune Atmosphäre eines lang schon entschwundenen Salons, dessen Mauern abgerissen waren; aber hier im Spiegel, da waren die Jalousien immer noch geschlossen. Und ihr Gesicht war nicht mehr als ein undeutlicher Fleck unter vielen anderen silbrigen blinden Flecken. Mariya warf einen Blick hinter den Vorhang und sah ein Kerosinöfchen, ein Feldbett und zwei Packkisten, die als Vorratskammer und als Kommode dienten. Sie sah das Feldbett an und dachte an das riesige Eichenbett in dem Haus in der Reynstraße, an weiße Laken und den weißen, zurückgeschlagenen Überwurf, und an heiße Sommermorgen, an denen man zum Klang von Springbrunnen erwachte, der durch Fenster kam, die man im Mondlicht offengelassen hatte, und die nun im Sonnenlicht strahlten, umweht von weißen Vorhängen; Sommer der Ehe.

»Uh«, seufzte sie, so flachgepreßt zwischen Vergangenheit und Gegenwart, daß sie nicht mehr atmen konnte. »Man sollte einen Platz haben, wo man hingehört, und die Dinge sollten in eine bestimmte Richtung laufen, nicht wahr ...? Pier, was ist mit Bernoy geschehen?«

»Typhus. Im Gefängnis.«

»Ich erinnere mich an ihn. Er war zusammen mit diesem

Mädchen, mit der, die ihre Perlenkette in den Wein fallen ließ, aber es waren falsche Perlen.«

»Niny Farbey.«

»Haben sie denn geheiratet?«

»Nein, er hat die älteste Akoste-Tochter geheiratet. Sie wohnt jetzt drüben auf der Ostseite, ich sehe sie hin und wieder. Sie hatten zwei Jungen.« Er stand auf, rieb sich das Gesicht und kam nun an ihr vorbei, um eine Krawatte zu holen und einen Kamm aus der Kiste neben seinem Bett. Dann blickte er in den Spiegel, der sich weigerte, ihn zu sehen, während er sich adrett machte.

»Hör zu, Pier! Ich möchte dir etwas sagen. Als wir eine Weile verheiratet waren, sagte mir Givan, daß einer der Gründe, warum er mich heiraten hatte wollen, der sei, daß ich keine Kinder bekommen kann. Er redete eine Menge daher, es hatte nicht viel zu bedeuten, aber das brachte mich zum Nachdenken, und ich erkannte, daß es vielleicht in Wirklichkeit genau das war, was mich von dir weglaufen ließ. Als ich herausfand, daß ich keine Kinder mehr bekommen konnte – nach der Fehlgeburt, weißt du –, da schien das gar nicht so schlecht. Aber nach und nach fühlte ich mich immer leichter und leichter, als ob nichts mehr an mir dran sei, als ob ich überhaupt kein Gewicht hätte, und es bedeutungslos sei, was ich tat. Du aber warst real, und was du tatest, das hatte immer noch Bedeutung. Nur ich war nicht mehr von Bedeutung.«

»Ich wollte, du hättest mir das gesagt.«

»Damals habe ich es nicht gewußt.«

»Komm, wir wollen gehen!«

»Ich gehe allein; es ist kalt draußen. Ist in der Nähe ein Laden?«

»Ich möchte endlich wieder hinauskommen.» Zusammen gingen sie die klappernden Stufen hinab, und beim ersten Atemzug im Freien schnappte er nach Luft wie ein Taucher in einem Bergsee und feuerte eine kurze Salve seines Hustens ab, fing sich aber gleich darauf wieder. Sie gingen rasch, denn es war kalt, und die Kälte und das goldene Licht und der blaue Schatten neben den Häuserblocks wirkten anregend auf beide. »Wie geht's dem Soundso?« fragte sie ihn nach etlichen alten Bekannten aus, und er sagte es ihr. Er hatte das Netz aus Freundschaften, Bekanntschaften, Verbindungen – aus Blutsverwandtschaft, Heirat, Arbeit oder Temperament –, das über hundertdreißig Jahre hinweg von seiner Familie und ihrem Verlagshaus geknüpft, und das von seinem eigenen Status in einer Provinzstadt wie dieser gesichert und durch seinen eigenen geselligen Charakter vergrößert worden war, nicht abgeschüttelt. Mariya hatte sich stets für einen Menschen gehalten, der für wenige leidenschaftliche Freundschaften gemacht war, für Freundschaften, die nicht zu den wohlerzogenen, heiteren Abendgesellschaften und den Konversationen am Kamin paßten. die es in seinem Leben gab. Und jetzt wußte sie, daß sie dabei nicht fehl am Platz gewesen war, sondern nur neidisch. Sie hatte ihn seinen Freunden mißgönnt, sie war neidisch gewesen auf die Geschenke, die er ihnen gab: seine Höflichkeit, seine Güte, seine Zuneigung. Sie hatte ihn um seine Kompetenz und seine Freude am Akt des Lebens beneidet.

Sie traten in eine Eisenhandlung, und er verlangte eine Vierzigwattlampe. Während der Verkäufer sie suchte und das staatliche Rechnungsformular ausfüllte, zog Mariya das Geld heraus. Aber Pier hatte bereits eine Banknote auf das Pult gelegt.

»Ich habe sie zerbrochen«, sagte sie kleinlaut.

»Du bist auf Besuch hier. Es ist meine Lampe.«

»Nein, das ist nicht wahr. Sie gehört den Panins.«

»Hier bitte«, sagte er, und der Verkäufer nahm den Schein. Aufgeheitert durch diesen Sieg fragte er sie, als sie den Laden verließen: »Bist du durch die Reynstraße gekommen?«

»Ja.«

Er lächelte; sein Gesicht leuchtete, denn die tiefstehende Sonne schien voll darauf. »Hast du dir das Haus angesehen?«

»Nein.«

»Das wußte ich!« Die rötlichen Strahlen entflammten ihn wie ein Zündholz. »Komm, gehen wir hin! Es hat sich überhaupt nicht verändert. Willst du? Wenn du nicht magst, dann sag es bitte. Anfangs, als ich wieder zurückgekommen war, da konnte ich nicht daran vorbeigehen.« Sie gingen nun miteinander den Weg zurück, den sie allein gekommen war. »Das ist natürlich mein Unglück, mein Ruin«, fuhr er recht unbeschwert fort, »dein Unglück ist die Isolation. Meines ist der Wunsch nach Besitz. Die Liebe zu einem Haus. Zu einem bestimmten Haus. Die Menschen sind mir nicht wirklich wichtig, weißt du, so, wie sie dir wichtig sind. Aber nach und nach habe ich erkannt, worauf es ankommt, genau wie du; es ist dasselbe: Treue. Ich meine, Besitz und Treue gehören nicht unbedingt zusammen. Man verliert das Haus, aber man hält ihm weiterhin die Treue. Und jetzt gehe ich gern daran vorbei. Eine Zeitlang hat man es als Gebäude für irgendein Regierungsamt verwendet, wo Formulare oder ähnliches gedruckt wurden. Ich weiß nicht genau, wofür es jetzt verwendet wird.«

Bald schritten sie durch die trockenen Platanenblätter zwischen Gartenmauern und ruhigen, reich verzierten alten Häuserfronten. Der Wind dieses Herbstabends duftete süß. Sie blieben stehen und schauten das Haus Reynstraße 18 an: eine goldene Stuckfront; ein Schmiedeeisenbalkon über der Tür, die direkt auf die Straße ging; ein hohes, schönes Fenster an jeder Seite der Tür, und drei Fenster darüber. Ein Holzapfelbaum lehnte sich über die Gartenmauer. Im Frühling blickte man von den Fenstern der Schlafzimmer direkt in den Gischt und das Überschäumen seiner Blüten. Auf dem Platz vor dem Haus plätscherte ein Springbrunnen in einem flachen Becken, und als sie nahe dem Tor in der Mauer standen, hörten sie die leise, murmelnde Antwort der kleinen Wassernymphe am Brunnen im Garten. Wenn im Sommer die Fenster offenstanden, war das Haus erfüllt vom Plätschern des Wassers. Als Mariya die verschlossene Tür, das verschlossene Tor in der Mauer, die geschlossenen Fensterläden sah, erinnerte sie sich an offene Fenster, die

das Mondlicht füllte, an Sonne und Blätter und an den Klang von Wasser und von Stimmen.

»Eigentum ist Diebstahl«, sagte Pier Korre träumerisch und sah sein Haus an.

»Es sieht leer aus. Alle Läden sind geschlossen.«

»Ja, so sieht es aus. Nun ja, komm weiter!«

Nach einem oder zwei Häuserblocks sagte sie: »Nichts führt irgendwohin. Wir kommen und stehen auf der Straße wie Touristen. Deine Familie hat das Haus erbaut, du wurdest darin geboren, und wir haben darin gelebt, Jahre und Jahre. Nicht bloß unsere Jahre – all die Jahre. Alles zerbrochen. Alles zerschlagen.«

Während sie weiterwanderten, hin und wieder durch einen eiligen Mann oder eine alte Frau getrennt, die einen Handwagen voll Feuerholz zog, und während sich die engen Straßen von Aisnar mit Menschen füllten, die von der Arbeit kamen, hörte sie nicht auf, zu ihm zu sprechen. »Es ist nicht nur die menschliche Isolation, die Einsamkeit, die ich nicht mehr ertragen kann. Es ist die Tatsache, daß nichts mehr hält, daß alles, alles zerbrochen wird, alles zerschlagen – Menschen, Jahre, Ereignisse. Alles in Trümmern, nur noch Fragmente, die nicht mehr miteinander verbunden sind. Nichts hat mehr Gewicht. Man muß aus dem Nichts anfangen, und so ist es egal, in welche Richtung man geht. Es darf aber nicht egal sein.«

Er wich einem Handkarren mit Zwiebeln aus und sagte etwas, was entweder »es darf nicht egal sein« oder »es ist aber egal« lautete; sie verstand es nicht.

»Es darf nicht egal sein. Deshalb bin ich hier. Wir hatten unseren Weg, den wir zusammen gehen sollten, stimmt das nicht? Das ist ja eine Ehe: sie bedeutet, zusammen eine Reise machen, tagsüber und des Nachts. Und ich hatte Angst weiterzureisen. Ich dachte, ich würde mich verirren, mein kostbares Ich, du weißt. Also rannte ich davon. Aber ich konnte nirgends hin, weil ich kein anderes Ziel hatte, nirgendwo. Es gibt nur einen Weg. Mit einundzwanzig habe ich dich geheiratet, und jetzt ist es vierzehn Jahre und zwei Scheidungen später, und ich bin immer noch deine Frau. Ich war es immer. Alles, was ich getan habe, seit ich zwanzig war, war für dich oder mit dir oder gegen dich getan. Niemand sonst zählte, außer im Vergleich, in Verbindung mit oder im Gegensatz zu dir. Du bist das Haus, in das ich zurückkehre, mein Zuhause. Ob die Türen nun offen sind oder verschlossen.«

Schweigend ging er neben ihr her.

»Kann ich hierbleiben, Pier?«

Seine Stimme erhob sich kaum über den Wirrwarr von Stimmen und Geräuschen auf der Straße. »Es gibt keine Türen. Es gibt kein Haus mehr.«

Sein Gesicht war müde und wütend; er sah sie nicht an. Sie kamen zu seinem Wohnhaus und stiegen die Treppe hoch und erreichten die Wohnung der Panins.

»Wir könnten etwas Besseres finden als das hier«, sagte sie schüchtern. »Ungestörtheit. Ruhe.«

Im Zimmer war es dämmrig, das Fenster ein Rechteck aus leerem Abendhimmel ohne Farbe. Er setzte sich auf das Sofa. Sie schraubte die Glühbirne in die Stehlampe, fixierte den Schirm darauf, knipste sie an und wieder aus. Als er so dasaß, unbeholfen, verlegen und schlaff, bar jeder Grazie, bar jener Substanz, die einen Mann niederhält auf der Erde, war Piers Körper nichts als ein Schatten unter anderen Schatten. Mariya setzte sich neben ihn auf den Boden. Nach einer Weile nahm sie seine Hand. Schweigend saßen sie so da; und das Schweigen zwischen ihnen war gewichtig und gegenwärtig, es hatte eine lange Vergangenheit und eine Zukunft, es war wie eine lange Straße, über die man des Abends wandert.

Mit schweren Schritten traten Leute ins Zimmer, knipsten die Lampe an, sprachen, starrten: ein unattraktives, naiv aussehendes Paar zwischen zwanzig und dreißig, er lang und dünn, sie schwanger. Mariya sprang auf, glättete ihre Zöpfe. Auch Pier stand auf. »Das sind die Panins, Mariya«, sagte er. »Martin, Anna, das ist Mariya Korre. Meine Frau.«

(1965)

An die Musik

Es ist jemand hier, der mit Ihnen sprechen möchte, gnädiger Herr. Ein Herr Gaye.«

Otto Egorin nickte. Da dies sein einziger freier Nachmittag in Foranoy war, schien es unvermeidlich, daß irgendein junges, hoffnungsvolles Talent das herausfinden und diesen zunichte machen würde. Er wußte aus der Art und Weise, wie sein Diener »jemand« sagte, daß es sich um niemand wichtigen handelte. Dennoch – er hatte sich so lange in das Management der Konzerttournee seiner Frau vergraben, daß es erfrischend war, einen ganz persönlichen Bittsteller zu haben. »Führen Sie ihn herein!« sagte er und wandte sich wieder dem Brief zu, an dem er soeben schrieb. Er blickte erst auf, als der Besucher bereits mitten im Raum stand und Zeit gehabt hatte, sich von dem großen, kahlen Kopf Otto Egorins beeindrucken zu lassen, der über einen Brief gebeugt war. Dieser erste Eindruck, das wußte Otto, schüchterte alle, bis auf die Draufgängerischsten, ein. Und dieser hier sah gar nicht draufgängerisch aus: ein kleiner, schäbiger Mann, der einen kleinen Jungen an der Hand führte und etwas über das Privileg stammelte – die wertvolle Zeit – die Unziemlichkeit ... »Gut, gut«, unterbrach ihn der Impresario halbwegs jovial, denn wenn man den allzu Bescheidenen nicht die Befangenheit nahm, dann kosteten sie einen oft mehr Zeit als die Draufgängerischen. »Also: spielt er Geige, seit er sitzen kann, und die Appassionata seit seinem dritten Lebensjahr? Oder schreiben Sie selbst Sonaten, mein guter Mann, eh?« Das Kind starrte ihn mit kalten dunklen Augen an. Der Mann stammelte und hielt dann inne. »Ich bitte sehr um Verzeihung, Herr Egorin, ich hätte niemals ... aber meine Frau ist krank, und ich gehe mit dem Jungen am Sonntagnachmittag spazieren, so daß sie sich nicht um ihn kümmern braucht ...« Es schmerzte richtiggehend zuzusehen, wie er erst rot, dann blaß und dann wieder rot wurde. »Er wird nicht stören«, stotterte er weiter.

»Worum handelt es sich denn, Herr Gaye?« fragte Otto ziemlich trocken.

»Ich schreibe Musik«, erklärte Gaye, und Otto bemerkte in diesem Augenblick, was ihm bisher entgangen war, als er dachte, das Kind sei wieder einmal eines dieser kleinen Genies: die dünne Notenrolle unter dem Arm des Besuchers.

»Aha. Gut. Lassen Sie mich sehen, bitte!« sagte er und streckte die Hand aus. Das war der Moment, den er bei den Schüchternen haßte. Aber Gaye fing nicht damit an, ihm zwanzig Minuten lang zu erklären, was er beabsichtigt habe zu schreiben, und wie und warum, während er die ganze Zeit über seine Kompositionen festhielt und schwitzte. Ohne ein Wort reichte er Egorin die Rolle Notenpapier und setzte sich auf Ottos Handbewegung hin auf das harte Hotelsofa, den kleinen Jungen neben sich, beide nervös, unterwürfig, mit den gleichen sonderbar starren, dunklen Augen. »Wissen Sie, Herr Gaye, das ist schließlich und endlich das einzige, was wichtig ist, eh? Diese Musik, die Sie mir bringen. Sie bringen sie zu mir, damit ich sie mir ansehe. Und ich möchte sie mir ansehen. Also entschuldigen Sie mich bitte, während ich es tue.« Das war seine übliche Ansprache, wenn er das Manuskript endlich einem der Scheuen, Gesprächigen entwunden hatte. Dieser hier nickte kaum merklich. »Es sind vier Lieder und T-T-Teile einer Messe«, sagte er in seiner fast unhörbaren Stimme.

Otto zog die Stirn in Falten. Kürzlich einmal hatte er festgestellt, er habe keine Ahnung gehabt, wie viele Idioten Lieder schrieben, bis er eine Sängerin geheiratet habe. Das erste, auf das sein Blick fiel, enthob ihn von seinen Zweifeln – ein Duett für Tenor und Bariton, und er erinnerte sich daran, sein Stirnrunzeln zu glätten. Das letzte der vier Stücke erregte seine Aufmerksamkeit, ein vertontes Goethegedicht. Er machte eine leichte Bewegung zum Flügel hin – ein Zucken nur, da er ja hinter seinem Schreibtisch saß – und unterdrückte sie sofort. Es hatte keinen Sinn, Hoffnungen zu wecken; wenn man auch nur eine Note von ihrem Zeug spielte, überzeugte man sie augenblicklich davon, daß sie Beethoven waren und noch im selben Monat von Otto Egorin in der Hauptstadt aufgeführt würden. Aber es war ein ordentliches Stück Arbeit, diese Melodie mit der klugen, sehnsüchtigen, ruhigen, sparsamen Begleitung. Er ging über zur Messe – oder eher den drei Fragmenten einer Messe: einem Kyrie, dem Benedictus und dem Sanctus. Die Komposition war sauber, flott und eng geschrieben; Notenpapier ist nicht billig, dachte Otto und warf einen Blick auf die Schuhe seines Besuchers. Zugleich vernahm er das Solo einer Tenorstimme über einem merkwürdigen Spektakel von Orgel, Posaunen und Kontrabässen. »Benedictus qui venit in nomine Domini« – äußerst seltsam; aber nein, hier, gerade wenn es einen zum Wahnsinn treibt, wird alles glasklar, so einfach, so simpel, daß man schwören möchte, es sei die ganze Zeit schon glasklar gewesen. Und der Tenor, der arme Teufel, der da oben pianissimo singen sollte, finde mir einer den Tenor, der das kann und sich gegen die Posaunen hält! Das Sanctus: nun ja, einfach glänzend, die Trompete, wirklich glänzend ... Otto blickte auf. Er hatte die ganze Zeit über mit den Fingern gegen die Seite des Schreibtisches geklopft, nickend, grinsend, murmelnd. Das hatte alles verraten. »Kommen Sie her!« sagte er ärgerlich. »Wie heißen Sie? Und was ist das hier?«

»Ladislas Gaye. Die ... die ... das ist die zweite Trompete.«

»Warum ist sie nicht bezeichnet? Hier, nehmen Sie, spielen Sie es.«

Sie gingen das Sanctus fünfmal durch. »Plam-h, pla-am, plam-h!« schmetterte Otto, eine Trompete. »Warum kommen die Bässe hierher, eins-zwei-drei-vier-*buuum,* da sind die Bässe wie Elefanten, wo soll das hinführen?«

»Zurück zum Sanctus, hören Sie zu, hier ist die Orgel unter den Tenören«, und das Klavier dröhnte unter Gayes heiserem, kehligem Tenor: »Sabaoth, dann die Celli und die Elefanten, vier, *Sanctus! Sanctus! Sanctus!*«

Er lehnte sich zurück. Otto nahm die Augen von der Partitur. Im Zimmer war es ganz still.

Otto richtete eine herausfallende rote Rose in dem Strauß auf dem gemieteten Klavier gerade. »Und wo, stellen Sie sich vor, soll diese Messe gesungen werden?«

Der Komponist schwieg.

»Frauenchor. Doppelter Männerchor. Volles Orchester; Blechbläser; Orgel. Hm, hm, hm, hm. Lassen Sie mich noch einen Blick auf diese Lieder werfen! Ist das alles, was Sie von der Messe haben?«

»Das Credo ist noch nicht instrumentiert.«

»Ich nehme an, dafür brauchen Sie zwei Kesselpauken? Na gut, hier, wo ist er, der Goethe ... Lassen Sie mich spielen.« Er spielte das Lied zweimal durch, dann tändelte er mit einer der sonderbaren, langsamen Phrasen der Begleitung herum. »Das ist erstklassig, wissen Sie das?« fragte er. »Absolut erstklassig. Zum Teufel, sind Sie Pianist? Was sind Sie?«

»Angestellter.«

»Angestellter? – Was für ein Angestellter? Das hier ist Ihr Hobby, oder? Ihre Unterhaltung in der Freizeit?«

»Nein, das ist ... das ist, was ich ...«

Otto blickte den Mann an: klein und schäbig, blaß im Gesicht vor Aufregung, unfähig, sich auszudrücken.

»Ich möchte einiges über Sie wissen, Gaye! Sie platzen hier herein, ›ich schreibe Musik‹. Sie zeigen mir ein bißchen Musik, sehr gut. Sehr gut, dieses Lied, das Sanctus, auch das Benedictus, das ist gute Arbeit, ich möchte es mir noch einmal durchlesen. Aber ich habe schon öfter gute Musik gelesen. Wurde schon etwas von Ihnen aufgeführt? Wie alt sind Sie?«

»Dreißig.«

»Was haben Sie sonst noch geschrieben?«

»Nichts von irgendeiner Bedeutung ...«

»Mit dreißig? Vier Lieder und eine halbe Messe?«

»Ich habe nicht viel Zeit zum Komponieren.«

»Das ist Unsinn. *Unsinn!* So etwas wie das hier schreibt man nicht ohne Praxis. Wo haben Sie studiert?«

»Hier, an der Schola Cantorum, bis zu meinem neunzehnten Lebensjahr.«

»Bei wem? Berdicke? Chey?«

»Bei Chey und bei Madame Veserin.«

»Noch nie von ihr gehört. Und das ist alles, was Sie mir zeigen können?«

»Der Rest ist nicht gut oder unvollendet ...«

»Wie alt waren Sie, als Sie dieses Lied schrieben?«

Gaye zögerte. »Zwanzig, glaube ich.«

»Vor zehn Jahren! Und was haben Sie seither gemacht? Sie wollen Musik schreiben, oder? Na, dann schreiben Sie sie! Was soll ich sonst sagen? Das hier ist gute Arbeit, absolut gute Arbeit, und das Spektakel mit den Posaunen ist es auch. Sie *können* Musik schreiben, mein Freund, aber was soll ich damit machen? Kann ich vier Lieder und eine halbe Messe, komponiert von einem unbekannten Schüler von Vaslas Chey, herausbringen? Nein. Sie wollen eine Ermutigung, ich weiß. Gut, die kann ich Ihnen geben. Ich ermutige Sie. Ich ermutige Sie, weiter zu komponieren! Warum tun Sie es nicht?«

»Es ist mir schon bewußt, daß das hier sehr wenig ist«, preßte Gaye steif hervor. Sein Gesicht war verzerrt, eine Hand zupfte und zog am Knoten der Krawatte herum. Er tat Otto leid und er machte ihn nervös. »Sehr wenig, warum nicht mehr davon machen?« sagte Otto jovial. Gaye senkte den Blick auf die Klaviertasten und legte dann die Hand darauf; er zitterte. »Wissen Sie«, begann er, wandte sich dann mit einem Ruck ab, beugte den Kopf, versteckte das Gesicht in den Händen und brach in ein Schluchzen aus. Otto saß auf der Klavierbank wie versteinert. Der kleine Junge, den man die ganze Zeit vergessen hatte, und der mit graubestrumpften, über den Rand des Sofas hängenden Beinchen dagesessen war, glitt zu Boden und rannte zu seinem Vater; er wimmerte auch, aber er begann, seinen Vater am Mantel zu ziehen, versuchte an seine Hand heranzukommen und wisperte: »Papa, nicht, Papa, Papa, bitte nicht!«

Gaye kniete sich hin und legte den Arm um das Kind.

»Macht nichts, Vasli, es ist alles in Ordnung, es ist nichts ...« Aber er hatte noch nicht ganz die Selbstkontrolle wiedererlangt. Otto erhob sich einigermaßen majestätisch und rief das Zimmermädchen seiner Frau herein.

»Nehmen Sie den Kleinen mit, geben Sie ihm Bonbons, sehen Sie zu, daß er wieder fröhlich wird, ja?« Das Mädchen, eine ruhige Schweizerin, die wußte, daß alle übrigen Europäer verrückt waren, nickte, ignorierte den weinenden Mann und sagte: »Komm, Kleiner! Wie heißt du denn?«

Das Kind hielt sich an seinem Vater fest.

»Geh mit ihr, Vasli!« forderte Gaye den Jungen auf. Das Kind ließ sich an der Hand nehmen und ging mit dem Mädchen aus dem Zimmer.

»Sie haben einen hübschen kleinen Jungen«, sagte Otto. »Und jetzt setzen Sie sich hin, Gaye, ja? Cognac? Ein kleines Gläschen?« Er öffnete Kästchen und schloß sie wieder, schnaufte und grunzte zu sich selbst, drückte ein Glas in Gayes Hand und setzte sich erneut an den Schreibtisch.

»Ich kann nicht ...«, begann Gaye wiederum, erschöpft, auf dem Tiefpunkt angekommen.

»Nein, Sie können nicht; ich kann auch nicht. So etwas passiert. Vielleicht hat es Sie mehr überrascht als mich. Aber hören Sie jetzt zu, Ladislas Gaye! Ich habe keine Zeit für den Kummer der ganzen Welt. Ich habe sehr viele eigene Sorgen und ich bin sehr beschäftigt. Doch da wir nun einmal so weit sind, möchte ich wissen, aus welchem Grund Sie so zusammenbrechen.«

Gaye schüttelte den Kopf. Mit einer Ergebenheit, die nur ein einziges Mal verschwunden war, dann nämlich, als er mit Otto seine Kompositionen durchging, beantwortete er dessen Fragen. Er hatte die Musikschule verlassen müssen, als sein Vater starb; nun unterstützte er seine Mutter, seine Frau und seine drei Kinder mit seinem Gehalt als Büroangestellter in einer Fabrik, die Kugellager herstellte. Er arbeitete dort seit elf Jahren. An vier Abenden pro Woche gab er Klavierstunden, wofür man ihm die Benützung eines Übungszimmers in der Schola Cantorum gestattete.

Eine Weile wußte Otto nichts zu sagen. »Der Herrgott hat es für richtig befunden, aus Ihnen einen Pechvogel zu machen«, bemerkte er dann. Gaye antwortete nicht. »Pech« oder »Glück« schienen keine adäquaten Wörter, um diese beharrliche Art ausgeprägten Mißmanagements der Welt zu beschreiben, unter welchem Ladislas Gaye und die meisten anderen Menschen litten – ausgenommen, aus unklaren Gründen, Otto Egorin. »Warum sind Sie zu mir gekommen, Gaye?«

»Ich mußte. Ich habe gewußt, was Sie sagen würden, nämlich, daß ich nicht genug geschrieben hätte. Aber als ich hörte, daß Sie kommen werden, da schwor ich mir, zu Ihnen zu gehen, weil ich einfach mußte. Sie kennen mich an der Schola, aber sie haben dort natürlich genug zu tun mit den eigenen Schülern; und seit Chey starb, gibt es niemanden, der ... Ich mußte einfach zu Ihnen. Nicht wegen der Ermutigung, sondern weil Sie ein Mann sind, der für die Musik lebt, der die Hälfte aller Konzerte in diesem Land arrangiert, der steht für ... für ...«

»Für Erfolg«, ergänzte Otto Egorin. »Ja, ich weiß. Ich wollte auch immer Komponist sein. Als ich zwanzig war, damals in Wien, da ging ich zu dem Haus, in dem Mozart gewohnt hat, ich stand vor Beethovens Grab auf dem Friedhof. Ich habe Mahler besucht, Richard Strauss, jeden Komponisten, der nach Wien kam. Ich habe mich vollgesogen mit ihrem Erfolg, dem der Toten und dem der Lebenden. Sie hatten Musik geschrieben, und sie wurde gespielt. Schon damals, wissen Sie, war mir klar, daß ich kein echter Komponist sein konnte, und ich brauchte daher die Tatsache ihrer Existenz, um mir das Leben lebenswert zu machen. Das ist aber nicht Ihr Problem. Sie brauchen nur das gelegentliche Erinnertwerden daran, daß es die Musik gibt – was? Daß nicht jedermann nur Kugellager macht.«

Gaye nickte.

»Gibt es niemanden sonst, der sich um Mama kümmern könnte?« fragte Otto abrupt.

»Meine Schwester hat einen Tschechen geheiratet, sie leben in Prag ... Und sie ist ans Bett gefesselt, meine Mutter.«

»Hm. Und da bliebe immer noch die Frau mit der nervösen Störung und die Kinder, was? Und die Rechnungen und die Kugellagerfabrik ... Nun, Gaye, ich weiß nicht. Sehen Sie, da war Schubert. Ich denke oft über Schubert nach, es sind nicht Sie, der mich an ihn erinnert. Warum erschuf Gott einen Franz Schubert? Um irgendeines anderen Menschen Vergehen zu sühnen? Und warum riß er ihn in genau jenem Moment aus dem Leben, da dieser das Niveau des letzten Quintetts erreicht hatte? Aber Schubert fragte sich nicht, weshalb Gott ihn erschaffen hatte. Um zu komponieren, natürlich. *Du holde Kunst, ich danke dir!* Unglaublich. Der kleine, kränkliche Narr mit der Brille, der seine Musik hinkritzelte wie jeder andere kleine Narr auch, und nie erleben durfte, daß etwas davon gespielt wurde... *Du holde Kunst!* Hold – das heißt gütig, leicht, sanft –, als gäbe es irgendeine Art von Kunst, die gütig, leicht und sanft wäre! Haben Sie jemals daran gedacht, alles hinzuschmeißen, Gaye? Nicht die Musik. Den Rest.«

Er hielt dem Blick der seltsam kalten, dunklen Augen stand und weigerte sich, sich zu schämen, sich zu entschuldigen. Gaye hatte festgestellt, daß er, Otto Egorin, für die Musik lebte. Das stimmte. Er mochte ein braver Spießbürger sein; er mochte sehr viel Mitleid empfinden für einen armen Teufel, der nichts auf Gottes großer Welt brauchte, um ein guter Komponist zu sein, als ein bißchen Geld; aber er würde sich nicht bei der kranken Mutter und der kranken Frau und den drei Rangen des armen Teufels entschuldigen – wenn man für die Musik lebte, dann lebte man für die Musik.

»Ich bin nicht der Typ dazu.«

»Dann sind Sie auch nicht der Typ, der Musik schreibt.«

»So dachten Sie aber nicht, als Sie mein Sanctus lasen.«

»Herrgott!« Otto explodierte. Er war ein großer Patriot, aber seine Mutter war Wienerin, und er war in Wien aufgewachsen, und daher verfiel er in Augenblicken größter Erregung ins Wienerische. »Na gut, na gut! Ist es Ihnen jemals zu Bewußtsein gekommen, mein lieber, junger Freund, daß Sie eine gewisse Verantwortung auf sich nehmen, wenn Sie so etwas schreiben wie dieses Sanctus? Daß Sie dafür verantwortlich sind? Daß Musik keine Arthritis hat, keine nervösen Störungen, keinen hungrigen Bauch und kein ›Papa, ich will dies, Papa, ich will das‹, aber nichtsdestoweniger genauso von Ihnen abhängt, und *nur* von Ihnen? Andere Männer können hungrige Sprößlinge füttern und kranke Frauen erhalten. Aber kein anderer Mann auf der Welt kann Ihre Musik schreiben!«

»Ja, das weiß ich.«

»Aber Sie sind nicht ganz sicher, ob es irgend jemand auf sich nehmen würde, die Kinder durchzufüttern und die Frauen zu erhalten. Vermutlich würde das auch keiner tun. Doch, doch, Sie sind zu sanftmütig, zu zurückhaltend, Gaye.« Otto durchschritt das Zimmer auf seinen Säbelbeinen, schnaufte und zuckte mit den Nasenflügeln.

»Wenn ich die Messe fertig habe, darf ich sie Ihnen dann übersenden?«

»Ja. Ja, natürlich! Es würde mich wirklich freuen, sie durchzusehen. Wann wird das sein? In zehn Jahren? ›Gaye ... wer, zum Teufel, ist Gaye? Wo habe ich ihn getroffen ... das ist gute Arbeit ... ein junger Kerl, verspricht einiges ...‹ Und Sie werden vierzig sein, selbst ein bißchen müde und bereit für Ihre Arthritis und Ihre nervösen Störungen. Gewiß – senden Sie mir auch Ihre Messe ...! Sie haben großes Talent, Gaye, Sie haben viel Mut, aber Sie sind zu sanftmütig. Sie sollten nicht versuchen, eine so große Sache wie diese Messe zu schreiben. Sie können nicht zwei Herren dienen. Schreiben Sie Lieder, kurze Stücke, etwas, das Sie sich ausdenken können, während Sie in dieser gottverdammten Stahlfabrik arbeiten und in der Nacht niederschreiben können, wenn der Rest der Familie fünf Minuten lang nicht im Weg herumsteht! Schreiben Sie sie auf irgend etwas, auf unbezahlte Rechnungen etwa, und dann senden Sie sie mir! Glauben Sie nicht, daß Sie zweieinhalb Kroner für ein Blatt dieses feinen Papiers bezahlen müssen, Sie können sich das feine Papier nicht leisten – wenn sie gedruckt sind, dann haben Sie genug Zeit, an so etwas zu denken. Schicken Sie mir Lieder – nicht in zehn Jahren, sondern in einem Monat! Und wenn sie so gut sind wie dieses Goethe-Lied, dann gebe ich Ihnen einen Teil des Konzertprogrammes meiner Frau in Krasnoy im Dezember. Schreiben Sie kleine Lieder, keine unmöglichen Messen! Hugo Wolf – nicht wahr, Hugo Wolf schrieb nur Lieder, oder?«

Er erwartete, daß Gaye, überwältigt von Dankbarkeit, gleich wieder zusammenbrechen würde, und obwohl er das fürchtete, war er mit sich zufrieden, fühlte sich weise und großzügig: Er hatte den armen Kerl glücklich gemacht und würde außerdem möglicherweise von ihm noch etwas bekommen. Die Melodie des Goethe-Liedes ging ihm noch immer im Kopf herum, sparsam, unpathetisch, kummervoll, schön. Dann begann Gaye zu sprechen, und Otto erkannte nach und nach, jedoch ohne echte Überraschung, daß er es ganz und gar nicht mit Dankbarkeit zu tun hatte. »Diese Messe ist das, was ich schreiben muß, was ich in meinem Kopf habe. Die Lieder kommen einfach daher, manchmal ein paar auf einmal, ich habe sie kaum je willentlich schreiben können, das muß schon ein guter Tag sein. Doch die Messe und eine Symphonie, an der ich arbeite, die haben Größe und Gewicht, verstehen Sie? Sie ziehen sich über Wochen dahin, und ich kann immer an ihnen arbeiten, wenn ich Zeit habe. Daß die Messe ein ehrgeiziges Projekt ist, weiß ich. Aber ich kenne schon alles, was ich darin sagen will. Sie wird gut. Ich habe gelernt, wie ich das machen muß, was ich tun muß, verstehen Sie! Ich habe sie begonnen, ich muß sie beenden.«

Otto hatte in seinem Auf- und Ablaufen innegehalten und betrachtete Gaye mit einer Mischung aus Ungläubigkeit und geduldiger Vertraulichkeit. »Pah!« sagte er. »Warum, zum Teufel, sind Sie dann zu mir gekommen? Und brechen hier in Tränen aus? Dann sagen Sie mir, danke für Ihren

Vorschlag, aber ich mache weiter im Versuch, das Unmögliche zu erreichen! Die Arroganz, die Unvernunft – nein, das alles kann ich ertragen, aber die Dummheit, die absolute *Dummheit* von Künstlern, nein, das halte ich nicht länger aus!«

Betroffen, demütig, saß Gaye da in seinem schäbigen Anzug; alles an ihm war schäbig, abgehärmt, überbeansprucht und unterernährt, abgetragen und fadenscheinig. Und Otto wußte, er würde ihn zwei Stunden lang anschreien und ihm Empfehlungen, Publikationen, Aufführungen versprechen können – er würde nicht einmal gehört werden. Gaye würde nur in seinem fast unverständlichen Gestammel sagen. »Ich muß zuerst die Messe schreiben ...«

»Sie können Französisch lesen, nicht wahr?«

»Ja.«

»Na gut. Wenn die Messe beendet ist, dann schreiben Sie Lieder in Deutsch oder in Französisch, wenn Sie mögen, daran sind die Leute gewöhnt; Lieder in Rumänisch oder Dänisch oder was weiß ich, das hören sich die Leute in Wien oder Paris nicht an, das sind pure Kuriositäten. Aber wir wollen, daß Ihre Musik *gehört* wird – also schreiben Sie für die bedeutenden Länder! Und denken Sie daran, daß die meisten Sänger Idioten sind! Gut?«

»Sie sind sehr freundlich, Herr Egorin«, sagte Gaye, diesmal jedoch nicht unterwürfig, sondern mit einer seltsam formellen Würde. Er wußte, daß Otto sich seiner dickköpfigen Unvernunft unterwarf, wie er es bei einem großen, einem berühmten Künstler tun würde, daß er ihm seinen Willen ließ, daß er ihn zu überreden versuchte, wenn er ihn genausogut zertreten hätte können wie einen Käfer. Mit einem Wort, er wußte, daß Otto besiegt war.

»Und wenn Sie die schweren Brocken für ein kleines Weilchen beiseiteschieben, für ein paar Abende, um etwas zu schreiben, was eventuell veröffentlicht, aufgeführt werden könnte, verstehen Sie? Dann ...«, sagte Otto soeben, immer noch ironisch, erschöpft und rücksichtsvoll, als die Tür aufflog, und seine Frau erschien. Sie schleppte Gayes kleinen Sohn mit ins Zimmer, und das Schweizer Zimmermädchen folgte ihr. Ganz plötzlich war der Raum voll von Männern, Frauen und Kindern, voll von Stimmen, Parfum und Juwelen. »Otto, sieh mal, was ich bei Anne Elise entdeckt habe! Hast du je so etwas Bezauberndes gesehen? Sieh dir die Augen an, die großen, dunklen, ernsten Augen! ›Sein Name ist Vasli, und er mag Schokolade‹. So etwas Hinreißendes, dieser kleine Mann, hast du schon irgendwann einmal solch ein Kind gesehen? Guten Tag, freut mich, Sie sind Vaslis ...? Ja, natürlich, das sind Sie, diese Augen! Herr im Himmel, was für ein gräßliches Nest diese Stadt ist, ich möchte nach dem Konzert mit dem ersten Zug abreisen, Otto, und es ist ganz egal, ob es drei Uhr morgens ist oder nicht. Ich spüre direkt, wie ich schon auszusehen beginne wie diese riesigen alten Steinhäuser am Fluß, lauter Augen, die aufs Wasser starren, starren, starren wie aus Totenschädeln. Weshalb reißen sie sie nicht ab, wenn niemand darin wohnt? Nie wieder, nie wieder, zur Hölle mit der Provinz und dem Heben des Kunstverständnisses der Nation, ich kann nicht auf jedem Friedhof im ganzen Land singen, Otto. Anne Elise, lassen Sie mir bitte ein Bad ein! Ich bin einfach dreckig, ich muß *grau* aussehen, wie aus Buchweizen gebacken. Sind Sie von der Verwaltung in Sorg?«

»Mit Sorg habe ich schon am Telefon gesprochen«, antwortete Otto, weil er wußte, daß Gaye unfähig sein würde, etwas zu erwidern. »Herr Gaye ist Komponist, er schreibt Messen.« Er sagte nicht »Lieder«, denn das würde Egorinas Aufmerksamkeit erregen. Er zahlte es Gaye ein wenig zurück, indem er ihm Anschauungsunterricht gab in praxisgerechtem Verhalten. Egorina, die sich nicht für Messen interessierte, redete weiter. Vor jedem Konzert strömten ihr vierundzwanzig Stunden lang wahre Wortfluten aus dem Mund, die erst verebbten, wenn sie hinaustrat auf die Bühne, um zu singen – hochgewachsen, wundervoll, lächelnd. Nach ihren Auftritten war sie stets still und grüblerisch. Sie war, so sagte Otto, das schönste Musikinstrument der Welt. Er hatte sie geheiratet, weil das die einzige Möglichkeit ge-

wesen war, sie davon abzuhalten, ins Operettenfach überzuwechseln; eigensinnig und einfältig, jedoch sensibel im Hinblick auf ihr Talent, verabscheute sie den Mißerfolg und wollte auf sichere Weise zum Erfolg kommen. Also hatte Otto sie geheiratet und so sichergestellt, daß sie den steinigen Pfad zum Erfolg ging, nämlich als Liedsängerin. Im Oktober würde sie ihre erste Opernpartie übernehmen, die *Anabella* von Strauß. Das bedeutete wahrscheinlich, daß sie vorher geschlagene sechs Wochen lang reden würde. Otto ertrug das. Sie war sehr schön und normalerweise gutmütig und heiterer Natur, aber wie dem auch war, man mußte ja nicht zuhören. Es war ihr völlig egal, ob jemand zuhörte oder nicht, wenn nur mindestens eine Person anwesend war – ein Publikum.

Sie redete weiter. Das Geräusch fließenden Wassers kam aus dem Badezimmer, das Telefon läutete, und sie begann am Telefon zu sprechen. Gaye hatte kein Wort gesagt. Das Kind stand neben ihm, so ernst wie immer; nachdem sie ihren Auftritt mit ihm gehabt hatte, hatte Egorina Vasli völlig vergessen, und nun fluchte sie wie ein Feldwebel.

Gaye erhob sich. Erleichtert begleitete Otto ihn zur Tür, gab ihm zwei Eintrittskarten für Egorinas Vortrag am nächsten Tag und wehrte Gayes Dankesworte ab: »Ach, wir sind nicht ausverkauft, wissen Sie, das hier ist in musikalischer Hinsicht eine tote Stadt.« Hinter ihnen flutete Egorinas Stimme wunderhübsch dahin, und das Lachen brach aus ihr heraus wie der Strahl eines hohen Springbrunnens. »Mein Gott, was geht mich an, was der kleine Jüd behauptet?« sang sie, und wieder kam das große, goldene Lachen. »Gaye«, sagte Otto Egorin, »Sie wissen, da ist noch etwas: Das ist keine gute Zeit für die Musik. Die Welt jetzt, im Jahr 1938. Sie sind nicht der einzige, der sich fragt, wozu das alles gut sein soll. Wer braucht Musik, wer will sie hören? Wer, wenn Europa wimmelt von Soldaten wie ein Leichnam von Maden, wenn Rußland die Symphonien dazu mißbraucht, die neueste Dampfkesselfabrik im Ural zu verherrlichen, wenn die Funktion der Musik sich darin erschöpft, daß Putzi Klavier spielt, um die Nerven des Führers zu beruhigen? Zu dem Zeitpunkt, zu dem Ihre Messe fertig ist, könnten bereits alle Kirchen zu Staub zerbombt sein, und Ihr Männerchor trägt Uniformen und wird auch zu Staub zerbombt. Wenn nicht, dann schicken Sie sie mir, ich bin sehr daran interessiert. Ich bin jedoch nicht optimistisch. Ich stehe auf der Verliererseite, zusammen mit Ihnen. Und sie auch, meine Egorina dort, ob Sie es glauben oder nicht. Sie selbst wird es auch nie glauben ... Aber Musik ist zu nichts gut, zu nichts nütze, Gaye. Jetzt nicht mehr. Schreiben Sie Ihre Lieder, schreiben Sie Ihre Messe, es schadet nichts! Und ich werde weiterhin meine Konzerte arrangieren, das schadet auch nichts. Doch es wird uns nicht retten ...«

Ladislas Gaye und sein Sohn gingen zu Fuß vom Hotel zu der alten Brücke über den Ras; sie waren in der alten Stadt daheim, in dem tristen, zusammengewürfelten Viertel am Nordufer des Flusses. Was Foranoy an Reichtum und Modernem zu bieten hatte, lag südlich des Flusses in der Neuen Stadt. Es war ein warmer, strahlender Tag im Spätfrühling; auf der Brücke blieben sie stehen und betrachteten die Bögen, die sich im dunklen Wasser spiegelten, wobei jeder Bogen mit seinem Spiegelbild einen perfekten Kreis bildete. Ein Lastkahn kam unten durch, beladen mit Holzkisten. Vasli, den sein Vater hochgehoben hatte, damit er über die Steinbrüstung sehen konnte, spuckte hinunter auf eine der Kisten. »Schäm dich!« sagte Ladislas Gaye ohne großen Tadel in der Stimme. Er war glücklich. Es war ihm egal, daß er vor Otto Egorin, dem großen Impresario, geheult hatte wie ein kleines Kind. Es war ihm egal, daß er müde war und daß heute einer der schlechten Tage seiner Frau war und daß er schon Verspätung hatte. Alles war ihm egal – außer der kleinen, festen Hand seines Kindes in der seinen, und der Art, wie der Wind hier draußen auf der Brücke, zwischen einer Stadt und der anderen, wehte und alle Geräusche davontrug und man in warmem, schweigendem Sonnenschein badete, und der Tatsache, daß Otto Egorin wußte, was er war: ein Musiker. Soweit, in der Anerkennung durch diesen einen Mann, war er stark und frei. Weiter reichten sie nicht, seine Stärke und seine Freiheit, aber das genügte. Die Trompetenmelodie seines Sanctus erklang in seinem Kopf.

»Papa, was hatte die große Dame für Dinge in den Ohren und warum hat sie mich gefragt, ob ich Schokolade mag? Mögen die Großen keine Schokolade?«

»Das in den Ohren waren Schmuckstücke, Vasli. Und wegen der Schokolade – das weiß ich nicht.« Die Trompete tönte weiter, weiter. Wenn er nur mit dem kleinen Kerl noch eine Weile hier bleiben könnte, in der Sonne und der Stille, zwischen einer Stadt und der anderen, zwischen Augenblick und Augenblick ... Sie gingen weiter zur Alten Stadt, an den Werften vorbei, an den leerstehenden Steinhäusern vorbei, bergauf und durch den Hinterhof des Hauses, in dem sie alle wohnten. Vasli riß sich los und verschwand in einer Schar lärmender, schreiender Kinder, die über den Hof schwärmten. Ladislas Gaye rief ihm nach, gab es auf und erklomm die dunkle Treppe. Er ging einen dunklen Korridor im zweiten Stock entlang, sperrte auf und trat in die dunkle Küche, den ersten Raum ihrer Dreizimmerwohnung. Seine Frau saß am Küchentisch und schälte Kartoffeln. Sie trug einen schmutzigen weißen Morgenrock und schmutzige rosa Chenillepantoffeln an den nackten Füßen. »Es ist sechs Uhr, Ladis«, sagte sie, ohne sich nach ihm umzudrehen.

»Ich war in der Neuen Stadt.«

»Warum schleppst du das Kind so weit? Wo ist er? Wo sind Tonia und Givana? Ich habe sie gerufen und gerufen, ich bin sicher, sie sind nicht im Hof. Warum gehst du mit dem Kind so weit?«

»Ich war bei ...«

»Mein Rücken schmerzt wie nie zuvor. Es ist die Hitze. Warum ist der Sommer so heiß hier?«

»Laß mich das machen!«

»Nein, ich bin gleich fertig. Ich wollte, du würdest diese Brennerdüsen im Backrohr reinigen, Ladis. Ich habe dich sicher schon fünfzigmal darum gebeten. Jetzt kann ich es überhaupt nicht mehr anzünden, es ist völlig verdreckt, und ich, mit meinem kranken Rücken, kann da drinnen nicht herumkratzen.«

»Gut. Laß mich nur das Hemd wechseln!«

»Hör mal, Ladis – Ladis! Ist Vasli mit seinem schönen Anzug da unten im Hof? Geh hinunter und hol ihn auf der Stelle! Glaubst du, daß wir es uns leisten können, seine schönen Sachen jedesmal reinigen zu lassen, wenn er sie anzieht? Ladis! Geh hinunter und hol ihn! Denkst du denn nie an diese Dinge? Vermutlich ist er schon völlig verdreckt, wenn er mit diesen großen Rangen beim Brunnen spielt.«

»Ich gehe schon, laß mir doch ein bißchen Zeit!«

Im September erhob sich der Herbstwind aus Osten, blies vorbei an den leeren Steinhäusern und den glitzernden, rastlosen Fluß entlang, blies kärglichen Abfall durch die Straßen der Stadt und feinen Staub in die Augen und Kehlen der Menschen, wenn sie von der Arbeit nach Hause gingen. Ladislas Gaye ging an einem Straßenredner vorbei, an einem kleinen Mädchen, das laut heulend die steile Straße hinunterlief, an einem Zeitungskiosk, wo die großen Schlagzeilen lauteten: »Neville Chamberlain in München«, an einem großen, hängengebliebenen Wagen, um den sich eine Menschenmenge versammelt hatte, an einer Gruppe junger Burschen, die einem Faustkampf zusahen, an zwei Frauen, die quer über die Straße hinweg miteinander sprachen, eine am Randstein und die andere halb aus ihrem Wohnungsfenster heraushängend, gekleidet in einen scharlachrot-blauen Satinschlafrock; er sah und hörte es alles, und sah und hörte nichts. Er war sehr müde. Als er daheim ankam, sah er seine kleinen Töchter im Hof spielen, im Schatten der drei Stockwerke. Er sah sie in dem Schwarm kleiner Mädchen, die um die Einfahrt herum quietschten, blieb aber nicht stehen. Er ging die schmale Treppe hinauf, den Korridor entlang, in die Küche. In letzter Zeit hatte sich seine Frau kräftiger gefühlt, als das Wetter kühler wurde, aber jetzt war sie in miserabler Laune und knapp am Weinen; der kleine Vasli war entdeckt worden, als er zusammen mit anderen, größeren Jungen eine Katze gequält hatte; die Kinder hatten sie mit Petroleum übergossen und hatten vorgehabt, sie anzuzünden. »Er ist schlecht, er ist eine kleine Bestie, wie kann ein Kind so etwas Gräßliches tun wollen?« Vasli war im Mittelzimmer eingesperrt und schrie vor Wut. Ladislas Gaye setzte sich an den Küchentisch und legte den Kopf in die Hände. Er fühlte sich elend. Seine Frau zog weiter über das Kind her und über die anderen Kinder im Hof. »Diese Frau Rase, steckt ihren Kopf hier herein, ohne auch nur anzuklopfen, und fragte mich, ob ich weiß, was mein kleiner Vasli gerade tun will, als ob ihre Fratzen etwas wären, auf das man stolz sein kann! Mit ihren schmutzigen Gesichtern und rosa Augen, wie ein paar Karnickel! Wirst du deswegen etwas unternehmen, Ladis, oder willst du einfach hier herumsitzen? Glaubst du, ich kann ihm das austreiben? Ist das die Art von Sohn, die du gern hättest?«

»Was kann ich deswegen unternehmen? Gibt es heute kein Abendessen? Ich habe um acht Uhr eine Klavierstunde, das weißt du. Um Himmels willen, laß mich eine Minute sitzen, laß mich ein wenig zur Ruhe kommen!«

»Ruhe! Du willst Ruhe! Was geht es dich an, wenn das Kind zu einem Monster wird wie alle anderen Kinder hier! Gut, gut, was geht es mich an, wenn es das ist, was du willst.« Sie latschte in ihren rosa Pantoffeln in der Küche umher und bereitete das Abendessen.

»Kleine Kinder sind grausam«, sagte er. »Sie verstehen nicht, was sie tun. Sie müssen es erst herausfinden.«

Sie zuckte die Achseln. Vasli schluchzte hinter der Tür; er wußte, daß sein Vater daheim war. Sofort ging Ladislas Gaye in das Zimmer, setzte sich zu dem Kind ins Halbdunkel. Im dritten Zimmer, wo die Großmutter im Bett lag, plärrte Tanzmusik aus dem Radio; Ladislas hatte es aus zweiter Hand für sie gekauft, es war ihre einzige Unterhaltung, und sie sprach jetzt nur noch über das, was sie im Radio hörte. Vasli klammerte sich an seinem Vater fest; er weinte nicht mehr, er war einfach erschöpft. »So etwas darfst du nicht mehr tun, Vasli«, murmelte der Vater schließlich. »Das arme Tier ist schwächer als du, es kann sich nicht wehren.«

Das Kind schwieg still. Alle Grausamkeit, alles Elend, alle Finsternis der Gegenwart und der Zukunft hingen um die beiden in dem dunklen Zimmer, Posaunen schmetterten einen Walzer im Nachbarzimmer. Vasli hielt sich an seinem Vater fest.

In dem dickflüssigen Getöse der Posaunen, dickflüssig wie süßer Hustensaft, hörte Gaye einen Moment lang das tiefe, klare Donnern seines Sanctus – wie Donnerschläge zwischen den Sternen am Rande des Universums, einen Moment lang, als hätte sich das Dach des Gebäudes aufgeklappt, und er könnte hinaufblicken in die vollständige, fortdauernde Finsternis, einen Moment nur. Der Radiosprecher begann zu reden, ein glattes, aufgeregtes Geschwätz. Als Gaye zurückkehrte in die Küche, sagte er zu seiner Frau, über die schrillen Stimmen der beiden Mädchen hinweg: »Der englische Premierminister ist in München bei Hitler.« Sie antwortete nicht, sondern stellte das Abendessen vor ihn hin: Suppe und Kartoffeln. Sie war immer noch gereizt und wütend. »Iß und rede nicht! Daß du dich nicht schämst!« fuhr sie Vasli an, der alles bereits vergessen hatte und sich mit seinen Schwestern balgte.

Als Gaye in der späten Dämmerung den Hügel hinunterging und über die Brücke, ging ihm eine Melodie, die er verfaßt hatte, im Kopf herum; es war das letzte von sieben Gedichten, die er alle in einem einzigen Ausbruch von Inspiration im August vertont hatte. Er fragte sich, ob das genug war, um es ins reine zu schreiben und an Otto Egorin nach Krasnoy zu schicken. Aber jetzt machte er sich Gedanken um die letzte Strophe des Gedichtes, um jene, die lautete: »Du bist es in Deiner Gnade, der alles, was wir gebaut haben über unseren Häuptern, niederreißt, auf daß wir den Himmel erblicken: und so klage ich nicht.« Bei dieser letzten

Zeile hatte er stümperhaft gearbeitet. So sollte sie gehen ... Und Gaye sang sie sich vor, sang dann die ganze Strophe von Anfang an und hörte die Begleitung dazu. So ging es, das war's! Er betete zu Gott, daß sein Schüler verspätet kam, so daß er die Zeile noch vor der Stunde auf dem Klavier in der Schola ausarbeiten konnte. Aber es war er, der zu spät kam, und als die Klavierstunde vorbei war, hatte er nichts als Clementi-Übungen im Kopf, und obwohl die Melodie jetzt feststand, konnte er die Begleitung nicht klar erfassen; als er sie auf der Brücke gehört hatte, war sie reiner gewesen, bestimmter. Er versuchte die Strophe noch einmal, das ganze Lied, wieder und immer wieder, doch der Schuldiener war mit dem Saubermachen fertig und wollte schließen. Also machte Gaye sich auf den Heimweg. Der Wind war jetzt heftig und kalt, der Himmel leer, der Fluß schwarz wie Öl unter den Bögen der Brücke. Dort auf der Brücke blieb er ein Weilchen stehen, aber er konnte die Musik noch immer nicht wieder hören.

Nach Hause zurückgekehrt, setzte er sich mit den Notizen für das Lied an den Küchentisch, doch mit einer schwächeren Version vor Augen und keinem Klavier zur Hand verlor er vollends das Gefühl für die Begleitung, die er wollte; plötzlich war alles unerreichbar. Er wußte, er war zu müde, um zu arbeiten, aber nichtsdestoweniger versuchte er verbissen und wütend, die Melodie zu hören und niederzuschreiben. Eine halbe Stunde lang saß er reglos da und bewegte nicht ein einziges Mal die Hand. Am anderen Ende des Tisches flickte seine Frau Tonias Kleid und hörte einem Programm aus Großmutters Radio zu. Er legte die Hände über die Ohren. Sie sagte etwas über Musik, aber er hörte nicht hin. Die totale Unfähigkeit, etwas niederzuschreiben war ihm ein erdrückendes Gewicht, wie ein Steinklumpen in seiner Brust. Nichts würde sich je ändern, dachte er, und im nächsten Augenblick verspürte er tief in sich Erleichterung, Leichtigkeit, Offenheit und Gewißheit, äußerste Gewißheit. Er dachte, es sei sein eigenes Lied, aber dann hob er den Kopf und erkannte, daß er in Wahrheit diese Melodie *hörte.* Er mußte sie nicht niederschreiben – sie war vor langer Zeit schon niedergeschrieben worden, keiner mußte mehr daran verzweifeln. Die Lehmann sang sie:

Du holde Kunst, ich danke dir.

Er saß lange Zeit still da. Die Musik wird uns nicht retten, hatte Otto Egorin gesagt. Nicht Sie, nicht mich, nicht sie, die große Frau mit der goldenen Stimme, die keine Kinder hatte und auch keine wollte; nicht die Lehmann, die das Lied sang; und auch nicht Schubert, der es geschrieben hatte und seit hundert Jahren tot war. Wozu ist Musik gut? Für nichts, dachte Gaye, und darauf kommt es an. Der Welt und ihren Staaten und Armeen und Fabriken und Führern sagt die Musik: »Du bist belanglos«; und dem Duldenden sagt sie nur, hochmütig und sanft wie ein Gott: »Hör zu!« Denn auf das Gerettetwerden kommt es nicht an. Musik errettet nichts. Gnädig und unbekümmert reißt sie alle Dächer nieder, alle Häuser, die sich der Mensch baut, versagt sie ihm, damit er den Himmel erblicke.

Gaye räumte die bekritzelten Notenblätter weg, den kleinen Gedichtband, die Feder und die Tinte. Er streckte sich und gähnte. »Gute Nacht«, sagte er mit seiner leisen Stimme und ging zu Bett.

(1938)

Die Herrin von Moge

Sie trafen einander das erste Mal, als sie beide neunzehn waren, und noch einmal mit dreiundzwanzig. Daß sie einander danach nur noch ein einziges Mal trafen, und das viel, viel später, war Andres Fehler. Einen solchen Fehler würde man ihm nicht zugetraut haben, wenn man ihn mit neunzehn Jahren gesehen hätte – einen Jungen, der über seinem Schicksal schwebte wie ein Falke. Man brauchte nur in diese Augen zu schauen, in die Falkenaugen, klar, furchtlos, wild. Erst wenn sie im Schlaf geschlossen waren, erblickte man sein Gesicht – ebenmäßig und passiv, ein Heldengesicht. Denn Helden machen keine Geschichte – das ist die Aufgabe der Historiker –, sondern lassen sich, passiv, wie sie sind, dahintragen, hochheben zum Wellenkamm des Wandels, des Augenblicks, des Krieges.

Das Mädchen hieß Isabella Oriana Mogeskar und war eine Tochter der Grafen von Helle und der Prinzen von Moge. Sie war eine Prinzessin und lebte in einer Burg auf einem Hügel über dem Fluß Molsen. Und der Jüngling Andre Kalinskar kam, um ihre Hand anzuhalten. Eine halbe Stunde rollte die Familienkutsche der Kalinskar durch die Ländereien von Moge, kam durch eine von einer Mauer umgebene Stadt und fuhr einen steilen, befestigten Hügel hinauf, passierte einen sechs Fuß dicken Torbogen und hielt vor der Burg. Ein gewaltiges Netzwerk von herbstrotem wilden Wein ließ die hohe Mauer leuchten, denn es war Ende Oktober; die Kastanien im Vorhof waren aus fleckenlosem Gold. Über den goldenen Bäumen, über den Türmen spannte sich der ferne, klare, windige Himmel des Herbstes. Interessiert blickte Andre sich um; er blinzelte nicht.

In der fensterlosen Halle im Erdgeschoß der Burg, zwischen Sätteln und Musketen und Jagd-, Reit- und Kampfgerät, umarmten einander die beiden alten Waffengefährten, Andres Vater und Prinz Mogeskar. Oben, im ersten Stock, wo Fenster hinausgingen auf den Fluß und wo die Räume mit allem Komfort des Friedens ausgestattet waren, begrüßte sie die Prinzessin Isabella. Sie hatte rötlich-blondes Haar, ein langes, ruhiges, anmutiges Gesicht und graublaue Augen – der Herbst als junges Mädchen – und war groß, größer als Andre. Als er sich nach seiner Verbeugung vor ihr wieder aufrichtete, richtete er sich weiter auf als sonst, aber der Unterschied blieb dennoch zumindest ein Zoll. Achtzehn Personen saßen an diesem Abend zu Tisch – Gäste, Gefolgsleute und die Mogeskars: Isabella, ihr Vater und ihre beiden Brüder. George, ein fröhlicher Fünfzehnjähriger, führte Gespräche über die Jagd mit Andre; der ältere Bruder und Erbe, Brant, warf ihm ein, zwei Blicke zu und wandte dann den blonden Kopf zufrieden ab: Seine Schwester würde sich diesem Kalinskar nicht beugen. Andre biß die Zähne zusammen, und um Brant nicht ansehen zu müssen, sah er seine Mutter an, die mit Prinzessin Isabella sprach. Er bemerkte, daß sie beide herüberblickten, als würden sie soeben über ihn reden. In den Augen seiner Mutter sah er wie immer Stolz und Ironie, und in denen des Mädchens – was? Nicht Ablehnung; nicht Beifall. Sie sah ihn einfach. Sie sah ihn ganz deutlich. Es war aufregend, und er fühlte zum erstenmal, daß Achtung ein ebenso starkes Motiv sein konnte wie Begehren.

Spät am nächsten Nachmittag ließ er seinen Vater und den Gastgeber allein alte Schlachten schlagen und stieg hinauf zum Dach der Burg, wo er nahe beim runden Turm stehenblieb und hinausblickte über den Molsen und die Hügel in dem ersterbenden, windigen, goldenen Licht. Und durch den Wind und über die Steine kam sie zu ihm. Sie sprach, ohne ihn zu begrüßen, wie zu einem Freund. »Ich möchte schon die ganze Zeit mit Euch reden.«

Wie das goldene Wetter erfreute ihre Schönheit sein Herz und machte ihn kühn und ruhig zugleich. »Und ich mit Euch, Prinzessin!«

»Ich denke, daß Ihr ein großzügiger Mann seid«, sagte sie. Ein angenehm heiserer, fast gutturaler Klang lag in ihrer hellen Stimme. Er machte eine kleine Verbeugung, und Komplimente paradierten durch seinen Kopf, aber irgend etwas trieb ihn dazu, es bei einem einfachen »Wieso?« bewenden zu lassen.

»Das kann man recht deutlich erkennen«, entgegnete sie ungeduldig. »Kann ich mit Euch von Mann zu Mann sprechen?«

»Von Mann zu ...?«

»Dom Andre, als ich Euch gestern kennenlernte, da dachte ich: ›Endlich habe ich einen Freund bekommen.‹ Hatte ich da recht?«

Wollte sie ihn um etwas bitten oder ihn herausfordern? Ihre Worte bewegten ihn jedenfalls. »Ihr hattet recht«, sagte er.

»Darf ich Euch dann bitten, mein Freund, nicht zu versuchen, mich heiraten zu wollen? Ich habe nicht vor, zu heiraten.«

Ein langes Schweigen folgte.

»Ich werde tun, was Ihr wünscht, Prinzessin.«

»Und das ohne Widerrede!« rief das Mädchen, ganz plötzlich Feuer und Flamme. »Oh, ich wußte, Ihr würdet ein Freund sein! Bitte, Dom Andre, seid nicht traurig und kommt Euch nicht albern vor! Die anderen habe ich abgelehnt, ohne auch nur einen Gedanken an sie zu verschwenden. Bei Euch hingegen mußte ich nachdenken. Hört, Dom Andre: Wenn ich mich weigere zu heiraten, gibt mein Vater mich ins Kloster. Also kann ich es nicht ablehnen zu heiraten, aber ich kann jeden einzelnen Freier ablehnen, versteht Ihr?« Er verstand; doch hätte sie ihm Zeit zum Nachdenken gelassen, wäre er zu dem Schluß gekommen, daß sie letzten Endes entweder eine Heirat oder das Kloster akzeptieren würde müssen, denn sie war schließlich ein Mädchen. Aber sie ließ ihm keine Zeit zum Nachdenken. »Und so kommen die Freier, einer nach dem anderen; es ist wie bei Prinzessin Ranya in dem Märchen, Ihr wißt, mit ihren drei Fragen, und

all die Köpfe der jungen Männer aufgespießt auf Pfählen rund um den Palast. Es ist so grausam und ermüdend ...«
Sie seufzte, lehnte sich neben Andre auf die Brustwehr und blickte hinaus über die goldene Welt, lächelnd, unergründlich, kameradschaftlich.

»Ich wünschte, Ihr würdet mir die drei Fragen stellen«, sagte er versonnen.

»Ich habe keine Fragen; ich suche keine Antworten.«

»Keine Antworten, die ich Euch geben könnte, nicht wahr?«

»Oh, Ihr habt mir schon alles gegeben, worum ich Euch gebeten habe: mich nicht zu bitten!«

Er nickte. Er würde nicht nach ihren Gründen forschen; sein verletzter Stolz und das Ahnen um ihre Verletzlichkeit ließen das nicht zu. Und so setzte sie ihm in ihrer süßen Wunderlichkeit diese Gründe auseinander. »Was ich möchte, Dom Andre, ist zufriedengelassen werden. Mein Leben zu leben, mein eigenes Leben. Zumindest bis ich herausgefunden habe ... Der einzige Mensch, von dem ich Antworten auf meine Fragen erhalten will, bin ich selbst. Mein Leben leben, meinen Weg finden – bin ich zu schwach dazu? Ich wurde auf dieser Burg geboren, meine Familie herrscht hier schon seit langer Zeit, man gewöhnt sich daran. Seht Euch die Mauern an, man versteht, daß Moge zwar oft belagert, aber noch nie eingenommen wurde. Ah, das Leben könnte so wunderbar sein, Gott allein weiß, was alles geschehen wird. Ist es nicht wahr, Dom Andre? Man darf sich nicht zu früh entscheiden. Wenn ich heirate, weiß ich, was geschehen wird, was ich tun werde, was ich sein werde. Aber ich will es nicht wissen. Ich will nichts außer meiner Freiheit.«

»Ich glaube«, sagte Andre mit dem Gefühl, eine Entdekkung gemacht zu haben, »die meisten Frauen heiraten, um ihre Freiheit zu bekommen.«

»Dann genügt ihnen weniger als mir. In meinem Inneren, in meinem Herzen, da ist etwas, eine Helligkeit und eine Heftigkeit – wie soll ich es beschreiben? Etwas, das existiert

und nicht existiert, das ich tragen muß, das mir gehört, und das ich keinem Mann opfern darf.«

Sprach sie, so fragte sich Andre, von ihrer Jungfräulichkeit oder von ihrem Schicksal? Sie war sehr merkwürdig, aber es war eine sehr königliche, sehr rührende Merkwürdigkeit. In allem, was sie sagte, wie hochmütig und wie naiv auch immer, blieb sie ihm höchst achtenswert; und obwohl jede Begehrlichkeit verboten war, hatte sie geradewegs an sein Herz gerührt, an die Stelle, wo seine Zärtlichkeit saß – die erste Frau, der dies je gelungen war. Und so stand sie da, ganz allein – in seinem Inneren und neben ihm.

»Weiß Euer Bruder um Eure Absichten?«

»Brant? Nein. Mein Vater ist gütig und sanftmütig; Brant nicht. Wenn mein Vater stirbt, wird Brant mich zwingen zu heiraten.«

»Dann habt Ihr niemanden ...«

»Ich habe Euch«, sagte sie lächelnd. »Und das heißt, daß ich Euch wegschicken muß. Aber ein Freund ist ein Freund, nah oder fern.«

»Nah oder fern, ruft mich, Prinzessin, wenn Ihr einen Freund braucht. Ich werde kommen.« Er sprach mit einer plötzlich leidenschaftlichen Würde, weihte sich ihr, wie nur ein sehr junger Mann sich dem Gefahrvollsten, dem Kostbarsten, was er kennt, weihen kann. Sie sah ihn an, ohne ihren sanften, sorglosen Stolz, und er nahm ihre Hand, denn dieses Recht hatte er sich verdient. Unter ihnen strömte der Fluß rot im Sonnenuntergang. »Das will ich tun«, sagte sie. »Noch nie zuvor war ich einem Mann dankbar, Dom Andre.«

In ungestümer Hochstimmung ging er von ihr; aber als er sein Zimmer erreicht hatte, fühlte er sich plötzlich sehr müde und begann zu blinzeln, als sei er den Tränen nahe.

Das war ihr erstes Zusammentreffen, im Wind und im goldenen Licht auf dem Dach der Welt, mit neunzehn Jahren. Die Kalinskars kehrten heim. Vier Jahre gingen dahin, in deren zweitem, 1640, der Bürgerkrieg um die Thronfolge begann, den man unter dem Namen »Krieg der drei Könige« kennt.

In seinem Anspruch auf den Thron stellten sich auch die Kalinskars, wie die meisten Familien des Kleinadels, an die Seite Herzog Givan Sovenskars, und Andre kämpfte in seinem Heer. Im Jahre 1643, als es Stadt um Stadt in der Provinz Molsen Richtung Krasnoy niederrang, war Andre Hauptmann. Und während Sovenskar auf die Hauptstadt vorrückte, um sich dort krönen zu lassen, war er mit der Belagerung des letzten Bollwerks der Loyalisten östlich des Flusses betraut: der Stadt und der Burg Moge.

So lag also Andre an einem Junitag auf dem harten Gras eines Hügels und blickte, das Kinn auf die Hände gestützt, über das Tal auf die Schieferdächer der Stadt, die Mauern, die aus einer Brandung von Kastanienbäumen aufragten, den runden Turm und den glitzernden Fluß dahinter.

»Hauptmann, wo sollen die Feldschlangen aufgestellt werden?«

Der alte Mann von Moge war tot, und Brant Mogeskar war im März im Osten gefallen. Hätte König Gulhelm zur Verteidigung seiner Verbündeten Truppen über den Fluß gesandt, würde sein Rivale jetzt nicht nach Krasnoy reiten, um dort gekrönt zu werden; aber sie hatten keine Unterstützung erhalten, und so waren die Mogeskars in ihrer Burg belagert. Ergeben wollten sie sich nicht. Andres Leutnant, der zusammen mit den ersten Einheiten einige Tage zuvor eingetroffen war, hatte George Mogeskar formell zu Verhandlungen aufgefordert, aber er hatte den Prinz nicht einmal zu Gesicht bekommen. Die Prinzessin hatte ihn empfangen, erzählte er, ein hübsches Mädchen, aber hart wie Stahl. Sie hatte jedes Verhandeln abgelehnt: »Mogeskar feilscht nicht. Wenn ihr uns belagern wollt, werden wir die Burg halten. Wenn ihr dem Thronprätendenten folgt, werden wir hier auf den König warten.«

Andre lag da, den Blick auf die lohfarbenen Mauern gerichtet. »Na gut, Soten, das Problem ist nur: nehmen wir erst die Stadt oder erst die Burg?«

Aber das war überhaupt nicht das Problem. Das Problem war viel grausamer.

Leutnant Soten setzte sich neben ihn und blies seine runden Wangen auf. »Burg«, sagte er. »Verlieren Wochen beim Einnehmen dieser Stadt und haben dann noch eine Bresche in die Burg zu schlagen.«

»Eine Bresche schlagen – in diese Burg? Mit den Kanonen, die wir haben? Aber wenn wir einmal in der Stadt sind, werden sie oben in der Burg auf unsere Bedingungen eingehen.«

»Hauptmann, das Weib da drinnen geht auf keine Bedingungen ein!«

»Wie willst du das wissen?«

»Ich habe sie doch gesehen!«

»Ich habe sie auch gesehen«, sagte Andre. »Wir stellen die Feldschlangen dort auf, an der Südmauer der Stadt. Morgen bei Sonnenaufgang beginnen wir mit dem Beschuß. Wir haben den Auftrag, die Festung bei der Einnahme nicht zu zerstören. Das wird auf Kosten der Stadt gehen. Wir haben keine Wahl.« Er sprach mit grimmiger Stimme, aber in seinem Herzen fühlte er freudige Erregung: Er würde ihr alle Chancen geben – die Chance, sich aus hoffnungslosem Kampf zurückzuziehen, und die Chance, sich zu beweisen, den Mut zu zeigen, den sie hell und heftig in der Brust gefühlt hatte, wie ein Schwert, das versteckt in seiner Scheide liegt.

Er war ein würdiger Freier gewesen, ein Mann aus ihrem eigenen Schrot und Korn, und sie hatte ihn abgewiesen. Das war recht und billig. Sie hatte keinen Liebhaber gewollt, sondern einen Feind; und er würde ein würdiger, ein achtenswerter Feind sein. Er fragte sich, ob sie schon seinen Namen erfahren hatte, ob irgend jemand gesagt hatte: »Hauptmann Kalinskar führt sie an«, und sie hatte in ihrer vornehmen, sanften, nachlässigen Art erwidert: »Andre Kalinskar?« – mit einem Stirnrunzeln vielleicht, weil er sich dem Herzog gegen den König angeschlossen hatte, und dennoch nicht verärgert, nicht betrübt, ihn als ihren Feind zu sehen.

Sie nahmen die Stadt ein; es kostete drei Wochen und viele Menschenleben. Später einmal, als Marschall der Königlichen Armee, pflegte er zuweilen, wenn er betrunken war, zu sagen: »Ich kann jede Stadt einnehmen. Ich habe Moge eingenommen.« Die Mauern waren raffiniert befestigt, das Burgarsenal schien unerschöpflich, und die Verteidiger fochten mit schrecklich zähem Kampfesmut. Sie widerstanden dem Artilleriebeschuß und der Erstürmung, löschten aufloderndes Feuer mit bloßen Händen, aßen Luft und kämpften in aussichtsloser Situation Mann gegen Mann, Haus um Haus, vom Stadttor bis hinauf zur Grabenböschung der Burg; und wenn sie in Gefangenschaft gerieten, sagten sie allesamt: »Es ist ihretwegen.«

Er hatte sie noch nicht zu Gesicht bekommen, jedoch gefürchtet, sie inmitten dieses Gemetzels in den engen, zerstörten Straßen wiederzusehen. Aus diesen Straßen blickte er des Abends hinauf zu den Zinnen hundert Fuß über ihm, zu den rauchenden Geschützstellungen, dem runden, lohfarbenen Turm im Licht der untergehenden Sonne und zu der unversehrten Burg.

»Frage mich, wie wir einen Funken in ihr Pulverlager bringen könnten«, sagte Leutnant Soten und blies fröhlich die Backen auf. Sein Hauptmann drehte sich um und blickte ihn an, die Falkenaugen rot und verschwollen von Rauch und von Müdigkeit: »Ich nehme Moge so, wie es hier steht! Die beste Festung im ganzen Land in die Luft jagen, was? Weil du genug hast vom Kämpfen, was? Bei Gott, ich werde dir Respekt beibringen, Leutnant!« Respekt wovor? Respekt vor wem? Das fragte sich Soten, hielt aber den Mund. Was ihn betraf, so hielt er Kalinskar für den ausgezeichnetsten Offizier der ganzen Armee und war es durchaus zufrieden, ihm zu folgen – egal, wohin, selbst in den Wahnsinn. Sie waren alle wahnsinnig – vom Kämpfen, von der Erschöpfung, von der gleißenden, glosenden Hitze und dem Staub des Sommers.

Zu jeder Stunde beschossen sie die Burg und machten Sturmangriffe, um den Verteidigern keine Ruhe zu gönnen.

Im ersten Morgengrauen führte Andre die Truppe hinauf zu einer schmalen Bresche, die sie durch das Minieren der äußeren Mauer geschlagen hatten, als sie auf ein Trüppchen stießen, das von der Burg ausgeschickt worden war, sie zu überfallen. So kämpften sie mit den Schwertern in der Dunkelheit unter der Burgmauer. Es war eine wirre, fruchtlose Schlägerei, und Andre rief soeben seine Männer zum Rückzug, als er bemerkte, daß er sein Schwert fallengelassen hatte. Er streckte die Hand danach aus, aber aus irgendeinem Grund wollte sie sich nicht um den Griff schließen, sondern glitt stumpfsinnig zwischen Erdreich und Steinen dahin. Etwas Kaltes, Körniges preßte sich an sein Gesicht: die Erde. Er öffnete die Augen weit und erblickte nur Finsternis.

Zwei Kühe weideten im inneren Burghof, die letzten Überbleibsel der großen Herden von Moge. Um fünf Uhr früh wurde der Prinzessin wie immer ein Becher Milch in ihr Zimmer gebracht, und kurz darauf kam der Burghauptmann mit den Neuigkeiten der vergangenen Nacht. Die Neuigkeiten waren die gleichen wie sonst auch, und Isabella hörte kaum zu. Sie stellte soeben Berechnungen an, wann König Gulhelms Verstärkung zu erwarten war, wenn ein Bote überhaupt zu ihm gelangen konnte: in zehn Tagen, nicht früher. Zehn Tage waren eine lange Zeit. Es war erst drei Tage her, seit die Stadt gefallen war, und das schien schon so lange her, ein Ereignis aus vergangenen Jahren, Geschichte. Dennoch, sie konnten zehn Tage lang aushalten, auch zwei Wochen, wenn es sein mußte. Ganz sicher würde der König Unterstützung senden.

»Sie werden einen Boten schicken, um sich nach ihm zu erkundigen«, sagte Breye soeben.

»Nach wem?« Sie wandte ihm ihren düsteren Blick zu.

»Dem Hauptmann.«

»Welchem Hauptmann?«

»Ich sagte es bereits, Prinzessin, der Überfalltrupp, den wir heute ausgesandt haben, hat ihn gefangengenommen.«

»Ein Gefangener? Bring ihn sofort her.«

»Er hat einen Säbelhieb auf den Kopf abbekommen, Prinzessin.«

»Kann er sprechen? Ich gehe zu ihm. Wie ist sein Name?«

»Kalinskar.«

Sie folgte Breye durch goldene Schlafzimmer, wo sich Musketen auf den Betten stapelten, einen langen, mit Parkett ausgelegten Korridor entlang, in dem unter jedem Schritt das Kristall von den zerschmetterten Kerzenhaltern knirschte, bis zum Ballsaal im Ostteil der Burg, der jetzt als Lazarett diente. Eichene Bettstellen, mit Säulen und Baldachinen versehen, die Vorhänge geöffnet, standen auf der riesigen Fläche des Raumes herum wie steuerlose Schiffe in einem Hafen nach dem Sturm. Der Gefangene schlief. Sie setzte sich an sein Bett und sah ihm ins Gesicht, in sein dunkles, heiteres, passives Gesicht. Irgendwo in ihrem Innersten fühlte sie Betrübnis – nicht in ihrem Wollen und Streben, da war sie immer noch beherzt; aber sie war müde, todmüde und betrübt, als sie dasaß und ihren Feind betrachtete. Er bewegte sich ein wenig und öffnete die Augen. Da erkannte sie ihn.

Nach langer Zeit sagte sie: »Dom Andre.«

Er lächelte ein bißchen und gab etwas Unhörbares von sich.

»Der Wundarzt sagt, Eure Wunde ist nicht ernst. Habt Ihr die Belagerung geleitet?«

»Ja«, antwortete er, ganz klar.

»Von Anfang an?«

»Ja.«

Sie sah hinauf zu dem verdunkelten Fenster, das nur ein Ahnen der heißen Julisonne durchließ.

»Ihr seid unser erster Gefangener. Was gibt es Neues im Land?«

»Givan Sovenskar wurde am Ersten in Krasnoy gekrönt. Gulhelm ist immer noch in Aisnar.«

»Ihr bringt keine guten Nachrichten, Hauptmann«, sagte sie leise und gleichgültig. Sie blickte sich nach den anderen Betten im Saal und bedeutete Breye zurückzutreten. Es störte sie, daß es keine Möglichkeit gab, allein mit Andre zu sprechen. Aber sie fand ohnedies keine Worte.

»Seid Ihr allein hier, Prinzessin?«

Eine Frage wie diese hatte er ihr beim letzten Mal auch gestellt, oben auf dem Dach der Burg, im Sonnenuntergang.

»Brant ist tot«, sagte sie.

»Ich weiß. Aber der jüngere Bruder ... wir haben damals zusammen in den Sümpfen gejagt.«

»George ist jetzt da. Er hat an der Verteidigung von Kastre teilgenommen. Ein Mörser ist krepiert, dabei hat er sein Augenlicht verloren. Habt Ihr auch die Belagerung von Kastre geleitet?«

»Nein. Aber ich habe dort gekämpft.«

Einen kurzen Augenblick lang traf ihr Blick den seinen.

»Es tut mir leid«, sagte sie. »Um George. Um mich. Um Euch, der geschworen hat, mein Freund zu sein.«

»Es tut Euch leid? Mir nicht. Ich habe getan, was ich konnte. Ich habe Eurem Ruhm gedient. Wißt Ihr, selbst meine eigenen Soldaten singen Loblieder auf Euch, auf die Herrin von Moge, die wie ein Erzengel auf den Mauern der Burg steht. Auch in Krasnoy reden sie über Euch, singen Loblieder auf Euch. Und jetzt können sie sagen, daß Ihr sogar mich gefangengenommen habt. Sie sprechen mit Neugier und Erstaunen über Euch. Eure Feinde achten Euch. Ihr habt Eure Freiheit errungen. Ihr seid Ihr selbst geblieben.« Er sprach rasch, aber als er innehielt und die Augen einen Moment schloß, war sein Gesicht wieder ganz still und sehr jung. Eine Minute lang saß Isabella neben ihm, ohne etwas zu sagen, dann stand sie plötzlich auf und verließ den Raum mit den unbeholfenen Schritten eines bekümmerten Mädchens, ohne Grazie in ihrem schweren, pulverfleckigen Kleid.

Andre bemerkte, daß sie gegangen war und statt dessen der alte Kommandant der Festung neben ihm stand, voll Haß und Neugier.

»Ich bewundere sie so sehr wie ihr alle auch!« sagte Andre zu Breye. »Noch mehr als ihr hier in der Burg. Mehr als irgend jemand sonst. Vier Jahre lang ...« Aber auch Breye war gegangen. »Holt mir Wasser zum Trinken!« rief er wütend, und dann lag er schweigend da und starrte zur Decke. Ein Donnern, ein Beben – was war das? –, dann drei dumpfe Schläge, tief und scheußlich, wie der Schmerz in einer Zahnwurzel; dann ein zweites Donnern, das das Bett erzittern ließ – schließlich erkannte er, daß dies der Beschuß war, wie er im Inneren des Gebäudes klang. Soten führte seine Befehle aus. »Aufhören!« rief er, als der grauenhafte Lärm weiter und weiter ging. »Aufhören! Ich brauche den Schlaf. Aufhören! Soten! Feuer einstellen!«

Als er aus dem Delirium aufwachte, war es Nacht. Jemand saß nahe am Kopfende seines Bettes. Zwischen ihm und dem Stuhl brannte eine Kerze; und auf der anderen Seite der Kerzenflamme konnte er die Hand und den Ärmel eines Mannes sehen. »Wer ist da?« fragte er, von Unruhe erfaßt. Der Mann stand auf und zeigte ihm im Licht der Kerze sein zerstörtes Gesicht. Nichts war von den Zügen übriggeblieben außer Mund und Kinn. Diese jedoch waren empfindsam, der Mund und das Kinn eines Jungen von etwa neunzehn Jahren. Der Rest war eine einzige kaum verheilte Narbe.

»Ich bin George Mogeskar. Kannst du mich verstehen?«

»Ja«, erwiderte Andre aus zusammengeschnürter Kehle.

»Kannst du dich aufsetzen, um zu schreiben? Ich werde dir das Papier halten.«

»Was soll ich schreiben?«

Sie sprachen beide sehr leise.

»Ich möchte meine Burg übergeben«, sagte Mogeskar. »Aber ich möchte, daß meine Schwester bis dahin weg ist von hier und in Sicherheit. Danach werde ich dir die Festung übergeben. Bist du einverstanden?«

»Ich ... warte ...«

»Schreib deinem Leutnant! Sag ihm, daß ich mich unter dieser einen Bedingung ergebe! Ich weiß, daß Sovenskar diese Burg will. Sag ihm, wenn meine Schwester nicht durchgelassen wird, jage ich die Festung und dich und mich in die Luft. Du verstehst doch, daß ich selbst nicht viel zu verlieren habe.« Die Stimme des Jungen war ruhig, doch etwas heiser. Er sprach langsam und mit endgültiger Entschlossenheit.

»Die ... die Bedingung ist angemessen«, sagte Andre.

Mogeskar holte ein Tintenfaß ins Licht, tastete nach seiner Öffnung und tauchte die Feder ein. Dann reichte er Andre, dem es gelungen war, sich in halb sitzende Stellung aufzurichten, Feder und Papier. Nachdem die Feder eine Minute lang über das Papier gekratzt hatte, sagte Mogeskar: »Ich erinnere mich an dich, Kalinskar. Wir waren zusammen jagen im großen Sumpf. Du warst ein guter Schütze.«

Andre warf einen Blick auf ihn; er hörte nicht auf, darauf zu warten, daß der Junge diese entsetzliche Maske hob und sein Gesicht zeigte. »Wann wird die Prinzessin die Burg verlassen? Soll ihr mein Leutnant eine Eskorte über den Fluß mitgeben?«

»Morgen abend um elf. Vier unserer Männer werden mit ihr gehen. Einer von ihnen wird zurückkommen, um ihre gelungene Flucht zu bestätigen. Es scheint mir eine Gnade Gottes zu sein, daß du diese Belagerung leitest, Kalinskar. Ich erinnere mich an dich und ich vertraue dir.« Seine Stimme war wie die ihre, hell und hochmütig, mit dem gleichen kehligen Beiklang. »Du kannst dich hoffentlich auf deinen Leutnant soweit verlassen, daß dies geheim bleibt?«

Andre rieb sich den Kopf, der ihn schmerzte; die Worte, die er geschrieben hatte, hüpften und zuckten auf dem Papier. »Geheim? Du möchtest, daß diese ... diese Bedingung ... Du möchtest, daß ihre Flucht heimlich vonstatten geht?«

»Glaubst du, ich will, daß es heißt, ich hätte ihren Mut verkauft, um meine eigene Sicherheit damit zu bezahlen? Denkst du, sie würde gehen, wenn sie wüßte, was ich für ihre Freiheit gebe? Sie glaubt, sie geht zu König Gulhelm, um Hilfe für uns zu erbitten, während ich hier ausharre!«

»Prinz, sie wird dir niemals vergeben ...«

»Ich will nicht ihre Vergebung, ich will ihr Leben. Sie ist

die Letzte von uns. Wenn sie hierbleibt, dann wird sie versuchen, den Tod zu finden, wenn du schließlich und endlich die Burg doch einnimmst. Ich tausche die Burg Moge und ihr Vertrauen in mich ein gegen ihr Leben.«

»Es tut mir leid, Prinz«, sagte Andre; seine Stimme bebte von den zurückgehaltenen Tränen. »Ich habe nicht verstanden. Mein Kopf ist nicht ganz klar.« Er tauchte die Feder in das Tintenfaß, welches der Blinde hielt, schrieb noch einen Satz und blies dann auf das Papier, ehe er es faltete und dem Prinzen in die Hand gab.

»Darf ich sie sehen bevor sie geht?«

»Ich glaube nicht, daß sie zu dir kommen wird, Kalinskar. Sie hat Angst vor dir. Sie weiß nicht, daß ich es bin, der sie betrügen wird.« Mogeskar streckte die Hand aus, hinein in seine Finsternis, und Andre ergriff sie. Er sah zu, wie die hochgewachsene, schlanke, jungenhafte Gestalt zögernd davonging in die Dunkelheit. Die Kerze brannte neben dem Bett, das einzige Licht in dem hohen, langen Raum. Und Andre lag da und starrte in die goldene, pulsierende Lichtkugel, die die Flamme umgab.

Zwei Tage später ergaben sich die Verteidiger der Burg Moge ihren Belagerern, während ihre Herrin hoffnungsvoll und ohne es zu wissen, quer durch das neutrale Land nach Aisnar ritt.

Und dann trafen sie einander das dritte und letzte Mal, durch puren Zufall. Andre hatte keinen Gebrauch gemacht von Prinz George Mogeskars Einladung, auf der Burg Rast zu machen auf seinem Marsch zum Grenzkrieg im Jahr 47. Es war nicht seine Art, dem Ort seines ersten bemerkenswerten Sieges aus dem Weg zu gehen oder einen stolzen und dankbaren Ex-Feind zurückzuweisen, denn das ließ entweder auf Furcht oder auf ein schlechtes Gewissen schließen, und keines von beiden hätte er an sich geschätzt. Dennoch ging er nicht nach Moge. Erst siebenunddreißig Jahre später, bei einem Winterball im Haus von Graf Alexis

Helleskar in Krasnoy war es, als jemand ihn am Arm nahm und sagte: »Prinzessin, darf ich Ihnen Marschall Kalinskar vorstellen? Prinzessin Isabella Proyedskar.«

Er machte seine übliche tiefe Verbeugung, richtete sich wieder auf und richtete sich noch weiter auf, denn die Frau war zumindest zwei Fingerbreit größer als er. Ihr Haar war, der Mode entsprechend, in komplizierte Löckchen und Kringel gesteckt, und die Einsatzstreifen an ihrem Abendkleid waren mit Arabesken aus Perlen bestickt. Aus ihrem breiten, blassen Gesicht sahen ihn ihre blaugrauen Augen gerade an, mit einem unerklärlich kameradschaftlichen Blick. »Ich kenne Dom Andre«, sagte sie.

»Prinzessin«, murmelte er erschrocken.

Sie war breit geworden; jetzt war sie eine füllige Frau, imposant, mit beiden Beinen fest auf der Erde stehend. Was ihn anging, so war er Haut und Knochen, und sein rechtes Bein war lahm.

»Meine jüngste Tochter, Oriana.« Das Mädchen von achtzehn, neunzehn Jahren knickste und sah den Helden neugierig an, den Mann, der in drei Kriegen, in dreißig Jahren des Kampfes, ein zerbrochenes Land zurückgezwungen hatte in ein einziges Stück, und sich dabei mit unbestrittenem Ruhm bedeckt hatte. Was für ein dürres, altes Männchen, sagten die Augen des Mädchens.

»Euer Bruder, Prinzessin ...«

»George ist vor vielen Jahren gestorben, Dom Andre. Mein Vetter Enrike ist jetzt Herr von Moge. Aber sagt mir, seid Ihr verehelicht? Ich weiß von Euch nur das, was alle Welt sonst auch weiß. Es ist schon so lange her, Dom Andre, zweimal das Alter dieses Kindes hier ...« Ihre Stimme klang mütterlich und klagend. Die Arroganz, die Helligkeit waren dahin, selbst der kehlige Beiklang von Leidenschaft und Furcht. Jetzt fürchtete sie ihn nicht. Sie fürchtete überhaupt nichts. Sie war verheiratet, Mutter, Großmutter, ihre besten Tage vorbei, eine leere Hülse, das Schwert gezogen, eine eingenommene Burg, niemandes Feind.

»Ich war verehelicht, Prinzessin. Meine Frau starb im

Kindbett, während ich im Felde stand. Es ist schon viele Jahre her.« Er sprach mit schroffer Stimme.

Sie erwiderte klagend und banal: »Oh, wie traurig das Leben doch ist, Dom Andre!«

»Das hättet Ihr auf den Mauern von Moge nicht gesagt«, entgegnete er noch schroffer, denn es erbitterte ihn zutiefst, sie so zu sehen. Sie blickte ihn mit ihren blaugrauen Augen an, teilnahmslos, sah ihn einfach nur.

»Nein«, sagte sie, »das ist wahr. Und wäre es mir vergönnt gewesen, auf den Mauern von Moge zu sterben, dann wäre ich in dem Glauben gestorben, daß das Leben für uns große Schrecken und große Freuden bereithält.«

»Aber das tut es, Prinzessin!« antwortete Andre Kalinskar und streckte ihr sein dunkles Gesicht entgegen, ein Mann, dessen Leben noch nicht abgeschlossen war. Sie lächelte nur und sagte in ihrer gleichgültigen, mütterlichen Stimme: »Für Euch vielleicht.«

Andere Gäste traten näher, und sie sprach lächelnd zu ihnen. Andre stand abseits, sah mürrisch und schlechtgelaunt drein und dachte, wie recht er gehabt hatte, niemals nach Moge zurückzukehren. So war er in der Lage gewesen, sich für einen redlichen, ehrenhaften Mann zu halten. Vierzig Jahre lang hatte er sich getreulich und froh an die roten Weinblätter im Oktober erinnert, an die heißen, blauen Hochsommerabende während der Belagerung. Und nun wußte er, daß er an all dem Verrat begangen und letzten Endes das einzige verloren hatte, was wert gewesen wäre, es zu besitzen. Passiv und heroisch hatte er sich voll und ganz seinem Leben geschenkt; aber das Geschenk, das er ihr schuldete, das einzige Geschenk des Soldaten, war der Tod; und er hatte ihn ihr vorenthalten. Er hatte sie abgewiesen. Und nun, mit sechzig, nach all den Tagen, Kriegen, Jahren und Landschaften seines Lebens, nun mußte er zurückblikken und erkennen, daß er alles verloren hatte, daß er gekämpft hatte für nichts, daß es keine Prinzessin gab in der Burg.

(1640)

Die Länder unserer Phantasie

Wir können am Sonntag nicht zum Fluß fahren«, sagte der Baron, »weil wir am Freitag schon abreisen.« Die beiden Kleinen starrten ihn über den Frühstückstisch hinweg an. Zida sagte: »Marmelade bitte.« Aber Paul, ein Jahr älter als sie, fand in den entlegeneren, nicht mehr in Verwendung stehenden Teilen seiner Erinnerung ein dunkleres Speisezimmer, durch dessen Fenster man den Regen fallen sehen konnte. »Zurück in die Stadt?« fragte er. Sein Vater nickte. Und während dieses Nickens verwandelte sich der sonnenbeschienene Hang vor diesen Fenstern hier völlig: Nun blickte er nach Norden statt nach Süden. Gelb und Rot fuhr an diesen Tagen durch die Wälder wie Feuer, die Trauben hingen dick und schwer an den Reben, und die makellosen, lodernden, in ihre Zäune gesperrten Augustfelder streckten sich geduldig und endlos dem Septemberdunst entgegen. Am nächsten Tag, im selben Moment, in dem er erwachte, wußte Paul, daß es Herbst war, und zudem Mittwoch. »Heute ist Mittwoch«, erklärte er Zida. »Morgen ist Donnerstag, und dann kommt der Freitag, an dem wir abreisen.«

»Ich nicht«, entgegnete sie desinteressiert und lief in den »Kleinen Wald«, um an ihrer Einhornfalle zu basteln. Sie bestand aus einem Eierkarton und vielen kleinen Stoffstückchen mit verschiedenen Arten von Ködern darin. Seit sie die Spuren entdeckt hatten, arbeitete sie daran, aber Paul bezweifelte, ob sie je auch nur ein Eichhörnchen darin fangen würde. Er selbst – sich der Zeit, die drängte, durchaus bewußt – rannte, so schnell er konnte, zur »Hohen Klippe«, um den Tunnel fertigzustellen, ehe sie zurück mußten in die Stadt.

Drinnen im Haus flatterte die Stimme der Baronin wie eine Schwalbe die Treppe zur Mansarde hinab. »Oh, Rosa!

Wo ist denn der blaue Koffer?« Und da Rosa nicht antwortete, folgte sie ihrer Stimme und Rosa und dem verschwundenen Koffer die Stufen hinab und durch die Halle bis zu einem freudigen Zusammentreffen an der Kellertür. Dann hörte der Baron in seinem Studierzimmer Tomas und den Koffer grunzend Stufe um Stufe aus dem Keller steigen, während Rosa und die Baronin damit begannen, die Schränke der Kinder zu leeren und Stöße kleiner Hemden und Kleider davonzutragen, wie vorsichtige methodische Diebe. »Was macht ihr denn?« fragte Zida streng, als sie zurückkam, um einen Kleiderbügel zu holen, in dem sich das Einhorn möglicherweise mit dem Huf verheddern würde. »Packen«, antwortete das Hausmächen. »Meine Sachen nicht«, befahl Zida und zog wieder ab. Rosa fuhr fort, ihren Schrank zu plündern. Und in seinem Studierzimmer las der Baron ungestört weiter, wenn man von einem leisen Gefühl des Bedauerns absah, das vielleicht im sanften, fernen Klang der Stimme seiner Frau seinen Ursprung hatte, oder vielleicht auch in der Beschaffenheit der Sonnenstrahlen, die durch das Fenster auf seinen Schreibtisch fielen.

In einem anderen Zimmer steckte sein älterer Sohn Stanislas ein Mikroskop, einen Tennisschläger und eine Schachtel voll Steine, von denen sich die Schildchen lösten, in seinen Koffer und gab es dann auf. Ein Notizbuch in seiner Hosentasche, ging er durch die kühlen, roten Flure und die Treppen hinab und durch das Tor in den unermeßlichen, unvermuteten Sonnenschein des Gartens. Josef, der unter den vier Ulmen las, fragte: »Wohin so eilig? Es ist heiß.« Aber Stanislas hatte keine Zeit stehenzubleiben und zu plaudern. »Bin gleich zurück«, erwiderte er höflich und eilte weiter, die Straße entlang durch Staub und Sonne, vorbei an der »Hohen Klippe«, wo sein Halbbruder Paul beim Graben war. Er hielt inne, um den Stand der Arbeiten zu begutachten. Mit weißen Steinchen ausgelegte Straßen liefen im Zickzack über die Vorderseite der Klippe; der Citroen und der Rolls-Royce waren an der Brücke geparkt, die eine Wasserrinne überspannte. Ein Tunnel war soeben im Begriff, verbreitert zu werden. »Ein gutgemachter Tunnel«, stellte Stanislas fest. Strahlend und dreckig entgegnete der Ingenieur: »Heute abend findet der Durchstich statt. Möchtest du zur Feier kommen?« Stanislas nickte und ging weiter. Sein Weg führte ihn einen langen, steilen Hang hinauf, aber er wandte sich bald seitlich davon ab, sprang über einen Wassergraben und betrat sein Königreich, das Königreich der Bäume. Nach wenigen Schritten waren aller Staub und alles helle Licht dahin. Blätter hoch oben und Blätter unter den Füßen; eine Luft wie grünes Wasser. Vögel schwammen darin, und dunkle Stämme ragten heraus und streckten ihre Lasten, ihre Kronen dem anderen Element, dem Himmel, entgegen. Zuerst ging Stanislas zur Eiche und breitete die Arme aus in dem Versuch, den Stamm zu einem Viertel zu umfangen. Brust und Wange hielt er gegen die rauhe, gekerbte Rinde gepreßt; ihr Geruch und der ihrer Baumschwämme und des Mooses stiegen ihm in die Nase, und ihre Dunkelheit legte sich über seine Augen. Das war etwas Größeres, als er je halten würde können; es war sehr alt und sehr lebendig, und es wußte nicht, daß es ihn da unten gab. Ein Notizbuch voll Landkarten in seiner Tasche, ging er lächelnd weiter zwischen den Bäumen hindurch auf noch nicht verzeichnetes Neuland in seinem Reich zu.

Josef Brone, der den Sommer damit verbracht hatte, seinem Professor bei der Dokumentation der Geschichte der Zehn Provinzen im frühen Mittelalter zu assistieren, saß unruhig im Schatten der Ulmen und las. Landwind blies über die Seiten, über seine Lippen. Er blickte von der lateinischen Chronik einer Schlacht, die vor neunhundert Jahren verloren worden war, hinauf zu den Dächern des Hauses namens Asgard. So rechteckig wie eine Schachtel, mit einer Anzahl Veranden, Scheunen und Ställen, stand das Haus genau nach den vier Himmelsrichtungen ausgerichtet, in einem ebenen Garten; erst in einer gewissen Entfernung erhoben sich die Felder langsam und wurden zu Hügeln, hinter denen sich höhere Hügel befanden und hinter diesen der Himmel. Man fühlte sich wie in einer weißen Schachtel in einer blau-gelben Schüssel. Josef, der frisch von der Hochschule kam, sich eifrig darauf konzentrierte, im Herbst ins Priesterseminar der Jesuiten einzutreten und willig darangegangen war, Dokumente durchzulesen, Auszüge abzufassen und sie mit Hinweisen zu versehen, war verlegen gewesen, als er herausfand, daß die Familie des Barons dem Haus den Namen des Wohnsitzes der nordischen Gottheiten verliehen hatte. Aber jetzt bekümmerte ihn das nicht mehr. So viel war hier geschehen, was er nicht erwartet hatte, und so wenig schien zu Ende geführt. Das Geschichtswerk war noch Jahre von seiner Vollendung entfernt. Und in drei Monaten hatte er nicht herausgefunden, wohin Stanislas ging, wenn er allein über die Straße verschwand. Am Freitag sollte die Abreise sein. Jetzt oder nie. Er stand auf und folgte dem Jungen. Die Straße führte an einem drei Meter hohen, fast senkrechten Wall vorbei, an dem auf halber Höhe der kleine Paul kletterte, mit den Fingern im Erdreich bohrte und tief in der Kehle ein Geräusch von sich gab: rrrm, rrrrm. Ein paar Spielzeugautos lagen am Fuß des Walles. Josef wanderte auf der Straße weiter bergauf und erwartete, von ihrem höchsten Punkt aus sehen zu können, wohin Stanislas gegangen war. Ein Bauernhaus kam in Sicht und verschwand wieder, die Straße führte weiter bergauf, eine Lerche stieg singend hoch bis fast in die Sonne; aber Josef kam zu keinem höchsten Punkt der Straße. Es gab nur einen Weg bergab: den zurück. Er wählte ihn. Und als er sich wieder den Wäldern über Asgard näherte, sprang ein Junge heraus auf die Straße, so schnell wie der Schatten eines Habichts. Josef rief seinen Namen, und sie trafen einander in dem weißen Gleißen des Staubes. »Wo bist du gewesen?« fragte Josef schweißbedeckt.

»Im ›großen Wald‹«, antwortete Stanislas. »In dem Gehölz dort.« Hinter ihm drängten sich die Bäume dicht und dunkel aneinander.

»Ist es kühl da drinnen?« fragte Josef sehnsüchtig. »Was machst du da drinnen?«

»Oh, ich lege Landkarten von den Wegen an. Zum Spaß.

Der Wald ist größer, als er aussieht.« Stanislas zögerte und fügte dann hinzu: »Warst du noch nie drinnen? Vielleicht wird dir die Eiche gefallen.« Josef folgte ihm über den Wassergraben und durch die drückende grüne Luft bis zur Eiche. Es war der höchste Baum, den er je gesehen hatte – aber er hatte noch nicht viele gesehen. »Ich denke, der ist sehr alt«, sagte er und blickte verwirrt hinauf auf die Spannweite der Äste, auf Galaxien über Galaxien grüner Blätter ohne Ende. »Na, ein, zwei Jahrhunderte, oder drei oder sechs«, sagte der Junge. »Sieh mal, ob du herumreichen kannst!« Josef breitete die Arme aus und versuchte es, versuchte auch vergebens, seine Wange von der rauhen Rinde wegzuhalten. »Vier Männer können es schaffen, herumzureichen«, stellte Stanislas fest. »Ich nenne sie Yggdrasil. Du weißt schon. Natürlich war Yggdrasil eine Esche, keine Eiche. Möchtest du ›Lokis Wäldchen‹ auch sehen?« Die Straße und der heiße, weiße Sonnenschein waren nun völlig verschwunden. Der junge Mann folgte seinem Führer weiter in das geheimnisvolle Labyrinth von Namen, das auch ein realer Wald war: Bäume, reglose Luft, Erde. Unter hohen, grauen Erlen über einem ausgetrockneten Flußbett diskutierten sie die Sage vom Tod des Baldur, und Stanislas machte Josef auf die dunklen Bündel der Misteln hoch in den Zweigen kleinerer Eichen aufmerksam. Dann verließen sie den Wald und gingen über die Straße hinab nach Asgard. In dem dunklen Anzug, den er für sein letztes Jahr an der Universität gekauft hatte, und in dessen Tasche ein Buch in einer toten Sprache steckte, schritt Josef steif dahin. Schweiß rann ihm über das Gesicht, und er fühlte sich sehr glücklich. Obwohl er keine Karten davon besaß und ziemlich spät dazu gekommen war, so hatte er den Wald doch wenigstens einmal durchwandert. Sie gingen an Paul vorbei, der immer noch in der Erde wühlte und das Klingeln der eisernen Triangel unten beim Haus ignorierte, das für gewöhnlich Mahlzeiten, Feuersbrünste, verlorengegangene Kinder und andere bemerkenswerte Ereignisse signalisierte. »Komm, Mittagessen!« ordnete Stanislas an. Paul glitt von der Erdwand, und sie gingen friedlich zusammen weiter zum Haus, sieben, vierzehn und einundzwanzig Jahre alt.

Am Nachmittag half Josef dem Professor, die Bücher zu packen – zwei Koffer voll Bücher, eine kleine Bibliothek der Geschichte des Mittelalters. Josef zog es vor, die Bücher zu lesen, statt sie zu packen. Doch der Professor hatte ihn, nicht Tomas gebeten: »Geh mir doch bitte bei den Büchern zur Hand, ja?« Es war nicht die Art von Arbeit, mit der er hier gerechnet hatte. Armvoll nach Armvoll sortierte und packte er seinen Groll in unersättliche eisenbeschlagene Koffer, während der Professor mit Interesse und Energie arbeitete und Frühdrucke in Papier einwickelte wie Babies, wobei er jedes einzelne Exemplar liebevoll und dennoch flott behandelte. Als er schließlich mit den Schlüsseln in der Hand dakniete, sagte er: »Danke, Josef, das ist alles.« Und dann klappte er die Riegel hinab und schloß die Arbeit eines Sommers weg, fertig, das ist alles. Josef hatte so viel hier getan, womit er nicht gerechnet hatte, und nun gab es nichts mehr zu tun. Tieftraurig wanderte er zurück in den Schatten der Ulmen; doch dort saß die Frau des Professors, in die er sich – was er nie für möglich gehalten hätte – verliebt hatte. »Ich habe Ihnen den Sessel gestohlen«, sagte sie gewinnend. »Setzen Sie sich ins Gras?« Es war mehr nacktes Erdreich als Gras, aber sie sagten hier Gras dazu, und er gehorchte. »Rosa und ich sind ganz ausgepumpt«, fuhr sie fort, »und ich darf gar nicht an morgen denken. Der vorletzte Tag, der ist der schlimmste. Die Bettwäsche und das Silber und das Geschirr stürzen und die Mausefallen auslegen, und immer ist eine Puppe verloren gegangen, und nachdem alle stundenlang danach gesucht haben, wird sie unter einem Haufen Schmutzwäsche gefunden, und dann das Haus in Ordnung bringen und alles versperren. Ich hasse das alles, ich hasse es, das Haus abzuschließen.« Ihre Stimme war hell und wehmütig, wie der Ruf eines Vogels im Wald, dem es gleichgültig ist, ob jemand seine Wehmut hört oder nicht. »Ich hoffe, es hat Ihnen hier gefallen«, sagte sie.

»Sehr gut, Frau Baronin.«

»Das hoffe ich wirklich. Ich weiß, Severin hat Ihnen viel Arbeit aufgebürdet. Und wir haben so ein Durcheinander hier. Wir und die Kinder und die Besucher – wir zerstreuen uns immer in alle Winde und treffen einander nur im Vorübergehen ... Ich hoffe, es hat Sie nicht zu sehr abgelenkt.« Sie hatte recht; den ganzen Sommer über war das Haus in Wellen und Zyklen voll oder halbvoll mit Besuchern gewesen, mit Freunden der Kinder, Freunden der Baronin, Freunden, Kollegen und Nachbarn des Barons, mit Entenjägern, die in den leerstehenden Stallungen schliefen, weil die Gästezimmer von polnischen Historikern oder Damen mit Horden von Kindern, von denen die kleinsten unausweichlich zu dieser Nachmittagsstunde in den Teich fielen, belegt waren. Kein Wunder, daß es jetzt so still war, so herbstlich: Die Zimmer standen leer, das Wasser des Teiches war glatt, und kein Lachen flog hinüber zu den Hügeln.

»Die Kinder kennenzulernen hat mir große Freude gemacht«, sagte Josef. »Besonders Stanislas.« Dann wurde er blutrot im Gesicht, denn gerade Stanislas war nicht ihr Kind. Sie lächelte und sagte schüchtern: »Stanislas ist sehr lieb. Und vierzehn – vierzehn ist solch ein fürchterliches Alter, wenn man so schnell herausfindet, wozu man fähig ist, doch zugleich, welchen Preis die Welt dafür verlangt ... Er macht seine Sache recht elegant. Paul und Zida hingegen, wenn die beiden in das Alter kommen, werden sie sicher lästig und unbeholfen sein. Aber Stanislas hat so jung kennenlernen müssen, was ein Verlust ist ... Wann werden Sie ins Seminar eintreten?« fragte sie und spannte den Gedankenbogen von dem Jungen zu ihm. »Nächsten Monat«, antwortete er und senkte den Blick, und sie fragte: »Dann sind Sie ganz sicher, daß dies das Leben ist, das Sie in Zukunft führen wollen?« Nach einer Pause und ohne ihr ins Gesicht zu sehen, obwohl das Weiß ihres Kleides und das Grün und Gold der Blätter über ihm seine Augen füllten, sagte er: »Weshalb fragen Sie, Frau Baronin?«

»Weil mich die Vorstellung des Zölibats erschreckt«, erwiderte sie, und er hatte den Wunsch, sich auf den Ulmenblättern, die aussahen wie dünne, ovale Goldmünzen, auszustrecken und zu sterben.

»Die Unfruchtbarkeit«, sagte sie, »verstehen Sie, die Unfruchtbarkeit ist, was ich fürchte, was ich verabscheue. Sie ist mein Feind. Ich weiß, daß wir andere Feinde haben, aber ich hasse sie am meisten von allem, weil sie das Leben schlimmer macht als den Tod. Und was sie mit sich bringt, ist schrecklich: Hunger, Krankheit, Mißbildung und Perversion und Begierde. Was, um alles in der Welt, machen die Kinder dort unten?« Paul hatte Stanislas beim Mittagessen gefragt, ob sie ein einzigesmal noch Ragnarök spielen könnten. Stanislas hatte sich einverstanden erklärt, und so war er nun ein Reifriese, der grölend die Wälle von Asgard stürmte, welche von dem Abflußgraben hinter dem Teich repräsentiert wurden. Odin schleuderte Blitze von den Wällen, und Thor ... »Stanislas!« rief die Mutter und erhob sich schlank und weiß aus dem Sessel neben dem jungen Mann. »Bitte laß Zida nicht mit dem Hammer spielen!«

»Ich bin Thor, ich bin Thor, ich brauche einen Hammer!« kreischte Zida. Stanislas trat kurz dazwischen und machte sich dann bereit, die Wälle aufs neue zu erstürmen, jetzt mit Zida auf allen vieren an seiner Seite. »Sie ist jetzt Fenrir, der Wolf!« rief er seiner Mutter zu, und seine Stimme klang durch den Nachmittag mit einem Hauch von Gelächter darin. Ernst und grimmig umklammerte Paul seinen Stab und trat den heranrückenden Armeen von Hel und dem Reich der Finsternis entgegen.

»Ich hol Limonade für alle«, sagte die Baronin, und nun konnte Josef endlich hinsinken auf die Erde und sich einer süßen Seelenqual ohnegleichen ergeben, die sie in ihm geweckt hatte, und er fragte sich, ob sie je wieder ersterben würde. Währenddessen rang Odin mit den eisigen Heerscharen auf den sonnenbeschienenen Schlachtfeldern des Himmels gleich neben dem Teich.

Nur die Mauern des Hauses blieben am nächsten Tag intakt. In seinem Inneren war nichts als ein Wust aus Schachteln und offenen Laden und herumhastenden Menschen, die vollbeladen waren mit allerlei Dingen. Thomas und Zida entflohen dem allen – er, schwerfällig in all dem Getümmel und der einzige Dauerbewohner von Asgard, um weitab vom Schuß den Garten zu rechen, und sie, um den ganzen Nachmittag im »Kleinen Wald« zu verbringen. Um fünf kreischte Paul von seinem Fenster: »Das Auto! Das Auto! Es kommt!« Ein riesiges, schwarzes Taxi, Baujahr 1932, ächzte in den Garten und tastete sich vorwärts, und seine blinden, vorstehenden Scheinwerfer blitzten in der tiefstehenden Sonne. Schachteln, Reisetaschen, der blaue Koffer und die beiden eisenbeschlagenen Schrankkoffer wurden von Tomas, Stanislas, Josef und dem Taxifahrer unter der wendigen und sicheren Beaufsichtigung seitens des Barons Severin Egideskar, Inhaber des Lehrstuhls für die Geschichte des Mittelalters an der Universität von Krasnoy, im Auto verstaut. »Und zusammen mit all den Sachen werden Sie uns morgen früh um acht zum Bahnhof bringen, ja?« Der Taxifahrer, der genau das seit sieben Jahren jeden September zu tun pflegte, nickte. Der Wagen, beladen mit den Siebensachen von sieben Personen, rumpelte davon durch die müde, sonnige Stille des Spätnachmittags, in dem das Haus wieder unversehrt dastand, Zimmer um leeres Zimmer.

Und nun floh auch der Baron. Er zündete sich eine Pfeife an, bevor er langsam und leise, wie jemand, der sich heimlich davonschleicht, am Teich und an Tomas' Hühnerkäfigen vorbeischlenderte und danach einen mit wildem Gras, das seine fruchtschweren, sonnenhellen Köpfe tief niederbeugte, überwucherten Zaun entlang. Der Hängebirkenhain unten hieß »Kleiner Wald«. »Zida?« sagte er und blieb in dem kargen, heißen Schatten stehen, der durchdrungen war von dem endlosen Trillern der Grillen in den Feldern rund um den Hain. Keine Antwort. Nach einigen Schritten hielt er erneut in einer Wolke blauen Pfeifenrauchs neben einem Eierkarton, der mit vielen kleinen Stoff- und Papierfetzchen dekoriert war, inne. Auf dem moosbedeckten, zertrampelten Erdreich davor lag ein hölzerner Kleiderbügel. In einer der Vertiefungen des Eierkartons steckte eine golden angemalte Eierschale, in einer anderen ein Stückchen Quarz, und in einer dritten eine Brotkrume. Und nicht weit davon lag ein kleines Mädchen in tiefem Schlaf, die Schuhe abgestreift, den Kopf tiefer als den Rumpf. Der Baron setzte sich neben sie ins Moos, zündete seine Pfeife neu an und betrachtete gedankenverloren den Eierkarton. Dann kitzelte er das Kind auf den Fußsohlen. Es schnaubte leise. Als es aufzuwachen begann, nahm er es auf seinen Schoß.

»Was ist das denn?«

»Eine Einhornfalle.« Sie strich sich Laub und Haare aus dem Gesicht und kuschelte sich bequemer auf ihm zurecht.

»Schon welche gefangen?«

»Nein.«

»Welche gesehen?«

»Paul und ich haben schon Spuren entdeckt.«

»Mit gespaltenen Hufen, was?«

Sie nickte. Und durch das Zwielicht der Vorstellungskraft des Barons schlich still und leise das junge weiße Schwein des Nachbarn, silberhell zwischen den Birkenstämmen.

»Nur junge Mädchen können sie einfangen, so heißt es«, murmelte er, und dann saßen sie beide lange Zeit schweigend da.

»Zeit zum Abendessen«, sagte er dann. »Alle Tischtücher und Messer und Gabeln sind schon eingepackt. Wie werden wir nur essen?«

»Mit den Fingern!« Sie sprang auf und hüpfte davon. »Schuhe!« ordnete er an, und sie schob ihre kleinen, kühlen, schmutzigen Füßchen mühsam in die Ledersandalen; dann rief sie: »Komm jetzt, Papa!« und war weg. Rasch und dennoch widerstrebend, ihr anscheinend nicht folgend und dennoch nie weit hinter ihr, kam er aus den langen, verschwommenen Schatten der Birken, ging den Zaun entlang und an den Hühnerställen und dem Teich vorbei zurück in die Gefangenschaft.

Sie saßen alle auf der Erde unter den vier Ulmen. Es gab kalten Schinken, saure Gurken, kalte, gebratene Auberginen mit Salz, hartes Brot und herben roten Wein. Ulmenblätter klebten wie dünne Münzen am Brot. Der reine, leere, windige Himmel spiegelte sich nach Sonnenuntergang im Teich und im Wein. Stanislas und Paul veranstalteten einen Ringkampf, und losgetretenes Erdreich flog über die Reste des Schinkens; die Baronin und Rosa staubten vorwurfsvoll den Schinken ab. Die Jungen liefen weg, um Autos durch den Tunnel in der »Hohen Klippe« zu jagen und um zu besprechen, welche Schäden der Winterregen wohl anrichten würde. Denn regnen würde es. Die ganzen neun Monate, die sie von Asgard weg sein würden, würde der Regen auf die Straßen und Hügelchen peitschen, und der Tunnel würde einstürzen. Stanislas hob einen Augenblick lang den Kopf und dachte an die Eiche, die er noch nie im Winter gesehen hatte, an die dunklen Regen trinkenden Wurzeln des Baumes, der die Welt hielt. Zida ritt auf den Schultern des Einhorns zweimal rund um das Haus und kreischte aus purer Freude, Freude am Essen draußen im Freien, Freude über den ersten Stern am Himmel (gesehen aus dem Augenwinkel) und aus Freude über die üppigen Felder in der Dämmerung. Noch lauter kreischend – diesmal vor Zorn – wurde sie von Rosa ins Bett gebracht und schlief augenblicklich ein. Und nun kamen einer nach dem anderen die Sterne heraus, einer nach dem anderen gingen die jungen Leute zu Bett. Mit der letzten halben Flasche Wein sang Tomas lange und heisere Lieder in dorischer Tonart in seinem Zimmer über den Stallungen. Nur der Baron und seine Frau blieben draußen in der Herbstdunkelheit unter den Blättern und unter den Sternen.

»Ich will gar nicht wegfahren«, murmelte sie.

»Ich auch nicht.«

»Wir sollten die Bücher und Kleider in die Stadt zurücksenden und ohne sie hierbleiben ...

»Für immer«, sagte er; doch das konnten sie nicht. Im Einhalten der Jahreszeiten liegt Ordnung, und sie war ihre Domäne. So saßen sie noch ein Weilchen Seite an Seite wie Liebende von zwanzig Jahren da; dann erhob er sich und

sagte: »Komm jetzt, Freya, es ist spät!« Und sie gingen durch die Dunkelheit zum Haus und traten ein.

Alle bereits in Mänteln und Hüten aßen sie Brot und tranken heiße Milch und Kaffee draußen vor dem Haus an diesem strahlenden frühen Morgen. »Das Auto! Es kommt!« schrie Paul und ließ das Brot fallen. Knirschend und mit wechselnden Gängen, die Scheinwerfergläser blitzend, kam das Taxi, jetzt war es da. Zida starrte es an, den Feind in den heimatlichen Mauern, und begann zu weinen. Bis zum Letzten der verlorenen Sache des Sommers getreu, wurde sie mit dem Kopf voran ins Taxi gesteckt und schrie: »Ich will nicht weg, ich will nicht weg!« Wieder wurde der Gang eingelegt, und die Reifen knirschten, und das Taxi setzte sich in Bewegung. Stanislas steckte den Kopf aus dem rechten Vorderfenster, die Baronin den ihren aus dem linken hinteren, und Zidas rotes, verzweifeltes, wütendes Gesichtchen preßte sich gegen das ovale Heckfenster, so daß diese drei sahen, wie Tomas unter den weißen Mauern von Asgard im Licht der Sonne inmitten der Schüssel aus Hügeln ihnen Lebewohl winkte. Paul hatte kein Fenster zum Hinausblicken; aber er dachte ohnedies bereits an die Eisenbahn. Und er sah – am Ende des Rauches und der glänzenden Schienen – das Licht der Kerzen in einem hohen, dunklen Speisezimmer, den starren Blick des Schaukelpferdes in einer Ecke der Mansarde, Blätter, regennaß über seinem Kopf auf dem Weg zur Schule, und eine graue Straße, die kürzer schien durch den kalten, nebligen Dunst, durch den vage und festlich die erste Straßenlampe des Dezembers glühte.

Doch all das geschah vor langer Zeit, vor mehr als vierzig Jahren; ich weiß nicht, ob es jetzt noch geschieht, selbst in den Ländern unserer Phantasie.

(1935)